赋权增能：
中国残疾人体育参与保障研究

吴燕丹　张盼　著

人民体育出版社

图书在版编目（CIP）数据

赋权增能：中国残疾人体育参与保障研究 / 吴燕丹，张盼著. -- 北京：人民体育出版社，2025
ISBN 978-7-5009-6356-1

Ⅰ.①赋… Ⅱ.①吴… ②张… Ⅲ.①残疾人体育—体育事业—研究—中国 Ⅳ.①G812.49

中国国家版本馆CIP数据核字(2023)第163871号

赋权增能：中国残疾人体育参与保障研究

吴燕丹　张盼　著
出版发行：人民体育出版社
印　　装：北京建宏印刷有限公司

开　本：710×1000　16开本　　印　张：12.25　　字　数：231千字
版　次：2025年5月第1版　　　印　次：2025年5月第1次印刷
书　号：ISBN 978-7-5009-6356-1
定　价：62.00元

版权所有·侵权必究
购买本社图书，如遇有缺损页可与发行与市场营销部联系
联系电话：（010）67151482
社　　址：北京市东城区体育馆路8号（100061）
网　　址：https://books.sports.cn/

前 言

本书从酝酿到成稿，大约历经5年时间，完整见证了"十三五"期间中国残疾人体育从理念到实践的历史突破。出发点是为了完成本人国家社会科学基金项目《赋权增能视角下残疾人体育参与保障体系研究》的研究内容，随着研究的深入，本人又有幸参与中残联全国残疾人群众体育调研专家组，对全国十余个省市的残疾人体育进行深度考察，对"十三五"我国残疾人体育的整体发展水平和存在问题有比较充分的了解，深刻感受到从学者视角、政府设计与基层需求方面，需要一个适合目前中国国情的本土化解读。近年来，党和国家特别关心关爱残疾人群体，相关政策频频出台，习近平总书记更是在多个场合明确指出："全面建成小康社会，残疾人一个也不能少。"在这样的大背景下，残疾人体育参与不再是个人生活方式的问题，而是成为国家义不容辞的责任，也是全面建成小康社会的重要目标。要实现残疾人全面、平等、合理的体育参与，必须有完善的保障体系做基础，而这个保障体系的前提，就是本书的主线，也是在残疾人体育各个领域都应被强调的关键词——赋权增能。

本研究力图在残疾人体育领域解读"赋权增能"的概念，透过社会学、管理学以及其他相关学科的重要理论，梳理

"赋权增能"理论与残疾人体育的内在逻辑。并通过"十三五"期间全国残疾人体育参与现状调研，重点分析残疾人体育三大任务：健身示范点、康复体育进家庭和残疾人社会体育指导员培养，试图从这几个专项任务中，对如何"赋权"，在哪些方面"增能"以及为谁"增能"给出较为合理的回答。在此基础上，以"赋权增能"理论为核心构建残疾人体育参与的保障体系的理论框架，并以此框架在专业人才培养、政府购买服务以及社会组织培育三个领域进行实证，历经2年的调研和3年的跟踪反馈，在大量的田野资料中整理归纳，最后提炼出现阶段我国残疾人体育参与的发展路径。本书的撰写和完稿是对"十三五"残疾人体育发展的一个全面总结，也是开启残疾人体育事业"十四五"规划研究的一个新起点，希望以此为契机，推动残疾人体育与全民健身包容性发展。

本书在调研和撰写过程中得到中残联和地方残联的大力支持和帮助，调研过程中，各地残疾人组织和残疾人家庭的乐观和努力让我收获太多感动，在研究过程中还请教了业界多位专家学者，他们的专业精神和无私奉献一直鼓舞着我，深感作为残疾人体育研究者的重大责任和使命，为残疾人群体创造更加包容的体育环境任重道远。在调研及书稿的整理过程中，我的研究生团队和我一同参与讨论、实地观察和个案跟踪，这是一个彼此成长的过程，艰辛且快乐。在每个部分，都有你们闪烁的智慧和辛勤的足迹，在完稿之际，谨以此纪念我们共同奋斗过的岁月，相信这将是我们人生中非常值得纪念的一段精彩回忆。书稿得以面世，还要感谢人民体育出版社的认可以及编辑老师们的付出，在此深深俯首致谢。

本书在撰写过程中参考大量著作、网站、期刊的研究成果，在此谨向文献作者表示感谢。文献借鉴引用虽努力做到严谨规范，但疏漏在所难免，敬请未被列入参考文献的作者见谅。书中观点若有不当之处，敬请同仁不吝赐教，希望能给读者提供有益的参考，发挥体育独有的功能，让残疾人群体可以真正成为权利主体，成为社会发展的参与者、贡献者和享有者。

吴燕丹
2025年5月　福建师范大学

目 录

第一章 绪论 …………………………………………………………（1）

  第一节 研究背景 ……………………………………………（1）

  第二节 残疾人体育参与的国内外研究概况 ………………（3）

    一、国内外相关研究的学术史梳理及研究动态 …………（3）

      （一）法制保障 ……………………………………………（3）

      （二）社会保障 ……………………………………………（5）

      （三）专业保障 ……………………………………………（6）

      （四）环境保障 ……………………………………………（8）

    二、我国残疾人体育参与保障研究现状的总结 …………（9）

      （一）涉及法律数量众多，但支持力度不强 ……………（9）

      （二）社会融合日渐受到重视，但辐射群体不广 ………（10）

      （三）人才培养初具规模，但人才培养数量、质量欠缺 …（11）

      （四）无障碍环境日趋常态，但场地设施设计缺乏人
性化 ………………………………………………………（12）

  第三节 研究思路与方法 ……………………………………（13）

    一、研究目标与基本框架 …………………………………（13）

    二、研究对象 ………………………………………………（14）

    三、研究思路与方法 ………………………………………（15）

    四、研究伦理 ………………………………………………（17）

第二章　赋权增能理论与残疾人体育参与的关系……………（19）

第一节　赋权增能的内涵与外延解读………………………（19）
一、赋权增能的内涵……………………………………（19）
二、赋权增能理论与残疾人体育参与的内在逻辑…………（20）

第二节　本课题重要相关理论介绍…………………………（21）
一、资源配置理论………………………………………（21）
二、政府购买体育公共服务……………………………（22）
三、整体性治理理论……………………………………（23）
四、社会支持理论………………………………………（25）

第三章　我国残疾人体育参与现状……………………………（27）

第一节　"十三五"期间我国残疾人体育研究回顾…………（27）
一、"十三五"期间我国残疾人体育政策解读……………（27）
二、"十三五"残疾人群众体育研究回顾…………………（30）
（一）从国家社科基金立项看"十三五"残疾人群众体育
研究热点…………………………………………（30）
（二）多学科理论和视角融入残疾人群众体育研究………（31）
（三）中外残疾人群众体育对比研究取得新突破…………（32）
（四）特奥融合运动向本土化发展的研究…………………（33）
（五）区域性残疾人群众体育运行研究逐渐深入…………（34）
（六）残疾人群众体育三大重点任务发展呈现不均衡
态势………………………………………………（35）

第二节　我国残疾人群众体育现状概览……………………（37）
一、残疾人体育重点工程建设情况……………………（37）
（一）建设残疾人体育健身示范点…………………………（37）

（二）实施残疾人康复体育关爱家庭计划……………………（38）
　　（三）培养残疾人社会体育指导员………………………………（39）
　　（四）残疾人群众性体育比赛活跃举办…………………………（40）
　　（五）组织开展全国性残疾人体育品牌活动……………………（41）
二、基层残疾人体育公共服务状况调研情况…………………………（41）
　　（一）残联体育干部工作调研……………………………………（42）
　　（二）基层残疾人体育服务机构调研……………………………（45）
　　（三）特教学校调研………………………………………………（51）
　　（四）居家康复体育服务调研……………………………………（52）
　　（五）残疾人参与体育健身活动情况调研………………………（55）

第三节　我国残疾人体育参与的保障与运行状况——政府购买服务
　　　　的视角……………………………………………………………（59）
一、政府购买残疾人体育公共服务的现状与问题……………………（59）
　　（一）理论基础不扎实，研究问题碎片化………………………（59）
　　（二）研究地域空间与研究者学科分布不均……………………（60）
　　（三）缺乏对残疾人体育立体的宏观研究………………………（61）
二、我国政府购买残疾人体育公共服务的实施概况…………………（61）
三、政府购买残疾人体育公共服务的实例分析………………………（65）
　　（一）购买内容……………………………………………………（65）
　　（二）购买方式……………………………………………………（75）
　　（三）购买效果……………………………………………………（78）

第四节　残疾人体育融合的现状与困局……………………………………（79）
一、残健融合解读………………………………………………………（79）
　　（一）残健融合的概念和边界……………………………………（79）
　　（二）融合体育在中国的发展——以特奥融合学校计划
　　　　　为例…………………………………………………………（80）

二、融合体育的深层困境……………………………………（85）
　　（一）残疾人体育政策法规缺乏部门联动与在地化
　　　　　解读……………………………………………………（85）
　　（二）包容性计划与专项计划权责不清晰………………（85）
　　（三）社会动员缺乏机制，媒体赋权缺位………………（86）
　　（四）资源配置可及性与适配性不足，体育参与
　　　　　受限……………………………………………………（87）
　　（五）残疾人体育活动开展常态化与品牌化不足………（87）

第四章　残疾人体育参与困境分析……………………………（89）

第一节　重点人群体育参与保障……………………………（89）
　一、重度残疾人"康复体育服务进家庭"难以落地………（89）
　二、学龄前残疾儿童抢救性运动康复支持不足…………（91）

第二节　残疾人竞技体育资源配置保障不均衡……………（92）
　一、财政保障不均衡…………………………………………（93）
　二、项目发展不平衡…………………………………………（94）
　三、人力资源保障体系不健全………………………………（94）

第三节　各类残疾人体育专业人才缺失……………………（96）
　一、专业队教练员：流动性大且学历偏低…………………（96）
　二、残疾人运动员：退役后的就业安置不容乐观…………（97）
　三、残疾人社会体育指导员：准入资格与基本保障模糊……（99）
　四、特殊体育师资与融合体育师资：质与量双重匮乏………（100）
　五、专业志愿者：缺乏良好的培育机制……………………（101）

第四节　残疾人体育参与的困境审视………………………（103）
　一、动力困境…………………………………………………（103）
　二、机制困境…………………………………………………（104）
　三、发展困境…………………………………………………（104）

第五章 赋权增能的残疾人体育参与保障体系框架 (106)

第一节 法律制度体系——残疾人体育参与保障的基石 (106)
一、国外残疾人体育参与的法制保障经验 (106)
二、我国残疾人体育参与法制体系的构建 (108)

第二节 社会融合支持——残疾人体育参与保障的核心 (110)
一、国外残疾人体育参与的社会融合支持经验 (110)
二、我国残疾人体育参与社会支持体系的构建 (110)
（一）理念层面的公民教育 (111)
（二）实践层面的融合体育 (112)
（三）基础层面的家庭支持 (113)

第三节 专业人才培养——残疾人体育参与保障的助推器 (113)
一、国外残疾人体育专业人才培养的经验 (113)
二、我国残疾人体育专业人才培养体系的构建 (115)

第四节 无障碍环境——残疾人体育参与保障的基础 (118)
一、国外残疾人体育无障碍环境建设的经验 (118)
二、我国残疾人体育无障碍环境的建设 (119)

第六章 残疾人体育参与保障体系的运行实证 (121)

第一节 特殊体育师资与专业服务人才培养 (121)
一、特殊体育教师培养 (122)
（一）特殊体育教师的角色及定位 (122)
（二）特殊体育教师专业标准构建原则 (122)
（三）我国特殊体育教师专业标准的初步构想 (125)
二、融合体育师资培养 (126)
（一）高校培养融合体育教师的课程设置分析 (126)

（二）高校融合体育师资培养的目标定位和理论设计
　　　　　——以福建师范大学为例……………………………（128）
　　三、适应体育高端人才培养…………………………………（136）
　第二节　残疾人基本体育服务购买的运行保障………………（138）
　　一、中国残联购买残疾人康复体育项目运行实例…………（138）
　　　（一）承接主体的效率提高………………………………（140）
　　　（二）福建师范大学推进策略……………………………（141）
　　　（三）承接主体相关负责人的重视………………………（143）
　　　（四）购买服务项目的升级迭代…………………………（144）
　　二、四川省委托社会组织购买残疾人康复体育服务的运行
　　　　案例…………………………………………………………（144）
　第三节　基层残疾人社会组织和高校志愿服务组织培育的运行
　　　　　实例………………………………………………………（146）
　　一、连江县谷雨公益服务中心的运行实践…………………（146）
　　二、福建师范大学"Bridge"助残志愿服务队运行实例……（149）
　　　（一）专家指导，强化志愿服务顶层设计………………（150）
　　　（二）专业引领，推动志愿服务质效提升………………（151）
　　　（三）"量身定制"内容，培育助残实效项目…………（152）
　　　（四）专心服务，提升志愿服务育人成效………………（153）

第七章　赋权增能框架下残疾人体育参与的发展路径………（155）

　第一节　建立包容性社会支持体系……………………………（155）
　　一、完善残疾人体育法律体系………………………………（155）
　　二、共建残疾人体育支持网络………………………………（156）
　　三、构建残疾人体育无障碍环境……………………………（157）
　　四、驱动适应体育专业发展…………………………………（158）
　　五、打造残疾人体育信息网络系统…………………………（159）

第二节　残疾人体育服务人才培养与保障 …………………… （160）
  一、高校应成为残疾人社会体育指导员培养的重要阵地 …… （160）
  二、残疾人社会体育指导员培训内容与方式应多元化 ……… （161）
  三、基层残疾人社会体育指导员的网格化治理 ……………… （164）
  四、针对不同层级的残疾人社会体育指导员的激励措施 …… （165）
  五、建立健全残疾人社会体育指导员保障体系 ……………… （166）
第三节　政府购买残疾人体育服务运行模式改革 ……………… （167）
  一、政府购买残疾人体育公共服务的实现路径 ……………… （167）
   （一）以完善制度顶层设计为目标加强法规建设 ………… （167）
   （二）以资源合理配置为导向优化购买服务模式 ………… （168）
   （三）以残疾人合理便利参与体育为原则弹性设定购买
     服务项目 …………………………………………………… （169）
   （四）以供给的市场化为前提培育扶持助残体育社会
     组织 ………………………………………………………… （170）
   （五）以公平公正为核心完善监督管理与评价机制 ……… （170）
  二、政府购买残疾人体育公共服务的信息化模式架构 ……… （171）

第八章　研究结论与展望 …………………………………………… （174）

第一节　研究结论 ……………………………………………………… （174）
第二节　研究展望 ……………………………………………………… （175）

主要参考文献 ………………………………………………………… （177）

第一章 绪论

第一节 研究背景

全面小康，是当今中国社会的一个高频词。党的十九大报告中明确指出："从现在到二〇二〇年，是全面建成小康社会决胜期。""全面建成"意味着一个也不能落下，我国目前有超过8500万名残疾人，其生命质量关乎社会的稳定和发展，是全面小康进程中需要格外关心和关注的特殊困难群体。习近平总书记明确强调："全面建成小康社会，残疾人一个也不能少"。《"十三五"加快残疾人小康进程规划纲要》公开承诺：2020年中国残疾人要与全社会同步实现全面小康。全面小康社会的建设，不仅是关注残疾人扶贫、教育及就业问题，还应包括医疗、社会服务及自我发展等各个方面，在任何一个方面，残疾人的缺席都是不合理的。残疾人体育是残疾人事业的一个重要组成部分，残疾人参加各类体育活动，是依法享有的权利，是康复健身、提高生活质量、融入社会、实现自身价值的重要途径。

早在2010年，国务院办公厅就转发中国残疾人联合会等部门和单位《关于加快推进残疾人社会保障体系和服务体系建设指导意见的通知》，目标提出，到2015年，建立起残疾人"两个体系"基本框架；到2020年，残疾人"两个体系"更加完备，保障体系和服务能力大幅度提高。"两个体系"明确提出发展残疾人文化体育服务内容。但如何发展残疾人体育，为残疾人提供应有的体育公共服务，学者们一致认为困难与问题并重，尤其是如何把握好残疾人体育需求，是亟须解决的问题。为落实《全民健身条例》，中国残联办公厅又发布了《关于印发〈自强健身示范点命名资助暂行办法〉的通知》（残联厅发〔2012〕21号），要求全国各地大力创建"残疾人体育活动示范点"，鼓励残疾人积极参加全民健身活动。"残疾人体育活动示范点"建设的确满足了部分残疾人体育活动参与的需求，但在缺乏整体基本体育服务体系的构建下，这种需求的满足不仅不稳定，关键是不全面和不平等。

参与体育活动，提高健康水平，已成为残疾人依法享受权利，改善生活质量，加快推进残疾人小康进程的途径之一。但是从官方统计数据及学者的研究表明，目前我国残疾人体育参与情况不容乐观。据《2013年度中国残疾人状况及小康进程监测报告》显示，2013年度全国仅有43%的残疾人参与过残疾人文化、体育活动，还有一半以上的残疾人没有真正走出家门，融入社会。在2015年度、2016年度、2017年度、2018年度报告中，该比例仍然没有明显进展。第九届、第十届、第十一届残疾人事业发展论坛上学者的研究都证实了我国残疾人群众体育参与率不足10%这个严峻的形势。残疾人体育服务供给能力和水平与残疾人群众体育发展速度不相适应，国内学者近年的成果同样得出类似结论，指出社区参与不足态势恰巧与社区建设中"增权"理念缺失相关，并指出影响残疾人体育参与的主要因素是体育参与的机会与条件不平等，其中重要原因之一就在于保障体系的不健全。换句话说，由于政策保障和资源配置不到位，残疾人群体实质上并未被赋予体育活动参与的权利（即失权），因此使他们通过参加体育活动提高生活质量成为空谈（即失能）。"十三五"规划纲要的一个重要目标，就是从总体小康迈向全面小康，而全面建设小康社会，除了物质生活提高外，还特别注重人们的精神生活、所享受的民主权利以及生活环境的改善等方面，实现社会的全面进步。

课题组前期研究中，深刻感受到党的十九大以来，残疾人事业取得了辉煌的成就，但从连续三年的中国残疾人事业发展监测报告中可得知，参与体育活动的残疾人比例一直处于较低水平，与残疾人事业发展速度极不匹配。为了缓解现阶段我国残疾人体育参与"失权"和"失能"的窘境，我们需要在参考国外先进经验的同时，基于我国残疾人体育事业发展的现实状况，构建本土化的残疾人体育参与保障体系。因此，本研究将首先拓展国际视野，对国外残疾人体育参与保障的先进经验进行梳理；其次，立足中国实际，对我国残疾人体育参与保障的本土化经验进行总结；最后，基于以上两方面内容并结合专家观点，构建本土化的、可操作性强的残疾人体育参与保障体系。

本课题正是基于这样的背景进行设计和调研的，主要从两个维度思考赋权增能视角下残疾人体育参与的保障体系：一是残疾人体育参与现状分析与问题反思，即残疾人体育参与的"失权"或"失能"剖析；二是如何通过政策与制度顶层设计，保障和促进残疾人获得体育活动的权利，即对残疾人体育参与"赋权增能"；赋权增能的核心是通过完善的保障体系提供资源以及增进知识和培养能力，提高残疾人管理自己生活的能力。

第二节 残疾人体育参与的国内外研究概况

一、国内外相关研究的学术史梳理及研究动态

从国际现状来看，联合国《残疾人权利公约》(Convention on the Rights of Persons with Disabilities)和《国际功能、残疾和健康分类》(International Classification of Functioning)都指出政策和标准的不健全、态度的消极、服务提供的缺乏，导致残疾人在体育及其他方面的权益得不到保障。Rimmer、Shields、Jaarsma、Mascarinas等学者的研究表明：残疾人体育活动实施较为完善的国家主要从法制、社会、专业、环境等方面来全方位保障残疾人群众体育权益。

（一）法制保障

法制具有规范作用，可以指导、评价、教育、预测和强制个人及社会活动。作为社会中的特殊群体，残疾儿童更需要法律、制度提供完善的保障。欧美发达国家长期以来十分注重残疾人相关法律的制定，并能根据残疾人需求的改变而不断修订相关法律。美国是残疾人事业发展最快的国家，其拥有全面系统的相关法律法规，为各级残疾儿童提供相关保障。事实上，美国许多主流的项目及部门都十分关注残疾人的健康发展（表1-1），其中有源自社交领域的《社区预防工作法案》(Communities Putting Prevention to Work)；《健康人民2020计划》(Healthy People 2020)这个全国性的公共卫生健康计划中对如何改善残疾人健康水平作出了较为系统的诠释；《特奥健康运动员项目》(Special Olympic Healthy Athletes Program)及残疾人奥林匹克运动会等一些残疾人运动项目上，不仅具体实施了残疾人的体育参与，更为残疾人提供了健康教育、康复治疗、发展规划、意识培养、环境改善等多个目标。

表1-1 美国残疾人健康保障的相关项目一览表

序号	项目名称	目标
1	《社区预防工作法案》(Communities Putting Prevention to Work)	1. 安全、便捷的交通环境 2. 提供健康的食品和饮品 3. 自由参加体育运动的环境

(续表)

序号	项目名称	目标
2	疾病预防控制中心国家出生缺陷和发育障碍中心（CDC National Center on Birth Defects and Developmental Disabilities）	1. 将残疾人的健康纳入疾病防治中心的主流公共卫生项目之中 2. 确保残疾人健康发展的地位
3	《健康人民2020计划》（Healthy People 2020）	1. 解决残疾人健康差异问题 2. 协助残疾人融入公共卫生活动之中 3. 为残疾人提供及时、适当的医疗康复服务 4. 消除环境的阻碍
4	国家健康、体力活动和残疾中心（National Center on Health, Physical Activity and Disability）	1. 与倡导健康的知名组织合作，树立残疾人的健康的标杆，研究并普及残疾人健康的专业知识 2. 促进残疾人的运动参与
5	《特奥健康运动员项目》（Special Olympic Healthy Athletes Program）	1. 对有智力障碍的运动员进行健康检查 2. 运用体育锻炼的方式对运动员进行健康教育 3. 培训专业人员如何治疗智力残疾人并促进他们的健康水平
6	残疾人奥林匹克运动会（Paralympic Games）	1. 为残疾人体育提供体育诊所和教育项目 2. 支持未来残奥会运动员的发展 3. 增加残疾人的健康意识 4. 在残奥会主办城市，创建残疾人完全可到达的体育场馆和交通系统

　　残疾人健康项目彰显了美国政府在制度上的保障。然而，制度上的保障在具体实施过程中或多或少会彰显其"软性"，对残疾人健康、体育参与进行最有力的保障仍需要法律予以支持。自1968年以来，美国的诸多法律都着力倡导为残疾人提供运动和健身的机会。在所有的残疾人法案中，《康复法案》（Rehabilitation Act of 1973）和《身心障碍者个别教育法案》（the Individuals *with Disabilities Education Act*，IDEA）对残疾人体育参与的影响非常大。于1973年颁布的《康复法案》，用来防止歧视残疾人，并通过联邦财力的支持，使所有身心障碍的人群都能有机会接受包括体育运动等康复服务。1990年新修订的IDEA则特别强调所有残疾青少年都有机会参与体育运动，学校有义务制订标准化的适应体育课程，以满足不同类型残疾青少年的运动需要，促进该群体动作及身体机能的改善。在IDEA的基础上，各州配套制订出《学龄前障碍儿童项目》（PPCD），该法案针对3~5岁学龄前残疾儿童的康复问题做出详细规定。

除了美国以外，现阶段一些发达国家也都非常注重用法律这一个"硬武器"来保障残疾人的体育参与。欧洲许多国家也制定了保障残疾儿童权益的法规。1995年，英国颁布的《残疾歧视法》（*Disability Discrimination Act*，DDA）中规定任何学校（包括幼儿园）都有责任采取合理的措施，以确保残疾学生不处于劣势；学校必须为残疾学生制订具体的康复计划，以消除或最小化他们与健康学生基础水平的差距。事实上，不仅仅是欧美发达国家重视用法律来保护残疾儿童康复的权利，亚洲的一些国家也建立了比较完善的残疾儿童法律保障体系。1977年，韩国政府颁布了《特殊教育振兴法》（SEPL），该法案规定各级学校应对残疾儿童采取早期康复和个人化教育，并强调残疾儿童的主流教育，让他们尽早融入主流社会。

（二）社会保障

残疾人是社会成员的重要组成部分。残疾人健康的发展、运动的参与都离不开全社会成员的共同助力。然而，从全世界范围来看，残疾人体育参与的社会阻碍依然明显，哪怕在一些残疾人法制较为完善的国家，其社会阻碍总体还存在以下几个问题：第一，缺乏朋友协助。相较健全人，残疾人的朋友数量不多，而许多体育运动项目对参与人数有一定要求，这就使得残疾人在体育参与过程中缺乏朋友的协同、互助。第二，缺乏家长支持。在欧美国家，虽然人们对残疾人的了解较多，但一些家长不仅缺乏残疾人体育锻炼的专业知识，更担心自己的孩子在运动过程中受到损伤，这也导致他们不愿意将自己的孩子送上运动场地。第三，缺乏专业指导。许多残疾人体育指导员经验不足、态度消极，在指导过程中非常担心会给残疾人带来运动损害，这就容易导致体育指导的效果并不显著。

为了消除社会阻碍，国外普遍采取"融合体育"的方式来帮助更多的人来了解、参与、宣传残疾人体育。融合体育首先出现在教育领域。"融合体育"这个词所表达的意思是每个儿童少年，不论其个体差异，都应该一起参与到体育教育活动中，并最大限度地重视个体差异。它强调的是给予残疾学生最适合的支持，而不是把残疾学生分隔出去再给予支持。20世纪60年代，该理念逐渐出现在特殊教育领域，其主要目的是希望在进行体育活动或者体育教育的时候，不要区分身体残疾，让健全学生和残疾学生同时进行。当然，这种融合的方式带来的效果是显著的。国外学者的研究成果显示，融合班与非融合班的学生在动作技能的掌握程度上并无显著差异，但融合班的学生对残疾人的接受度更高。残疾学生在同学的协助下，其技能水平显著高于未融合的残疾学生。值得注意的是，家长确实能在融合体育教育中发挥重要的作用。布洛克的研究显示，残疾学生与家长共同参与体育运动后，残疾学生的动作技能、调适性行为都得到显著提高。

融合体育在教育领域的先例，使人们开始在更广阔的领域探索如何通过体育来拉近健全人与残疾人之间距离。其中，以尤尼斯·肯尼迪·施莱佛创办的旨在加强智力残疾人社会融合的"特奥运动会"活动尤为闻名。自1962年首次组织35名智力残疾人参加了在自家后花园举行的以体育运动为内容的夏令营活动以来，截至2014年已经有超过400万名智力残疾运动员加入，且融合运动已经成为国际特奥会的主要组成部分。特奥运动会为推动残疾人与社会的融合，促进残疾人的健康发展起到了重要作用。

（三）专业保障

法律法规能够保障残疾人体育参与的平等地位，社会融合能够保障残疾人体育参与的人文环境，而残疾人体育参与的质量优劣，则需要专业的残疾人体育师资进行指导。在残疾人体育专业师资培养方面，欧美国家的培养现状具有以下特征。

1. 需求日增

有多少残疾人，他们受教育的状况如何，需要多少特殊体育教师，直接关系到国家教师教育政策制定、调整、专业设置以及培养的方式。1967年，美国《90-172法案》的实施，为其特殊体育师资的培养和研究提供了法理依据和相关机构的资金支持，许多高等院校和教育学院设立了培养适应体育师资的专业和选修课程，并逐步设立了适应体育硕士和博士研究点，形成了"本—硕—博"一套完整的职前培养体系。对在职的体育教师，则进行适应体育方面的培训，但依然不能满足社会的需求：自1975年以来，美国现有的适应体育教师职位空缺和现有的合格教师数量之间还有很大的差距。

2. 角色多元

专业的残疾人体育师资服务的范围比较广泛，不仅仅针对特殊教育领域的学生，还扮演着倡导者、教育者、信息传递者、支持者和资源协调者的角色。面对不同的残疾人群、不同的体育参与人数，残疾人体育教师也表现出很大的差异。一般情况下，他们不仅是残疾人的健康教育者和体育指导者，而且承担了护理员、身体理疗师的职责。

3. 能力多维

在融合教育背景下，残疾人体育教师的专业核心素质之一是态度。自1975年以来，教师的态度受到了众多研究人员的关注，因为人们相信态度决定了教师所创造的班级环境质量，这也是决定融合体育教育是否成功的关键因素和有效教学的重要组成部分。另外，由于特殊人群的复杂性和所具有问题的多样性，决定了从事特殊体育教育的教师必须具备丰富的知识和专业的技能。这些知识和技能来源于众多学科，如病理学、康复学、心理学、体育学、测量学、锻炼学、教育学等。为了安全且有效地为残疾人提供体育教育服务，2007年，全美健康、体育、娱乐与舞蹈联盟（American Alliance of Health Physical Education, Recreation and Dance, AAHPERD）发布了"高素质适应体育教师"培养指南，规定了适应体育教师必须具备的4条最低标准。同时，还规定了适应体育教师必须具备的知识、技能和态度等。

4. 内容丰富

1975年，美国《所有残疾儿童教育法》（*Education of All Handicapped Children Act*，即94-142公法）的颁布，促使大学的体育师资培养计划和体育教师在职培训计划必须做出改变以适应社会对合格的特殊体育教师的需求，其中，特殊体育课程的设置是这种改变的核心内容。沃尔特从课程提供的性质、交叉课程的类型、实践课程发展的趋势、本科课程的要求、相关学科的支持、科学研究、学生注册状况以及特殊体育教师的职位需求等方面对以后适应体育课程的发展进行了论述，提出了适应体育课程发展的11种趋势。经过多年的发展，适应体育课程的内容依旧朝着多元化方向发展，但总体而言，实践课程所占的比重有逐渐增加之势，实践课程的教学能使职前学生或在职体育教师对残疾人表现出更大的支持度，更强的关爱、照护倾向。

5. 方法多样

美国从20世纪60年代开始逐步形成了从本科到博士的系统培养体系，并且鉴于特殊体育教育的学科综合性，为了更有效地培养特殊体育师资，有研究提出了充分利用其他相关学科优势，实施多学科或联合其他学科共同培养的模式。另一种针对职前残疾人体育教师的典型教育方式——"服务—学习"（Service-Learning）模式的出现，不仅为职前适应体育教师提供了进一步认识了解甚至研究残疾人的机会，还改变了他们对待残疾人的态度，提高了他们的文化意识、多学科的学识以及批判性思考和解决问题的能力。1995年，美国残疾人体育教育与娱乐联合会实施了特殊体育教师资格认证制度，大部分的州都基于此制度，按照其规定的标准来培养适应体育教师。

（四）环境保障

根据社会构建模型理论，障碍是社会强行赋予障碍者群体的。社会强行赋予障碍者群体的障碍包括从个体的偏见到制度的歧视，从公共建筑的障碍到交通系统的限制，从隔离式的教育到排斥性的工作安排等，渗透在社会生活中的方方面面。2001年，世界卫生组织推翻了1980年制定的医学模型下的《国际残损、残疾和残障分类》（*International Classification of Impairment, Disability and Handicap*），以《国际功能、残疾和健康分类》（*International Classification of Functioning, Disability and Health*，ICF）取代。ICF关注造成障碍的各种因素，如身体、环境、参与能力等，以及用何种方法可以减少这些障碍因素对障碍者的影响。

ICF包含四大类，分别为身体功能、身体结构、活动和参与以及环境因素。在ICF中，"障碍"并不是静态的，而是动态的，它会随着环境和个人因素的变化而变化。目前，世界上很多国家与地区已经参照ICF对障碍者面临的相关问题进行管理和分类，将活动与参与和环境因系列为障碍者鉴定的测量项目。例如，活动与参与中有能否专心做事10分钟、能否长时间站立、能否长距离行走、能否一个人洗澡穿衣吃东西、能否与陌生人互动、能否参加社区活动等；环境因素中有居家环境的设计和摆设、邻里建筑物或场所的空间设计和摆设、社区中人们对当事人的态度、社区的治安情况等。

无障碍主题在过去十多年里已经在世界上得到广泛探讨,甚至有很多国家都已经进行专门立法,明确规定新建房屋和设施必须符合相应的设计标准,并对工程完工设置了标准和规范。尽管近年来取得了革命性进展,但是,在世界大多数地方甚至一些被视为"发达"的国家"合理便利"的理念和设计还有很长的路要走。从微观的现实需求来看,残疾人想要参与到体育运动之中,最基本的保障应该是有一个能够容纳他们的环境,只有进入一个契合他们的环境,他们才能真正参与体育运动。然而,从现实情况来看,即使是残疾人体育开展较为先进的美国、英国等国家,在残疾人体育参与的环境方面也都暴露出一些问题。

二、我国残疾人体育参与保障研究现状的总结

自中华人民共和国成立以来,我国政府就关注残疾人的身心发展,然而,受制于当时特殊的政治环境、有限的经济条件,在很长一段时间里,我国残疾人权益并未得到有效的保障。改革开放以后,我国残疾人事业得到快速发展,越来越多的残疾人参与到体育运动之中,残疾人体育参与得到一定保障,但也存在不少问题。

(一)涉及法律数量众多,但支持力度不强

残疾人作为一个特殊人群,其权益保障程度是社会文明程度的标杆。改革开放四十年来,我国出台了《中华人民共和国残疾人保障法》《中华人民共和国残疾人教育条例》《残疾人就业条例》《无障碍环境建设条例》等10余部保障残疾人权益的专项法律法规,《中华人民共和国宪法》等50多部法律中也出台了有关保障残疾人合法权益的规定。虽然有为数不少的法律法规涉及残疾人权益保障以及残疾人体育权利,但缺乏诸如《残疾人体育权益保障法》《残疾人体育促进法》等对口性法规。党的十八大报告明确提出:"健全残疾人社会保障和服务体系,切实保障残疾人权益。"体育权利已经成为残疾人不可被剥夺的权利。但是,现实生活中残疾人体育运动参与情况并不乐观,对照《体育发展"十三五"规划》中提及的"截至2014年底,全国经常参加体育锻炼的人数比例达到33.9%",《2013年度中国残疾人状况及小康进程监测报告》显示,"经常参加文化、体育活动的残疾人人口仅占8.2%"。究其原因,现阶

段我国残疾人权益保障的相关法规众多，但残疾人群众体育权益的保障力度不足，使得残疾人群体通过参加体育活动提高生活质量成为空谈。

（二）社会融合日渐受到重视，但辐射群体不广

与欧美国家一样，我国残疾人体育参与的社会融合率先在教育领域开启。在理论研究方面，学者张军献、刘洋、王健等对"融合体育教育"的理念进行了深入的探讨，并一致认为：随着社会的不断发展，残疾人权益保障制度的不断完善，人们对残疾人群体的认识不断深入，"融合"必然成为未来体育教育的一个新主题。除此之外，"融合"的理念被放置于更广阔的残疾人体育公共服务领域进行探讨。学者吴燕丹用"融合"的理念来探讨如何更有效地消除残疾人体育参与的社会隔阂，研究认为：参加体育活动是残疾人依法享有的权利，是残疾人融入社会的一个重要途径；为残疾人提供融合的体育氛围、体育环境，使融合的体育活动既符合残疾人的能力和需要，又不致使他们体会到有异于常人的隔离感，需要社会为残疾人提供必要的支持条件，只有这样才能使残疾人参与体育活动在主流环境中取得成功。

在实践操作层面，我国对残疾人的宣传日渐增多，对于残疾人体育而言，广大群众最为熟悉的莫过于我国残疾人竞技体育事业的辉煌成绩。自2004年雅典残奥会以来，我国残疾人体育代表队的金牌数和奖牌数常居残奥会榜首，残疾人运动员在赛场上所展现出的飒爽英姿和顽强拼搏的精神，感染了许多人，也增进了人们对残疾人及残疾人体育的认识。然而，残疾人竞技体育运动员毕竟是少数，长期以来，人们鲜有与残疾人进行有计划、有组织、有规模的体育融合的机会。2011年，国际特殊奥林匹克东亚区携手上海特殊关爱基金会共同发起了"特奥融合学校计划"，该计划旨在通过特奥体育融合及宣教，激发青少年成为推动他们所在社区变革的倡导者，帮助智力障碍人士更好地融入社会。经过多年的发展，"特奥融合学校计划"已经在上海、北京、福州、兰州等全国多个城市定期开展，数万人得到了与智力残疾儿童体育融合的机会。

总体而言，我国政府对残疾人体育越来越重视，媒体对残疾人体育的报道越来越多，不少公益组织也积极组织残疾人与健全人之间的融合，以帮助广大群众认识残疾人群体，也帮助残疾人更好地融入社会。只是，类似于"特奥融合学校计划"这样的活动毕竟是少数，且现阶段社会融合主要辐射在教育领域，受众面依旧较窄。

（三）人才培养初具规模，但人才培养数量、质量欠缺

中华人民共和国成立以后，我国特殊教育短期内获得了很大发展，但针对特殊体育教师的教育长期停滞。进入21世纪后，我国残疾人体育专业师资培养才逐渐开启：2001年天津体育学院首先开设特殊体育教育本科专业；接着山东体育学院、西安体育学院、辽宁师范大学体育学院、广州体育学院、泉州师范学院、武汉体育学院都相继开办了特殊体育教育本科专业。不仅如此，北京体育大学于2001年设置了适应体育研究方向，继而开始招收硕士、博士研究生；福建师范大学于2008年开始有计划地培养特殊体育方面的研究生，并于2013年明确设置了适应体育的研究方向，培养特殊体育方面的硕士、博士研究生。可以说，经过长期的摸索和尝试，我国残疾人体育专业人才培养已初具规模。

然而，我国残疾人体育人才培养的时间较短，与美国有大约40年的差距。培养历程短，也使得我国培养的残疾人体育人才无论在数量上还是在质量上都比较欠缺。

在培养数量方面，我国仅有7所高校培养特殊体育专业人才，每年培养的特殊体育教育专业人才300人左右，这与我国高等教育在学总规模3600多万人相比，有着天壤之别。据2014年全国教育事业发展统计公报显示，我国共有特殊教育学校2000所、在校生39.49万人，显然，我国特殊体育教育专业人才培养的数量远远不能满足特殊体育教育发展的需要。许多特殊学校因而不得不由没有体育教育或特殊教育专业背景的教师来兼任体育课，甚至有些学校由生活教师来上体育课。

在培养质量方面，特殊体育教育兼跨特殊教育、体育教育、医学、康复学等学科，且教育对象多样而复杂，对特殊体育教师的专业素质要求较高。但现阶段在我国特殊体育专业人才培养过程中，各学校并没有在"特殊体育教师的专业素质包括哪些方面、最核心的素质是什么、具备了哪些素质才是一个合格的特殊体育教师"等问题上达成一致，且国家层面也没有制定特殊体育教师的专业标准，造成特殊体育教师自身不清楚要学习哪方面的知识、需要什么样的技能，特殊体育专业的课程设置要集中哪些方面、具体发展学生哪方面的能力。这就容易导致各学校人才培养的质量参差不齐。此外，我国至今还没有实行严格的教师资格认证制度，特殊体育教师持有的仍然是一般的教师资格证书，特殊体育教师的专业水平及教学实践技能则没有涉及，没有等级之分，也

没有动态考核和退出机制，无法对教师形成有效的约束，很大程度上制约了教师职后的自我发展和专业化水平的提高。

（四）无障碍环境日趋常态，但场地设施设计缺乏人性化

无障碍是一种人权，也是社会正义的基本支柱。真正意义上的无障碍环境是指，在此环境下，每个个体都能够完全自由地表达其独立性和自主性。同时，阻碍融合的一切障碍都已经被根除。学者的研究和社会观察视角已经关注到残疾人出行的无障碍环境，但在体育活动无障碍方面的关注度还有待提升。有一些研究者开始将问题聚焦到高校残疾学生的体育无障碍环境上，国际残奥委员会在2015年也出版了《无障碍指南》一书，提出公平、尊严、适用三项基本原则，更是在技术规范、无障碍培训、城市公共服务与设施等方面提出非常具体的要求，为残疾人体育活动无障碍环境提供参照标准和执行规范。在联合国权利公约中一再强调的"合理便利"原则，就是对无障碍环境的最好诠释。但官方的标准和碎片化的研究相较于日益增长的残疾人体育活动需求，显然还有较长的路要走，无障碍环境的缺失也是目前影响残疾人体育参与的一个无法回避的问题。

当然，课题组在通读现有文献后，隐约感觉到"残疾人体育"研究还存在一定的发展性不足，在与国外文献进行比较后，这些发展性不足为本研究的进行与开展提供了必要性。这些不足具体表现在：第一，研究视角决定了对残疾人体育需求理解的狭隘性。尽管"残疾人体育"研究已经具备一定的文献量，但总体来说，研究视角还大多局限在残疾人体育教育和残疾人体育活动开展的范畴，尽管多数作者也考虑到了年龄和分类，努力实现残疾人体育教育的差异性。但需求本身带来的问题并不仅仅表现在简单的体育活动开展上，而是由一个复杂的体系构成，另外，可操作的残疾人体育政策制定、残疾人体育自组织建设、残疾人体育文化的构建、残疾人体育权利的识别、残疾人体育精神的构成、满足残疾人体育参与的城市农村规划等问题的研究还相当滞后，当前残疾人体育发展问题的实质还在于对残疾人体育需求的"痛点"了解不够。第二，研究深度没有体现残疾人体育参与基本保障体系构建的整体内容和问题导向的逻辑原因挖掘。无论是论文文献，还是专著文献，对残疾人体育的研究并没有从残疾人体育参与基本保障体系的基础层面进行深入挖掘，大多还停留在表层上探讨，研究方法也相对简单，高质量的文献较少。专著普遍带有科普或教材性质，缺乏问题导向的研究。诸如残疾人体育参与基本保障体系的涵盖面

到底是什么？由哪些维度构成？由哪些指标组成？同时，基本保障体系构建的困难与问题在哪里？如何识别这些问题及其背后的原因？只有沿着这样的逻辑思路，才有可能真正了解残疾人的体育需求，基本保障体系的建设才具有科学性。第三，比较研究还有待跟进。残疾人体育发展是一个国际性问题，国外很多学者对残疾人体育涉及的政治、文化和社会服务体系有较为先进的研究基础，尤其在基本公共体育服务体系的建设上有非常好的设计与措施，并由服务体系构建推进残疾人体育政策的制定与优化，以及通过开展残疾人体育，培养优秀的社会公民，强化歧视消除，在平等、包容等方面有非常高的目标指向性和组织实施性。如何通过此类比较研究，探索建立符合中国特色的残疾人体育事业发展的基本保障体系，仍有较大的现实和理解层面的差距。第四，契合政策与残疾人体育需求评估还有待深化。五年来，残疾人体育事业取得进步的一个根本性原因是政策上高度关注残疾人群体，鼓励和引导残疾人融入全民健身和全面小康的蓝图中，但从理论研究来看，现有文献对残疾人发展政策的认知和理解还存在一定的模糊性，尤其对残疾人体育需求、基本公共体育服务体系建设的内涵，以及满足残疾人体育参与的障碍、机制等问题尚未真正厘清，研究成果与现实需求并不吻合，残疾人基本公共体育服务体系建设思路尚未厘清，研究出发点和立意高度不够等。

上述问题的出现，是一种发展性问题，是我国社会经济高速发展、国家富强、民族复兴和人民幸福的中国梦要求使然。因此，研究有必要以赋权增能为切入点，通过政策与制度顶层设计，对残疾人体育参与的"失权"或"失能"问题进行检视。在此基础上，调查和反思我国残疾人体育参与的现实困境，提出支持残疾人体育参与的保障体系和策略，使残疾人体育的赋权和增能成为现实。

第三节 研究思路与方法

一、研究目标与基本框架

当前残疾人体育需求与基本保障体系建设的相关研究，不仅数量较少，总体视域也比较狭隘，如何探索新意，并强化研究深度是本课题目标设立的基本原则。除符合这一原则外，研究范围、框架、内容、思路和方法的设定也充分兼顾研究现实和实施的可行性。基于上述考量，根据申报书的设计目标，课题组锁定3个核心问题，并采用不同的研究方法和路径来回答这几个问题（图1-1）。经过全体成员的共同努力，用三年半的时间，按照研究计划，基本完成课题预定目标。

```
研究内容                              研究方法

内容1：赋权增能视角下中外残疾人      ← 内容1：文献调研法、访谈调查法
      体育服务政策及运行模式检视
          ↓
内容2：残疾人体育参与的政策          ← 内容2：个案法、归纳演绎法
      法规和价值取向解读
          ↓
内容3：残疾人体育参与的调查分析      ← 内容3：问卷调查法、深度访谈法、实地考察法
      与解困探索
          ↓
内容4：实现赋权增能的残疾人体育参    ← 内容4：文献资料法、归纳演绎法
      与的保障体系
          ↓
内容5：保障体系运行——以政府购买    ← 内容5：访谈调查法、观察法
      残疾人体育服务为例
```

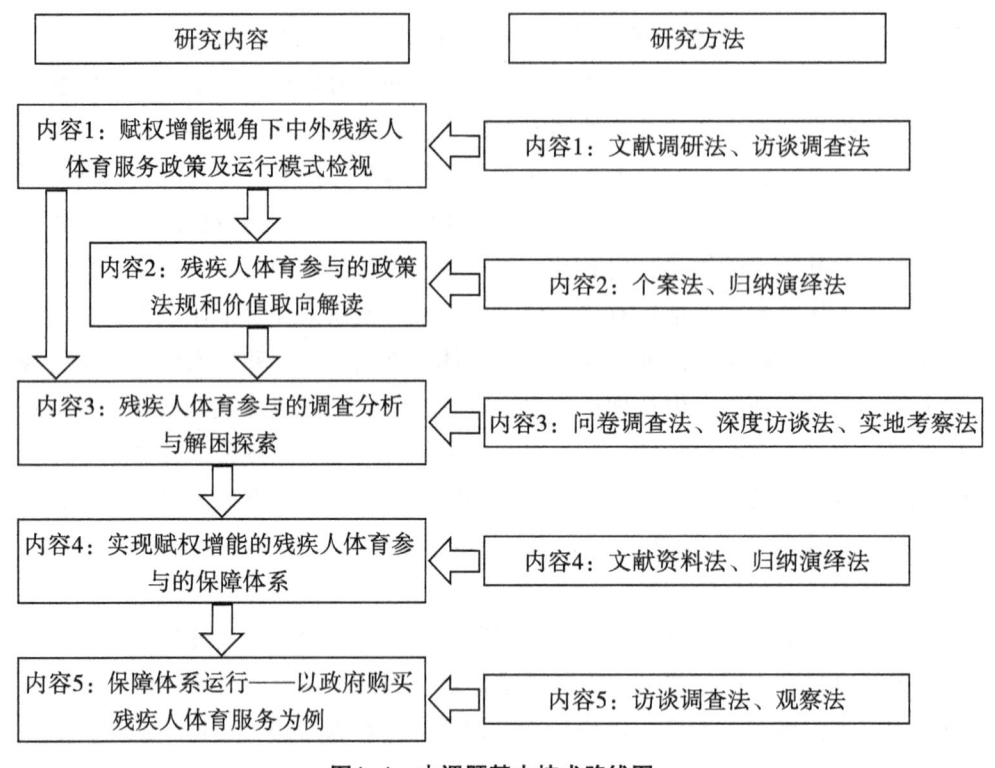

图1-1 本课题基本技术路线图

目标一，从中国现有国情检视和解读残疾人体育参与应如何在政策法规层面实现"赋权"和"增能"。

目标二，在对我国残疾人体育参与现状调查的基础上，分析和解决保障体系存在的不足和问题。

目标三，以政策顶层设计为导向，构建和验证可操作的残疾人体育参与的保障体系。

二、研究对象

重点讨论残疾人体育参与保障体系中的制度体系和支持体系，以政府购买残疾人体育公共服务的运行机制为主要分析对象。

三、研究思路与方法

首先，在借鉴国际经验的同时，立足社会转型期的中国国情，通过对我国残疾人体育参与现实状况的调查与分析，研究残疾人体育参与中存在的价值观冲突、利益冲突和权利冲突，试图从赋权的角度研究残疾人体育参与的包容性政策，为残疾人合理便利参与体育活动提供政策保障；其次，深入探讨体育如何为残疾人"赋权"和"增能"，指出残疾人体育参与从制度到保障都应立足生活；最后，提出残疾人体育参与中的赋权增能必须依托保障体系的建设，保障残疾人能获得高质量的体育服务。

本研究在方法论上采用文化研究和文化批判的方法。在本研究中文化的定义是，在残疾人体育参与的实践过程中，相关的行动者共同分享的并反映在语言和行为中的价值观、态度、信念等。具体搜集资料与分析资料方法上，采用文献调研法、访谈法对中外残疾人体育服务政策及运行模式进行回顾性研究；采用个案法以及归纳演绎法对残疾人体育参与的政策法规和价值取向进行深度分析和理论建构；采用问卷调查法、深度访谈法及实地考察法等方法对残疾人体育参与现状进行调查与分析，调查范围包含全国特殊教育及体育学专家、残疾学生、社区中残疾人、残疾人体育指导员；采用文献资料法、归纳综合及演绎法解答实现赋权增能的残疾人体育参与的保障体系应如何构建。最后，为了验证保障体系的实际运行情况，采用行动研究方法对残疾人体育参与的保障体系的可操作性进行考证，并以实地方式了解运行效果。具体研究方法如下。

1. 文献调研法

以"残疾人体育""保障体系""赋权增能"等关键词进行文献交叉检索，查阅近10年国内外关于残疾人群众体育、体育公共服务等方面的期刊、会议论文和硕博士论文。重点阅读相关政策法规和著作，结合本研究进行系统的归纳梳理。通过对文献的梳理，对研究课题的历史沿革和热点问题进行时间、空间上的思考、分析与审视。

2. 调查法

调查法是本研究非常重要的研究方法，采用了以深度访谈为主、问卷调查为辅的方法。面向残疾人体育及残疾人保障的专家学者、残疾人体育服务人员、部分残疾人，从不同层面了解残疾人体育参与保障体系中存在的问题和解决办法，同时对这三类人群进行重点访谈和集体访谈，为本研究的理论框架提供现实依据和问题意识。设计面向残疾人群体和面向服务人员的两类问卷，经过与残疾人体育领域十多位专家反复探讨，最终确定，内容效度与结构效度均达到9分以上。由于设计的部分题项无法进行信度检验，且由于调查人群的特殊性和流动性，信度检验存在实际的操作困难，故问卷没有进行信度检验。残疾人群众有效问卷回收573份，服务人员有效问卷回收1264份（因篇幅关系，本研究报告仅针对问卷反映的主要问题进行分析归纳，不呈现问卷统计结果）。实证研究部分根据研究目的和调研对象做了针对性问卷，进行了严格的信效度检验，该部分内容在个案研究部分会有详细说明。利用2015年9月在成都市举办的第九届全国残疾人运动会科学论文报告会、11月在浙江省举办的第十届全国体育科学大会，2016年1月在北京市举办的第九届中国残疾人事业发展论坛，2017年在天津市举办的第十届中国残疾人事业发展论坛的契机对中国残联负责残疾人体育工作的相关人员、残疾人体育研究学者进行深度访谈，并对二十多位残疾人体育研究人员分批次进行焦点团体访谈，就残疾人体育指导员培训及管理中存在的问题以及如何赋权增能进行集体讨论；在2019年的第十一届全国体育科学大会和2019年"一带一路"框架下残疾人事务主题活动体育分论坛上将本研究的理论成果进行汇报，获得广泛认可。对中国残联在福州、延吉、哈尔滨举办的三期全国残疾人体育指导员培训班学员进行授课和访谈，对云南、宁夏、天津等11个省、区、市残联负责残疾人体育指导员培训的相关负责人进行电话访谈，掌握我国部分省、区、市国家级和省级残疾人体育指导员培训班的举办情况，从不同层面审视和反思我国残疾人体育指导员在培养管理中存在的不足与急需解决的问题。

3. 实地考察法

本研究的实地调研持续三年多的时间，调研省市包括北京、上海、广州、深圳、杭州、南京、天津、成都、合肥等一线城市，也有济南、南昌、贵州、福州等二线城市，同时也考虑到西部地区地广人稀的特点，专门赴西藏、宁夏、内蒙古、青海、新疆、吉林、黑龙江、广西、云南、陕西等地了解残疾人体育基本保障情况。利用全国残疾人社会体育指导员培训讲师身份，赴吉林省和黑龙江省的两个培训班进行调研，了解全国各地残疾人健身活动开展的保障情况。在调查阶段选取代表性残疾人健身站点进行实地观察，深入了解残疾人体育需求并考察保障体系运行情况。

4. 个案研究法

在现状调查部分以典型个案分析的方式审视残疾人体育保障体系的合理性和政府购买残疾人体育服务存在的问题。本研究选取的几个个案分别是：代表残疾人群众体育运行保障的福建省残疾人福乐健身站的运行；代表残疾人学校体育资源配置的厦门市心欣幼儿园运动康复课程运行；代表制度保障的政府购买残奥会科技攻关项目运行；代表残疾人竞技体育运行保障的中国残联全国特奥足球比赛的委托承办。在实证研究部分选取了代表专业人才培养体系的福建师范大学适应专业人才培养路径探索，以及中国残联购买残疾人康复体育项目的运行实践，助残社会组织培育福建师范大学心桥助残服务队和连江县谷雨公益服务中心培育实践的个案，跟踪并验证制度保障和人才保障方面保障体系的合理性和可操作性。

5. 归纳演绎法

从大量的事实资料中寻找有价值的信息，从赋权增能视角反思现阶段残疾人体育参与保障体系的缺失，从哲学和管理学的视角对残疾人体育参与的保障体系进行理论建构，以期为残疾人提供更好的体育锻炼支持与保障。

四、研究伦理

基于保护人文社会科学研究报告——《贝尔蒙特报告》，结合各访谈专家的建议，在研究和本书撰写过程中具体遵循以下原则：第一，尊重性原则。尊重每一个研究参与者的尊严和价值，尊重他们的隐私、秘密和决定。第二，自愿原则。在研究的任何阶段，参与者如果感觉受到威胁或有错误的引导，可以自由地选择暂停或退出研究。第三，知情原则。在行动研究过程中，定期与研究对象沟通，让他们明白我们在做什么、为什么这样做、需要如何配合。第四，保密性原则。在研究过程中，问卷上的姓名和地址用编号代替。在撰写书稿时，所涉及人物均用化名代替。第五，安全性原则。行动研究的运动康复集体课至少有两位教师参与，禁止将儿童置于存在人身危险的环境中。在没有征得家长同意之前，不能向儿童询问敏感问题，以保证个体免受身体、精神或情感上的伤害。设计各类健身系列套路需充分征求专家意见并进行评估论证，确保残疾人使用过程中的安全性。在所有本研究中涉及残疾人参与的活动环节，均配有安全预案并对相关工作人员进行充分培训。

从理论意义来看，本研究将立足中国社会发展的背景和现有国情，从赋权增能视角对残疾人体育参与的保障问题进行横向比较与纵向梳理，对残疾人体育理论体系的丰富和完善有较好的贡献。从法学、经济学、管理学等交叉学科视角讨论残疾人体育参与的保障体系以及实现途径，对拓宽关联学科的学术视野和加强跨学科合作是一个积极的尝试。从实践价值来看，本研究可以为各级行政管理部门制定残疾人体育参与政策提供理论咨询与实证支持，对于建立残疾人体育保障体系有重要实践意义。指导各职能部门如何最大化合理配置和共享资源，确保残疾人在体育中的参与和发展，为残疾人赋权增能。

第二章 赋权增能理论与残疾人体育参与的关系

第一节 赋权增能的内涵与外延解读

一、赋权增能的内涵

赋权增能是现代社会工作理论的重要概念，被广泛用于多类社会弱势群体的权利保障。1976年，美国哥伦比亚大学学者Solomon提出对被歧视的非洲裔美国人增能，把赋权注入社会工作。自20世纪90年代以来，赋权增能被运用于管理学和教育学的议题研究。近年来，我国经济社会发展进程加快，社会问题逐渐凸显，赋权增能被运用于社会组织管理、工程移民、农民工救助、老年人服务、青少年教育、残疾人社会工作和社区治理等领域，为研究弱势群体的权益保障提供了理论支撑和现实启示。赋权增能（Empowerment），强调对于缺乏社会资源的困难群体，国家应依托社会保障和社区服务体系，建设一个充满能量的社会场域，帮助他们参与。赋权增能是一个动态、跨层次的概念体系，其内涵主要体现在3个层次：一是宏观上改变社会制度和社会行动，为主体争取社会权利；二是中观上变革组织和机构，增强主体控制力和影响力；三是微观上重视心理和情感的变化，提升主体权利感和自我效能感。通过赋权增能，帮助弱势群体重拾信心、重建能力，充分利用外界资源，获取更多教育、经济、政治等资源，激发主体意识，增强自身掌控能力。随着赋权增能理念的不断深化，残疾人权利发展取得了巨大进步，2006年联合国通过的《残疾人权利公约》（以下简称《公约》），以残疾人权利为导向，其宗旨是："促进、保护和确保所有残疾人充分和平等地享有一切人权和基本自由，并促进对残疾人固有尊严的尊重。"《公约》确立了残疾人的人权主体地位，为进一步"赋权增能"提供了保障。《国际功能、残疾和健康分类》（*International*

Classification of Functioning, Disability and Health，ICF）把残疾与健康统称为人类功能的多维度综合性整体，将残疾作为对损伤、活动受限和参与局限的一个概括性术语，涉及生物、心理、社会和环境等方面，从而为残疾人体育参与的赋权增能拓展了思路。

二、赋权增能理论与残疾人体育参与的内在逻辑

残疾人参与体育运动，是残疾人平等参与社会生活的重要体现，是残疾人享有的基本权利，是人权的进一步细化。为增加残疾人体育参与的权利感，消减他们在体育参与、选择和决策方面的隔离感和无力感，应以宏观层面的制度赋权为前提、中观层面的管理赋权和环境赋权为保障、微观层面的心理赋权为基础，由外及内主动赋权。制度赋权，要求法律政策明确规定残疾人的具体体育参与权利，建立相适应的权利保障机制；管理赋权，强调推进残疾人体育参与的管理制度改革，厘清权责，赋予残疾人自治和管理权利，完善运行机制；环境赋权，为残疾人提供人力、物力、财力、舆论等各类支持环境，保障体育参与；心理赋权，通过培养残疾人体育参与的权利意识和主体意识，提高他们参与体育的积极性和主动性，保障残疾人体育参与权利的真正实现（图2-1）。

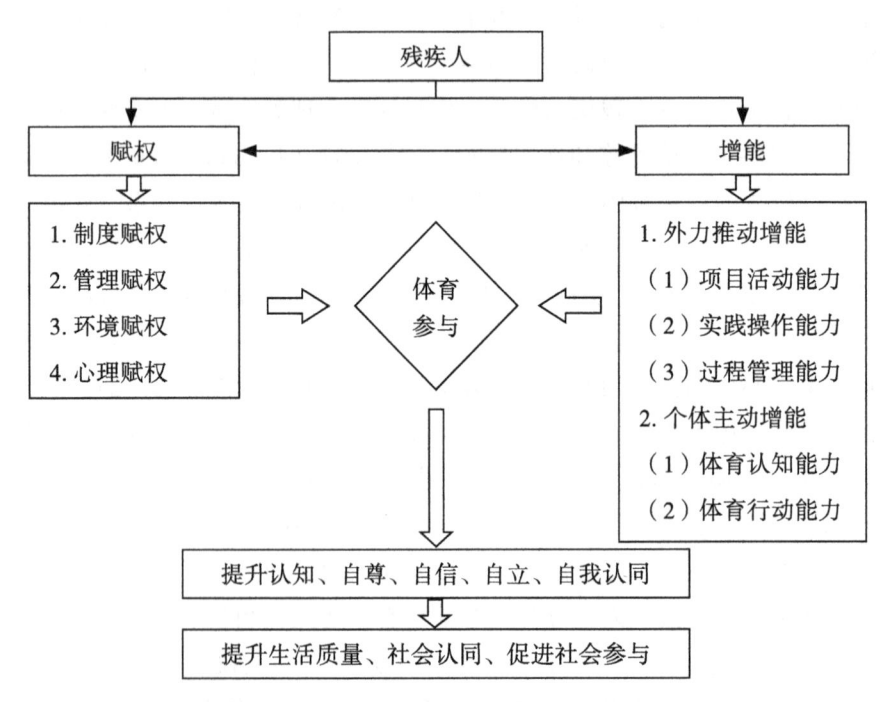

图2-1 残疾人体育参与赋权增能结构图

提升残疾人参与体育的能力，须着力于外力推动增能（外在增能）和个体主动增能（内在增能）两个层面。外在增能，通过设计组织适宜的体育项目，提高残疾人参与体育的活动能力；通过改造合适的体育器材设施，提升残疾人体育参与的实践操作能力；通过培养残疾人体育指导员，增强残疾人体育参与过程的管理能力。内在增能，残疾人积极主动借助社会支持，如体育健身指导、体育培训等活动，通过自身与外部力量的不断循环互动，提升对体育的认知能力和行动能力等，促进体育参与。

残疾人体育参与的赋权和增能有机统一，无论是赋权，还是增能，都是面向残疾人的。赋权是手段，目的在于增能，增能是赋权的结果。赋权是为了更好地提升残疾人的体育参与能力，而体育参与能力的提升反过来会进一步推动其赋权，权能相长，二者形成良性循环，促进残疾人体育事业的健康、稳步发展。因此，立足我国现有国情审视残疾人体育现状、问题以及发展思路，赋权增能应是现阶段促进残疾人体育参与的重要策略。

第二节　本课题重要相关理论介绍

一、资源配置理论

资源配置的经济学意义主要体现在时间、数量和空间上的要求。资源配置不仅取决于这种资源的实际使用情况（平均成本及经济效益），还取决于资源使用的增量要求。资源配置不均衡、不到位导致大部分残疾人群体失去参与体育活动的权利。因此，基于我国体育资源配置区域不平衡、配置总量不足以及资源时间价值不受重视的背景，我们应对制约残疾人体育参与的体育资源进行研究，丰富资源配置的途径，进而尽可能地达到资源配置效率最大化的目的。然而，目前我国残疾人体育参与的机会与条件不对等，导致残疾人体育参与"失权"，问题主要映射资源配置的不合理。

时间维度上，不同时期使用同样的资源会产生不同的价值。习近平总书记于党的十九大报告中提出，"必须始终把人民利益摆在至高无上的地位，让改革发展成果更多更公平惠及全体人民，朝着实现全体人民共同富裕不断迈进。"党做的一切均以扩大人民根本利益为最高标准，残疾人同样享有平等的体育参与等权利。在"十二五"和"十三五"期间，已出台了一系列政策法规发展和保障残疾人事业。根据资源配置理论的时间维度，在党的十九大有关残疾人权益的鞭策下，发展残疾人体育活动将会收获更大的社会价值。

数量维度上（增量与存量），缺乏专业服务人才是影响残疾人体育参与的因素，是影响我国政府改善民生的障碍。不仅如此，专业服务人才的存量也极为缺乏。例如，目前特校无法保证至少配备一名专业特殊体育老师，且大部分特校由普通特教老师带体育课的情况逐渐凸显。因此，在资源配置过程中应着重发展专业服务人才的培养，进而促进残疾人体育参与。

空间维度上，由于经济发展和技术支持的原因致使资源分配现状为地域性东西部不均衡，但这是正常现象，也比较符合当代国情。然而，某些城市对残疾人资源配置空间、使用率的态度急需改善。例如，西部城市地域辽阔，残疾人体育活动场所建设较好，但缺乏无障碍通道、盲文标识等必要设施；门口设计不合理导致使用轮椅的残疾人无法进入等。这需要顶层设计者和地方设计者注意，同时也是资源配置不合理、利用率低的表现。

资源配置理论下，残疾人参与活动所产生的效益和前景是良好的，但是在实施过程中仍存在众多问题和障碍，进而导致残疾人"失权"。所以，凭借"开源节流"的思维模式和策略方法，已成为实现资源配置效率最大化的常态。"开源"即使有限的资源产生最大化的效益，"节流"即为取得预定的效益尽可能少地消耗资源。开源和节流顺利进行实属不易，考虑到多元化的困难和阻碍，顺应时代背景、从长计议的态度应被倡导。因此，基于我国残疾人体育参与情况不乐观，顶层设计者更应该合理落实政策的保障制度和合理的资源配置模式。

二、政府购买体育公共服务

国务院印发《"十三五"加快残疾人小康进程规划纲要》，开篇就提出"没有残疾人的小康，就不是真正意义上的全面小康"。该纲要为保障残疾人基本民生和加强残疾人基本公共服务而提出的一系列政策、制度、标准、规范，构成了该纲要创新的主体，其中就包含着社会十分期待的扩大政府购买助残服务规模的内容，这对形成公办和民办并举的残疾人事业发展格局具有重要意义。从概念上理解，残疾人体育公共服务是残疾人公共服务与体育公共服务的结合，然而这种结合并不是简单相加，而是它衍生出的一些特点是二者都不具备的。政府购买公共服务具有以下几方面特点：第一，服务具有多样性。由于残疾人残疾类型多样，因此为残疾人提供体育公共服务，应考虑不同类型特点，这样才能满足残疾人的体育需求，才能真正服务这个多样化的群体。第二，供给的兼容性。考虑到现阶段资源有限，残疾人体育公共服务必须具备较高的兼容性，这样才能在满足需求的同时降低成本。第三，资源配置的容错率低。我国残疾人占总人口的7%左右，客观上属于少数群体，为残疾人提供的体育服务需在普通人的体育公共服务上进行调整，或根据残疾人的特殊需求进行定制，这都需要使用有限的公共资源。另外，残疾人的体育需求既表现为残疾人群体宏观上的多样性，又在残疾人个人微观上表现出一定的局限性。因此，在有限的公共资源配置中，残疾人体育公共服务的供给空间被压缩，一旦供需出错，将会付出极大的代价。

"十三五"是全面建成小康社会的决胜阶段，没有残疾人的小康，就不是真正意义上的全面小康。残疾人不仅仅是小康社会的受益者，同时也是建设小康社会的参与者和奉献者。只有树立起与残疾人共生、共建、共融的观念，才有可能让平等参与、融合发展成为现实。政府购买残疾人体育公共服务是一项系统工程，需要管理学、经济学、社会学、人口学、教育学、康复医学等多学科的理论支撑和实践论证。相信通过全社会的共同努力和多部门协调融合，立足残疾人的实际需求，努力实现服务创新和精准供给，必将为中国特色残疾人事业在新时期、新阶段的发展注入新的活力。

三、整体性治理理论

整体性治理理论起源于英国，是针对新公共管理理论的限度问题——机构裂化导致的行政碎片化和政府空心化而提出的碎片化整合理论。整体性治理理论主张用整合、协调和网络化的方法解决治理的碎片化问题，信任和责任感是整体性治理过程中最关键的因素，组织间信任的基础是委托和代理关系，而责任感一般表现为诚实、效率和有效性。除信任和责任感两大因素外，Tom Ling 将整体性治理归纳为4个维度（"内、外、上、下"）。因此，通过整合前人的观点，尝试探讨顶层设计者应该保障和促进残疾人参与体育活动项目。

"内"是指内部合作。中国残联、政府等部门应重视内部的多元化联合，以更全面的方式、方法促进残疾人参与体育活动项目。例如，新的文化观念联合。加强内部合作、适当融合各自擅长的领域（社会学、体育学、心理学和统计学等），多学科交叉会产生新的文化观念。2018年12月下旬在深圳大学举办第十二届中国残疾人事业发展论坛，其中"当前国际残疾人运动新潮流与残疾人观念的转变"被纳入新时代残疾人事业发展战略。残疾人观念的转变恰恰是内部的合作、融合，进而产生新文化联合的结果。纵观我国对残疾人的称谓，从"残废"到"残疾"，最终发展为"残障"，体现了对残疾人观念的改变，这是横向内部文化结合和纵向历史比较的结果。因此，注重内部合作，丰富残疾人文化观，可为保障和促进残疾人参与体育活动提供扎实的方法理论基础。

"外"是指组织之间的合作，是一种跨组织的工作方式。政府部门的经济扶持和政策保障，为残疾人参与体育活动保驾护航。但仅凭政府部门无法全面和深入地了解如何以高效率的方式完成这一美好愿景。因此，政府部门与其他组织的合作显得尤为关键。例如，与国际特殊奥林匹克东亚区合作。以融合学校计划为例，在2014年的中美人文交流高层磋商全体会议上宣布融合学校计划正式在中国落地。时任总裁顾抒航提议组织年度中美特奥交流活动，并在2015年中美人文交流高层磋商全体会议上汇报了中美青少年融合学校交流活动的实施。首先，该项目获得中美两国政府的支持，项目便于向更高、更广的层面推进。其次，在国际特殊奥林匹克东亚区的辅助下，我国特奥运动员在发展初期已达到1173663人、教练员44329人。这正是组织之间的合作、跨组织合作对保障残疾人参与体育活动产生的良性发展趋势。

"上"是指组织目标设定的自上而下，以及对上级负责，是一种新的责任和激励机制，主要是指上级对下级的绩效评估。例如，对特奥融合学校计划的评估。在中国政府的支持下，自2015年起至2017年底，"特奥融合学校"在国内第一批50所教育机构中展开。包含大学、中学、小学、幼儿园，以及同等学力的院校教育机构，将它们作为融合学校项目的合作单位，带领超过5000位年轻人参与到日常的特奥融合活动中来，成为融合新一代。这种以信任和责任感为根基，以自上而下的方式监督、考察残疾人参与体育活动程序的管理方式，体现我国以扩大人民根本利益为最高标准，残疾人同样享有平等权利的政策方针。

"下"指以残疾人为导向，以残疾人参与体育活动的需求提供公共服务。残疾人参与体育活动的愿望迫切，视残、听残、肢残三类残疾人有80%以上希望政府能为其提供适合的体育公共服务体系，不过对智力残疾、精神残疾、多重残疾和其他残疾者的体育活动的需求调查较为困难。总之，残疾人拥有渴望参与体育活动进而社会化的需求，政府提供的相关公共服务需确切落实。除此之外，缺乏专业服务人才是影响残疾人体育参与的因素，是影响我国政府改善民生的障碍。例如，高校的残疾人体育服务人才培养在专业建设、培养目标、课程设置方面仍较薄弱，人才显性流失严重；而残疾人体育指导员培训在资质认定、培训形式、课程设计以及跟踪指导方面还有较多问题，人才隐性流失严重。因此，完善残疾人公共体育设施，建立多部门合作的立体化支持平台，加大职前培养和职后培训的力度，是满足残疾人参与体育活动需求的前提。采用整体性治理理论作为残疾人体育参与的指导，以"信任感、责任感"为主要思想，主张部门"内、外、上、下"的治理方式，保障了残疾人体育参与，进而更好地促进其社会融合。

四、社会支持理论

社会支持的概念来源于西方，格拉诺维特（Granovetter）首次提出了网络关系力量的概念，引起对网络关系和网络结构的探讨。社会支持理论强调运用所掌握的关系网络为自己提供各种协助和支持，运用可以利用的关系资源改善不利的社会环境。在社会支持理论视角下，建立多元化的残疾人社会支持网络，赋予其参与体育活动的权利，提高残疾人自我管理的能力。按照社会支持理论，个体与其他个体或群体发生直接的面对面的互动，才能对个体的生理和心理健康产生积极的作用，因此本理论主要从残疾人心理增权和社会增权两方面进行探讨。

社会支持残疾人参与体育活动（心理增权）。部分残疾人由于自身原因，无法勇敢地面对大众，即产生自卑、不自信的心理状态。若想促进残疾人参与体育活动并保障平衡权益，首先应疏导残疾人战胜自己的缺陷，积极地面对生活，且社会始终保持支持的态度。因此，心理咨询中"理情疗法"的应用可以解决这一问题。"理情疗法"，全称合理情绪疗法（Rational-emotive therapy，RET），是20世纪50年代由阿尔伯特·艾利斯（Albert Ellis）在美国创立的。合理情绪疗法是认知心理治疗中的一种疗法。合理情绪疗法的基本理论主要是ABC理论，在ABC理论模式中，A（Activating event）是指诱发性事件；B（Belief）是指个体在遇到诱发事件之后相应产生的信念，即他对这一事件的看法、解释和评价；C（Consequence）是指在特定情境下，个体的情绪及行为结果。该方法需要专业心理咨询师实施，通过摄入性咨询帮助残疾人找出困扰情绪与导致其不愿参加体育活动的具体表现。进而减少非理性情绪，让其感受到社会支持，摆脱自卑等消极情绪，促使其参与体育活动。

社会支持残疾人参与体育活动（社会增权）。残疾人社会保障是国家和社会为消除对残疾人的社会排斥，通过立法、宣传、道德教育、组织安排等措施使残疾人无障碍地融入社会生活的一系列法律法规、行为规范和政策的总称。残疾人社会保障的一个基本目标是清除残疾人参与社会生活和分享社会成果的所有障碍。其实质是通过社会行动维护残疾人的社会权利，因而可称为"社会增权型"残疾人保障。根据该理论，我们可以从以下几个方面去对残疾人进行社会增能，保障其参与体育活动的权益。第一，应保障残疾人的社会服务、健康服务和生活服务。残疾人有权利选择合适的照顾者，让照顾者提供什么样的服务以及怎样服务等。更重要的是，残疾人主动选择照顾者的过程本身就是一个残疾人走向社会、参与社会的过程。第二，应重视残疾人对环境的正确认识和适应，注重残疾人对社会行动的参与，尽可能地为其建设适合他们自身情况的锻炼场所。第三，可以通过康复、教育、就业、制度等方面实现社会增权。在社会支持理论框架下，以保障残疾人基本生活权益为前提，进而通过社会增权等方式促进残疾人参与体育活动。

第三章 我国残疾人体育参与现状

第一节 "十三五"期间我国残疾人体育研究回顾

一、"十三五"期间我国残疾人体育政策解读

残疾人群众体育政策是影响残疾人体育的关键因素,是促进残疾人体育事业发展的基础和动力。在中国特色残疾人体育事业发展的历程中,党和国家相继出台了一系列相关决策,产生了一些政策法规以及组织建设和业务建设等方面的重要文件,如《中华人民共和国残疾人保障法》《"十三五"加快残疾人小康进程规划纲要》等(表3-1)。随着社会的发展,残疾人群众体育政策必须不断适应新时代需求及残疾人群体的复杂性和多样性,不断调整与制定相关政策法规,推动残疾人体育事业不断进步。

表3-1 "十三五"期间与残疾人体育相关的政策文件

政策	相关内容
《"十三五"加快残疾人小康进程规划纲要》(2016)	10万名社会体育指导员,1万个健身示范点,每年1~2项体育项目,研发推广康复体育、健身体育器材
《残疾人文化体育工作"十三五"实施方案》(2016)	主要措施: (1)继续实施"自强健身工程"和"康复关爱工程"; (2)在全国助残日、残疾人健身周、全国特奥日、国际残疾人日等残疾人节日和时间节点,因地制宜组织开展残疾人喜爱的体育活动; (3)在高等院校和中小学鼓励大中小学生参与特奥融合学校计划和融合活动等项目; (4)鼓励基层社区选推原创性残疾人体育康复健身活动项目; (5)通过"互联网+"残疾人体育服务平台,采取传统媒体和新媒体相结合、重大活动和典型人物相结合、政策法规和知识普及相结合的方式,激发残疾人参与体育健身的积极性;

(续表)

政策	相关内容
《残疾人文化体育工作"十三五"实施方案》（2016）	（6）发展残疾人冰雪运动，实施《冬季残奥项目振兴计划》；（7）在医疗机构动员医务工作者参与体育康复、运动员分级、特奥运动员健康计划等活动
《"健康中国2030"规划纲要》（2016）	进一步完善康复服务体系，加强残疾人康复和托养设施建设。制定实施青少年、妇女、老年人、职业群体及残疾人等特殊群体的体质健康干预计划。实行工间健身制度，鼓励和支持新建工作场所建设适当的健身活动场地。推动残疾人康复体育和健身体育广泛开展
《"十三五"推进基本公共服务均等化规划》（2017）	加强残疾人健康管理和社区康复，推动公共文化体育场所设施免费或优惠向残疾人开放
《全民健身指南》（2017）	是国家体育总局发布的首部国家层面全民健身指南。提出体育全面融入人们的生活势在必行——建构生活体育文化：基于人民群众美好生活的需求，聚焦体育与生活的关系，以体育全面提高人的生命质量和生活质量为目标，促进人自身、人与社会、人与自然和谐发展的价值观念、知识体系和制度安排
《体育强国建设纲要》（2019）	体育场地设施建设工程合理做好城乡空间二次利用，积极推广多功能、可移动、绿色环保的健身设施。促进重点人群体育活动开展。推动残疾人康复体育和健身体育广泛开展。统筹建设全民健身场地设施。加强城市绿道、全民健身中心、体育健身公园、社区文体广场等场地设施建设，与住宅、商业、文化、娱乐等建设项目综合开发和改造相结合，合理利用城市空置场所、地下空间、公园绿地、建筑屋顶、权属单位物业附属空间
《关于进一步加强残疾人康复健身体育工作的指导意见》（2019）	第一个由国家体育总局和中国残联联合颁发的文件，提出坚持共享融合、坚持基本需求、坚持示范引领、坚持面向基层、坚持创新发展的五个基本原则和全面融入全民健身、抓好示范点带动、广泛开展各类活动、积极争取社会支持、大力营造健身氛围等五个重点任务，并提出具体的保障措施
《国务院办公厅关于加强全民健身场地设施建设发展群众体育的意见》（2020）	聚焦群众就近健身需要，优先规划建设贴近社区、方便可达的全民健身中心、多功能运动场、体育公园、健身步道、健身广场、小型足球场等健身设施，并统筹考虑增加应急避难（险）功能设置

残疾人群众体育的发展程度反映了全民健身的实施程度，也在一定程度上反映了经济发展水平以及小康建设进程。有研究指出残疾人体育活动的总体参与率逐步上升，不参加体育活动的残疾人人数呈下降趋势，但仍有多半的残疾人未能参加体育活动，残疾人群众体育仍是残疾人体育事业乃至体育事业发展的短板。关于"补短板"，国家有关部门先后制定并实施了一系列推动残疾人群众体育发展的政策文件，如《中国残疾人事业中长期人才发展规划纲要（2011—2020年）》《全民健身计划（2011—2015年）》《中国残疾人事业"十二五"发展纲要》《国务院关于加快推进残疾人小康进程的意见》《残疾人自强健身示范点建设办法（暂行）》《残疾人文化体育工作"十三五"实施方案》《"健康中国2030"规划纲要》《全民健身计划（2016—2020年）》等均为残疾人群众体育的发展提供了有力保障。残疾人群众体育的发展也取得了较为可观的成效，"十二五"期间预计培训3万名残疾人社会体育指导员的目标超额完成，在"十三五"期间预计培训10万名残疾人社会体育指导员；为进一步提升残疾人健身体育的公共服务水平，"十三五"时期计划在全国建设1万个残疾人体育健身示范点，2018年中国残联面向全国各省（市），资助建设了50个健身示范点；适合残疾人的体育活动项目也在不断增多，包括残疾人乒乓球、排球和篮球等球类项目，还包括游泳、残疾人自行车等，还有适合残疾人的体能训练和上肢功能训练等，而残疾人体育活动场所和设施也在逐渐增加，并为10万户重度残疾人家庭提供康复体育器材、方法和指导进家庭服务。

"十三五"时期，我国残疾人体育确定了"促进残疾人康复体育、健身体育、竞技体育协调发展，提高残疾人体育锻炼参与率与覆盖面"的任务目标。并针对性制定了"加强残疾人公共文化体育服务，纳入国家公共文化体育服务体系；丰富残疾人体育活动，满足残疾人康复健身需求以及发展残疾人冰雪运动，实施《冬季残奥项目振兴计划》"等任务举措。重点举措包括继续开展"全民健身助残工程"和实施"自强健身工程""康复体育关爱工程"，在残疾人健身周、全国特奥日、中国残疾人冰雪运动季等残疾人节日和时间节点，组织开展残疾人喜爱的体育活动等。同时，为进一步加大残疾人群众体育的宣传组织和发动力度，针对性实施了全国残运会赛事改革，进一步加大了群众性体育项目的设项力度，并采取分级办赛的赛事组织机制，积极扩大了参与规模。上述举措为进一步提升"十三五"时期残疾人康复健身体育锻炼的参与率和覆盖面提供了重要支撑。

二、"十三五"残疾人群众体育研究回顾

(一)从国家社科基金立项看"十三五"残疾人群众体育研究热点

国家社会科学基金代表全国最高级别的社科研究,通过对残疾人体育研究在国家社科基金立项的分析,可以明确近年来残疾人体育研究的进展及热点。在2008年北京残奥会的推动下,关于残疾人体育研究的国家社科课题首次成功立项,至2020年,关于残疾人群众体育研究的国家社科课题累计20项。残疾人体育的研究范畴可分为竞技体育和群众体育。根据对近10年的国家社科基金立项梳理,发现残疾人竞技体育的立项仅有1项,残疾人群众体育的相关课题研究成为热点。从整体的立项态势分析,每年立项数量上并无明显的浮动,总体相对平稳。但是,自"十三五"规划纲要提出,残疾人要公平享有体育服务、设施和体育权益保障,立项的数量和内容相较于"十二五"时期的初步探索,呈现出明显的上升趋势(表3-2)。

表3-2 "十二五"与"十三五"期间国家社科基金残疾人体育立项课题一览表

"十二五"期间(2011—2015年)	"十三五"期间(2016—2020年)
赋权增能视角下残疾人体育参与保障体系研究(2015)	我国残疾人体育包容性发展研究(2020)
我国残疾人公共体育服务运行模式实证研究(2015)	残疾人体育治理的价值导向和路径选择研究(2020)
残疾学生体质健康标准研究(2014)	供给侧结构性改革视角下我国残疾人公共体育服务体系构建研究(2019)
基于社会融合条件下我国残疾人体育事业发展研究(2013)	全面建成小康社会进程中残疾人体育参与无障碍环境建设问题研究(2018)
我国残疾人竞技体育科技服务的策略研究(2012)	适应体育对智力障碍儿童认知功能的干预研究(2018)
残疾人体育行为特征与干预研究(2012)	新时代我国残疾人体育需求与体育公共服务体系研究(2018)
我国残疾人公共体育服务体系构建及运行机制研究(2011)	适应体育在积极老龄化中的介入模式研究(2017)

（续表）

"十二五"期间（2011—2015年）	"十三五"期间（2016—2020年）
—	基于国际功能、残疾和健康分类模型的我国西部地区残疾青少年体力活动模式研究（2017）
—	对智障青少年认知障碍的"体医"融合干预研究（2017）
—	残疾青少年体育纠纷解决机制研究（2017）
—	2022年冬残奥会我国冰雪项目发展研究（2016）

"十三五"时期，研究的广度和深度得到了升华，研究问题更加明确和具体，内容大致分为以下几类：第一类，紧随国家政策引导，反映时代主旋律，如立足"新时代""全面建成小康社会""冬奥"等热点话题展开的关于无障碍环境建设、公共服务体系、残疾人体育发展的研究；第二类，通过体育干预，促进残疾少年、儿童的康复研究，如"智力障碍儿童认知功能干预""智障青少年认知障碍提升""残疾青少年体力活动模式"等；第三类，学科渗透，跨学科研究，如"残疾人体育包容性发展研究""对智障青少年认知障碍的体医融合干预研究""供给侧结构性改革视角下我国残疾人公共体育服务体系构建研究"。

（二）多学科理论和视角融入残疾人群众体育研究

在"十二五"期间，残疾人群众体育的研究在多学科理论和多元视角的融合下开始萌芽，产生了许多新的观点与对策。如从资源配置视角分析我国"十二五"期间的残疾人群众体育现状，从经济学的视角提出，当各类资源都出现匮乏或不均等的情况时，如何进行合理配置？如何进行资源的合理优化？创新政府主导，通过社会参与、资源共享、社区依托等途径实现残疾人的体育参与。至"十三五"发展期间，多学科理论和视角融入更加多元。经济学、管理学、社会学和教育学等学科理论都广泛嵌入，如赋权增能理论、社会权利理论、空间生产理论等都在残疾人群众体育的相关研究中使用。为促进残疾人群体的体育参与，提出需要具有完备的体育组织和健全的社会支持体系，深层剖析残疾人赋权和内外增能的内核，从而对社会支持、政策、法规、组织管理等方面提出相应的对策，提高残疾人公共服务水平。该研究在理论和观点上具有代表性，能切实为残疾人群众体育参与的各层面和部门提供新思路。另外，自发性的残疾人体育组织的崛起对完善社会支持体系，激励残疾人体育参与的热情，具有难以替代的作用。以空间生产理论为出发点，研究残疾人体育自组织的创建机制，通过个案研究，借鉴经验和启示，建立群众体育自发性组织兴起的可复制模板。

自中国残疾运动员在2016年里约残奥会取得傲人的成绩以来，残疾人竞技体育的发展一直备受关注，加之北京2022年冬残奥会的助推，引发了对残疾人冰雪运动的大量研究，同时带动了对残疾人群众体育研究的思考。残疾人群众体育研究视角的切入显得更加多元，有和谐视角、健康中国视角、人文关怀视角等。在和谐视角下强调残疾人应享有公平参与体育的权利，营造适应残疾人身体需求的健身环境、设施，提供相应的健身服务，消除残疾人体育参与的内外阻碍，实现和谐社会所倡导的人人平等、以人为本的目标。《"健康中国2030"规划纲要》和《全民健身计划（2016—2020年）》的颁布，关注残疾群体成为实现健康中国建设和全民健身目标的关键环节。参与体育活动促进残疾人士的身心健康是初心，人文关怀视角下建设包容性的社会环境，接纳残疾人士是共同的夙愿，人文关怀的内核与残疾人群众体育参与的意义不谋而合。在人文关怀视角下制定权威性的政策法规支持残疾人群众体育发展，包容、接纳残疾人群体，构建助残联盟呼吁社会各界关注残疾人群众体育的发展，能促进社会人文精神的发扬。以上研究均以社会学及人类学为基础，从相关视角嵌入，对残疾人群众体育未来的发展提出对策，以推动残疾人的体育参与、社会包容、服务体系建设。群众体育的发展仍然有诸多困难，面对政策执行不力、资源配置失当、专业人员匮乏等诸多问题的产生，多学科理论、经验和视角的综合运用，毫无疑问对于审视现存困境及探索因应之道有切实的促进作用。

（三）中外残疾人群众体育对比研究取得新突破

随着残疾人群众体育的关注度逐渐上升，部分学者开始将研究重心转移到国外发达国家残疾人体育发展动态上。分析发达国家残疾人群众体育的发展趋势、政策制定、运行模式等，有利于更好地审视和厘清我国残疾人体育发展存在的困境，对未来的破解策略有借鉴和指导作用。"十三五"期间，中外残疾人群众体育研究取得新突破，可归结为两个方面：第一，研究探索的范围扩大，分析各国发展经验，总结各国残疾人群众体育发展的共性优势与问题。研究发现，政策、社会组织、无障碍设施等在美国、日本、英国等发达国家的残疾人体育发展中起到重要的作用。美国对残疾人的政策支持较为全面，《美国残疾人法案》《残疾人法案修正案》《残疾人教育法案》等将残疾人的体育参与权利纳入社会保障范围，在法律上给予了支持。日本在20世纪80年代修订《体育基本法》《残疾人基本法》后，提出对待残疾问题要以人权为本，从残疾人本身的需求出发，为残疾人提供体育活动的场地及个性化的服务，协助残疾人体育活动的开展。而且，英国、日本等发达国家十分重视无障碍环境的建设，对于残疾人体育设施的投入占比大，残疾人的出行不存在明显的障碍，社会的包容度明显高于我国。第二，对各国残疾人群众体育的发展路径探索更加深入。探索美国、日本、英国等残疾人群众体育社会发展路径并进行分析，发现美国推行"6周健身计划""百万计划"激发残疾人参与体育的热情，日本则倡导残健融合的模式，通过社区残疾人群众比赛的形式推动残疾人的体育参与，以此促进残疾人的社会参与。在公共服务供给方面，各国都形成政府、社会和第三方组织三方合力的良好局面，资金和项目来源多元，促进社会自组织的发展，整体上提高了残疾人的体育参与率。

通过对各国体育支持政策及运行模式的分析，反观我国政策在激励、保障方面仍有较大不足。社会组织基础薄弱，资金来源大部分依靠政府的财政拨款，社会大众对残障人士的包容性还需要政府层面的积极引导和支持。另外，我国残疾人体育组织管理松散，与发达国家规律性及多样化的发展模式存在差距，这归因于我国残疾人体育组织不健全。研究者们从我国国情出发，提出残疾人群众体育的发展应该保持政府主导，相应出台惠民、激励政策，促进残疾人与主流社会融合，保障其合法权益。通过对残疾人群体的"赋权增能"，使其成为社会体系建设的一分子。在生活具有基本保障的情况下，提出"最少限制"的理念，开发适合残疾人参与的体育活动，提供科学的健身指导，从而提高其体育参与率。另外，公共体育市场化的提出为残疾人体育参与未来的发展提供新思路，从多渠道激励民间组织及志愿服务的发展，并不遗余力地提高服务质量，在群众性自发组织的建设上要吸取国外的组织管理经验，最终形成具有中国特色的群众性组织。

（四）特奥融合运动向本土化发展的研究

特奥融合运动是特殊奥林匹克运动的一个分支，旨在通过普通人与智力障碍人士共同参与活动，增强智力障碍人士的社会交往能力，提高社会适应性。20世纪80年代特奥融合运动在美国开始萌芽，2008年我国"特奥融合学校"计划正式启动。"十三五"时期是特奥融合学校计划的"新五年"阶段，分为竞技型、发展型和娱乐型，目前特奥融合学校计划以发展型和娱乐型为主，即特奥融合学校活动与特奥融合夏令营。经过了十几年的沉淀，我国特奥融合学校的签约数达到了216所，参与的残障人士超过5000余人次，特奥融合运动的开展无疑对残疾人群众体育的发展起到积极作用。与此同时，特奥融合运动的研究及发文质量也有了巨大的提升，研究范围不断延伸，从最初的活动设计、现状调查、实施困境等基础层面的研究，过渡到深层次的伙伴关系、伙伴态度、志愿者发展等的研究。有研究指出，在特奥融合活动中，融合伙伴的角色定位不清晰、融合意识模糊、融合空间分布不均的问题普遍存在。提出融合伙伴的角色定位是融合的"促进者""主体""倡导者"，要将融合理念深入人心，提出施行融合伙伴家庭及学校的前期培训，倡导融合的可持续发展。活动的设计还需要不断细化、优化，将融合理念一以贯之，探索融合伙伴的有效培育模式，实现其活动中快速定位与互融。特奥融合运动的志愿者研究大多数从心理学的角度出发，有心理耗竭、自尊感和能力感对服务的影响，通过提升志愿服务技巧，定期培训和予以激励，提升志愿者服务的自我效能感，实现专业化的志愿服务供给。

（五）区域性残疾人群众体育运行研究逐渐深入

1. 残疾人群众体育政策执行效率开始受到关注

《"十三五"加快残疾人小康进程规划纲要》中明确指出在"十三五"期间需要为残疾人开发适合的活动内容和项目，丰富残障人士的体育生活。《残疾人文化体育工作"十三五"实施方案》中提出要推动残疾人体育活动进入社区，进入残疾人家庭，并且要配套实施"残疾人体育健身计划"。在此期间，残疾人群众体育研究也得益于这两个政策而相当活跃，如福建省在社区增设适应残疾人的体育健身器械和体育活动场所，完善残疾人的无障碍设施；甘肃省将残疾人公共设施的规划及便利程度与政府部门行政绩效考核挂钩，引起各地政府的高度重视，充分调动了其工作的积极性；湖北省将保障特殊群体基本体育权利单独列为一项内容，提出构建政府主导、多元主体参与的特殊群体体育活动保障体系，探索"体养结合"机制，加大供给力度，提高精准化服务水平。北京市、上海市、贵州省、四川省等地也都相应地出台了相关的政策，但是在政策推进过程中，由于国家政治制度、政府部门分工等问题，实施成效欠佳。主要原因可归结为基层部门工作都由各地的残联独自执行，部门之间分工不合理，未形成合力，造成了资源浪费，不利于残疾人群众体育的发展。

2. 残疾人群众体育参与的受制因素成为研究热点

制约我国残疾人体育参与的因素集中于个体自身、经济情况、社会环境。残疾人群众体育的开展离不开对服务对象需求的调查，从服务对象出发，才能提供精准的服务，对制定合理的政策及措施具有指导意义。大部分残疾人受社会环境、心理等多方面影响，普遍存在自我受限的情况，排斥在公共场所进行体育锻炼，但是其具有强烈的锻炼需求和意识，只是缺乏可接受的活动场地与环境。金梅等人的调查表明，45岁以上的中老年残疾群体对健身环境和无障碍设施的需求极高，所以必须不断革新残疾人的体育服务，提供配套及个性化的科学健身指导，才能保证残疾人公平享有体育参与的权利。

目前，我国残疾人公共体育服务的主要途径是通过政府供给，部分研究聚焦于政府购买残疾人康复体育服务的困境、现状、运行机制。在政府购买残疾人康复体育服务的相关研究中指出，我国在"十三五"期间对康复体育服务购买的投入明显增多，但是在实际的操作中，运行路径存在漏洞，主要原因集中于没有从群众的角度出发，对实际的情况缺乏全面的了解。从购买、承接、使用和评审等角度，发现政府购买体育公共服务时，存在需求与购买之间欠缺沟通、市场化不足、评价体系缺乏等问题。综上，残疾人康复体育的发展要进行策略布局，倡导政府、市场、社会的多层次合作互助，其中，需要完成顶层设计方案，不是残联独挑重担，强调政府之间的合力。为实现服务满意度的提升，必须以服务对象的真正需求为出发点，与群众建立广泛联系，建立完备的反馈评价体系，完善政府购买公共体育服务的供给机制，构建高效、明确的服务运行机制。

（六）残疾人群众体育三大重点任务发展呈现不均衡态势

1. 残疾人健身示范点的研究

全民健身必须包含残疾人的参与。保证残疾人享有平等的体育权利时，不可忽视残疾人体育健身示范点、残疾人体育指导员、康复体育进家庭这三大重点项目的实施状况。"十三五"的目标是建成1万个残疾人体育健身示范点，目前数量已超额完成，但运行情况不容乐观。现存示范点可分为社会福利企业、特校、社区、托养、农村5种服务模式，在充分考虑合理便利的基础上，各地可因地制宜地选择服务模式甚至可进行创新。通过林树真等人的调查，残疾人健身示范点使用效率很低。从现有文献和数据来看，国家层面制定的关于健身示范点的制度和标准，在落地的过程中出现脱节和缺失，是反馈与评价体系的不健全导致的。在残疾人健身示范点的运营管理上，存在空间配置不合理、设施配备不健全、缺乏针对性的训练器械、资金紧缺、无障碍设施不健全、各地健身示范点的服务标准及运行模式都比较混乱等一系列问题。相关调查显示，健身示范点经费投入少、器械单一、指导员数量不足是现存的三大核心问题。残疾人对于示范点体育服务的满意度逐年提升，但是服务总人数远不及残疾人口的50%，可见体育服务的普及程度欠缺。残疾人示范点建设的过程中需细致考量，当资金、人员、器械等各方面条件相对匮乏的情况下，如何将有限的资源合理配置、发挥效能？相关研究指出，在资源配置视角下，各地政府应根据地方经济及体育需求，提供几套可供参考和选择的配套实施方案。"残健融合"能促进残疾人融入社会大环境，社区型的服务模式可将融合、便利最大化，下放责权发挥社区居委会作用是示范点建设的重点。在理论研究上，各地健身示范点建设的模式选择还需要科学的分析与指导，厘清区域性、本土化的"健身示范点如何示范"的问题。

2. 残疾人社会体育指导员的研究

残疾人健身示范点建设发展的同时，离不开残疾人社会体育指导员队伍的壮大，其对推进全民健身、残疾人群众体育的发展具有关键性的作用。作为"十三五"期间的研究重点，于文谦等人的调查显示，截至2019年，我国共培养了10.4万名残疾人社会体育指导员，平均每千名残疾人配备1.2名指导员。相较于健全人每千名配备1.6名体育指导员，现存的指导员队伍远远无法满足超过8500万残疾人口的体育需求。另外，我国残疾人体育指导员的队伍，人才匮乏，工作性质大多为兼职，即使在"十三五"期间完成了培养10万名残疾人社会体育指导员的要求，但真正进入残疾人健身示范点的指导员屈指可数。研究中提及部分残疾人健身示范点与普通社区活动中心二合一的模式，造成了残疾人社会体育指导员定位模糊、权责不清的情况。国家政策层面对残疾人社会体育指导员培养的支持力度不足，残疾人社会体育指导员与国家体育总局的社会体育指导员施行双轨制，残疾人社会体育指导员的认证制度没有与国家体育总局挂靠，造成培养、就业、专业发展不足的问题。研究指出，残疾人社会体育指导员的人才服务体系应建立顶层设计方案，由国家体育总局和中国残联联合出台人才培育的具体方针，制定明确清晰的培养目标，培养骨干人才承担二级培训，同时还需要全社会的共同参与。残疾人社会体育指导员的培养课程存在速成问题，造成理论基础不扎实，缺乏专业的培养与实践，在服务过程中出现专业性欠佳的困境，而且指导员的分级制度、激励制度和管理制度松散，致使工作懈怠。残疾人社会体育指导员的研究还处于对现状及对策的探析，如何具体和深入地对指导员培养、激励、完备进行研究还缺乏理论高度和系统性思考。

3. 残疾人康复体育进家庭的研究

"十三五"提出为10万户重度残疾人提供器材、方法和指导的"三进"服务。其有效实施对于促进残疾人功能的恢复具有重要作用。国内残疾人康复体育进家庭的相关研究时间短、数量稀少，还处于探索时期，大部分研究以理论和现状为主。研究指出，虽然国家层面出台相关的政策法规推进残疾人家庭体育的开展，但是受限于资金、人员、专业等问题，各地市的实施情况、效果均不容乐观。缩小中重度残疾人与健全人的体育服务差距，实现公平享有体育服务的权利，是国家社会文明发展的标志，康复体育进家庭项目的实施具有重要意义。如何实施，要达到什么效果，如何评价，在全民健身与全民健康的深度融合中如何保障每一名残疾人受益，都需要深入探索。

第二节 我国残疾人群众体育现状概览

一、残疾人体育重点工程建设情况

基于"十二五"残疾人群众体育发展成果和突出问题，"十三五"时期，我国残疾人体育确定了任务目标，并针对性制定了相关任务举措。重点举措包括继续开展"全民健身助残工程"和实施"自强健身工程""康复体育关爱工程"，在残疾人健身周、全国特奥日、中国残疾人冰雪运动季等残疾人节日和时间节点，组织开展残疾人喜爱的体育活动等。同时，为进一步加大残疾人群众体育的宣传组织和发动力度，针对性实施了全国残运会赛事改革，进一步加大了群众性体育项目的设项力度，并采取分级办赛的赛事组织机制，积极扩大了参与规模。上述举措对进一步提升"十三五"时期残疾人康复健身体育锻炼的参与率和覆盖面，提供了重要支撑。

（一）建设残疾人体育健身示范点

作为"自强健身工程"的一项重要实施内容，"十三五"期间计划在全国范围内建成1万个残疾人体育健身示范点。中国残联自2016年起,通过面向经济欠发达地区和乡镇、农村地区给予重点支持,并积极引导建设残疾人冬季健身活动服务站点、创建残疾人健身示范冰场、雪场等举措,截至2019年底,支持、带动全国各地累计建成基层残疾人体育健身示范点1.3万余处,超额完成了"十三五"任务指标。

总体来看,各地示范点建设模式大致分为四类:一是依托乡镇、社区(村)所辖公共服务站点、机构,如社区活动中心、居委会等,或增设残疾人体育服务功能,或安排相对独立的场所并配备残疾人专用的康复健身器械和服务人员开展建设,此类情况较为普遍;二是遴选残疾人康复、托养机构或残疾人特殊教育学校开展建设,通过进一步补充和完善体育服务内容达到示范点健身要求;三是依托各级残疾人体育运动训练基地开展建设,基本为在原有主要服务于残疾人专业运动队开展专业训练的工作之余,定期面向基层残疾人组织、开展群众性体育赛事及健身活动,但此类情况在服务人群的覆盖面和活动组织的经常性等方面存在一定的问题;四是在全民健身公共站点、健身路径、体育俱乐部等开展融合建设,此类模式旨在进一步促进残健融合,推进全民健身公共资源残健共享。而上述示范点在服务运行方面又可大致分为纳入政府公共服务组织运行、购买"民非机构"和社会组织开展服务,或面向残疾人专门协会、社团组织开展,尤其自发开展服务等。总体来看,残疾人体育健身示范点建设工作,极大改善了基层残疾人体育公共服务的条件,为基层残疾人就近、就便参与日常康复健身锻炼提供了保障,为推动残疾人纳入全民健身公共服务大局,促进残疾人共享全面小康成果提供了重要支撑。

(二)实施残疾人康复体育关爱家庭计划

2014年前后,围绕推动健康中国建设、落实全民健身工作要求和促进残疾人同步实现小康等目标任务要求,中国残联不断加大对残疾人体育事业发展的重视程度和工作力度,明确了进一步促进残疾人康复健身体育"六个落在身边"和打通为残疾人服务"最后一公里"的总体思路和工作方向。大力发展残疾人康复体育,优先为广大不易出户的重度残疾人开展居家康复体育锻炼,共享基本康复体育服务,设计启动残疾人"康复体育关爱工程"。作为此项工程的重要工作举措,《残疾人康复体育关爱家庭计划(试行)》(残联厅发〔2015〕23号)(以下简称"家庭关爱计划")于2015年正式印发。该计划拟在"十三五"

期间为10万名不易出户或家庭困难的重度残疾人实施康复体育家庭关爱服务，内容包括入户为重度残疾人提供适宜的康复体育器材、配套发放康复体育器材使用方法、组织康复健身指导人员进家庭指导，即"三进提供服务"。就此，"家庭关爱计划"在全国范围内全面实施。

2016年，各地认真研究、统筹部署，逐级分解任务，压实主体责任，有计划、分步骤地推动"家庭关爱计划"在基层深入开展。截至2019年，中国残联共资助19个省（区、市）的43080户困难重度残疾人家庭享受到了居家型康复体育服务，并带动全国累计实施康复体育入户服务达32万余户，提前并超额完成"十三五"期间10万户的服务目标。

总体来看，项目实施对于推动残疾人体育公共服务体系建设和推动促进残疾人体育工作的协调发展发挥了重要作用。一是通过项目实施为残疾人体育纳入政府公共服务大局搭建了平台。例如，四川省残联将该项目纳入四川省人民政府《四川省残疾人事业"十三五"发展规划》，并列入"四川省政府向社会力量购买服务指导目录"。青海省残联将该项目列为2016年度青海省残联为民办实事项目之一，接受青海省政府监督与考核。该项目已在全国多个省市成为政府加大残疾人公共服务体系建设和支持残疾人事业发展的品牌性项目。二是进一步推动体育服务重心下移，促进康复健身体育服务"六个落在身边"。通过项目实施，有力整合了各方面资源、力量和服务沉到基层，真正做到人员往基层走，经费往基层投，工作在基层干，服务围着残疾人转。据统计，除中央财政提供补贴支持外，推动其他各级政府、残联累计投入资金达1.9亿元，30余万户重度残疾人足不出户即享受到了年均不少于3次的康复健身指导服务，残疾人获得了实实在在的实惠。三是为丰富和完善残疾人体育公共服务内容建立了抓手，并在"十三五"时期加快残疾人小康进程，努力推动残疾人"人人享有康复服务"和在推动健康中国建设的大背景下，为实现残疾人体育与康复工作有机结合和促进"体医结合"工作的深化发展提供了积极探索。四是积极撬动了社会资源进一步融入残疾人体育事业，残疾人体育产业得到培育。

（三）培养残疾人社会体育指导员

作为残疾人"自强健身工程"的另一项举措——残疾人社会体育指导员培养工作，在残疾人文化体育"十三五"实施方案中确定了10万人的发展目标。截至目前，各地残联通过自主组织开展培训和与同级体育部门联合培养的形式，共培养、发展残疾人社会体育指导员13万余名。涉及各级残联的体育工作者、社区残疾人体育专干、残疾人特教学校教师和残疾人康养机构的服务人员，他们在日常性残疾人康复健身指导、社会宣传发动、体育赛事和健身活动组织工作中发挥了重要的支撑作用，残疾人社会体育指导员培训培养工作已成为残疾人体育公共服务体系建设当中的一个重要环节。

（四）残疾人群众性体育比赛活跃举办

目前，经常性组织开展的全国或区域性群众性体育比赛项目主要有飞镖、象棋、围棋、聋人篮球、盲人跳绳、足球、轮椅舞蹈、旱地冰壶、大众迷你越野滑雪、乒乓球、羽毛球、聋人柔力球、排舞、轮椅马拉松、定向行走、徒步、盲人板铃球、自行车等十余个项目。其中飞镖、象棋等11个项目，通过2019年天津第十届残运会赛事改革，扩大比赛立项，成为全运会群众体育正式比赛项目。此举积极推动了各地相关项目的预选赛、海选赛等赛事活动的分级开展，有些省市还积极推动部分项目纳入本地区健全人综合运动会或残运会比赛立项，从而积极推动了残疾人群众体育赛事参与人数的较大提升。与此同时，一批极具广泛社会影响和品牌号召的残疾人群众体育赛事也得到活跃开展。诸如已连续举办五届的残疾人民间足球争霸赛，此项赛事分设盲人、聋人、智力残疾人多个组别，采取分级办赛的模式组织开展，年平均参与基层残疾人足球运动队伍近百支，已成为基层残疾人足球爱好者每年一度展现足球技艺、分享足球运动欢乐的一个重要舞台。再比如全国残疾人排舞公开赛，此项赛事由中国残疾人体育运动管理中心、国家体育总局体操运动管理中心联合打造，一经推出便深受基层残疾人特教学校的欢迎。目前，该项赛事参与队伍已扩展至全国近20个省市及地区，通过比赛推动，一大批残疾人特殊教育学校已将排舞项目纳入学校体育大课间重点开展项目，极大促进了残疾人体育服务进校园和残疾人体育、文化以及教育工作的融合发展。另外，由中国肢协牵头举办的肢残人轮椅马拉松、中国盲协举办的"两岸四地"盲人象棋交流挑战赛、中国聋协定期组织开展的全国聋人柔力球以及为落实国家"三亿人参与冰雪"号召而持续打造的残疾人旱地冰壶年终总决赛等赛事活动也深受基层各类别残疾人朋友的极大欢迎。以上述赛事为代表，通过各层级、各类别残疾人群众性体育赛事的长效举办，积极为基层残疾人参与体育活动，展示体育机能，实现自身价值搭建了平台、创造了机会，激发了广大残疾人参与体育健身的热情。

（五）组织开展全国性残疾人体育品牌活动

"十三五"期间，专为残疾人设立的全国性残疾人群众体育品牌活动共有3项，分别是残疾人健身周、全国特奥日和中国残疾人冰雪运动季。截至2019年，结合每年8月8日全民健身日前后集中开展的残疾人健身周活动已连续举办9届，每年冬季为残疾人参与冰雪健身活动提供服务的冰雪季活动已连续举办4届，每年7月20日专为智力残疾人举办的全国特奥日活动迄今也已历经13年。上述活动由中国残联牵头主办，在各地、各级残联，各残疾人组织的积极联动下，通过在上述节日节点为广大基层残疾人组织喜闻乐见的康复健身体育赛事和活动、传播残疾人体育文化知识、开展包括大众冰雪健身项目在内的运动体验和康复健身器材及摄影图片展等形式多样、内容丰富、贴近残疾人身边的康复健身体育活动，极大地活跃了基层残疾人体育健身活动的开展。基层越来越多的残疾人加入日常健身行列，身心得到了康复，社会参与及适应能力得到了加强，残疾人体育的社会宣传和影响也得到了进一步提升。

二、基层残疾人体育公共服务状况调研情况

"体育公共服务就是提供体育公共产品和服务行为的总称，包括加强体育公共设施建设、发展体育公共事业、发布体育公共信息等，为丰富社会公众生活和参与社会体育活动提供社会保障和创造条件。体育公共产品和服务是整个社会共同消费的，由政府和市场协调发展来提供"。残疾人体育服务是以残疾人为服务对象，属于国家社会福利事业的重要组成部分，也是我国体育事业不可分割的一部分。1995年以来，我国颁布了超过40项关于发展体育事业、全民健身事业和残疾人体育事业的相关法律法规、政策文件及管理办法，对残疾人体育事业的发展起到了保障、规范和促进发展的作用。以此为契机，"十三五"期间各级残联系统深化落实《全民健身计划》，全面落实残疾人体育各项重点举措，涵盖城镇和乡村的残疾人体育公共服务设施及条件不断改善，均等化体育服务水平不断提升，残疾人体育健身指导和服务能力日益提高，各层级经常性的残疾人体育运动赛事和康复健身活动日趋丰富，并积极推动公共体育设施免费向残疾人开放，使越来越多的残疾人走出家门、康复锻炼，残疾人群众体育呈现出加速发展的态势。

（一）残联体育干部工作调研

1. 残疾人体育活动参与率情况

从调研地区整体来看（图3-1），残疾人体育活动的平均参与率为23.09%，但不同调研地区，残疾人体育活动参与率差异明显，呈现东部地区高于西部地区，西部地区又高于中部地区的态势。东部调研地区，河北省有的地区残疾人体育参与率仅0.3%，而上海地区，残疾人体育活动参与率最高达到64.35%。西部地区，特别是四川省，残疾人体育参与率明显较高，最高地区可以达到40.20%。中部调研地区，平均仅有10.61%，值得引起重视。

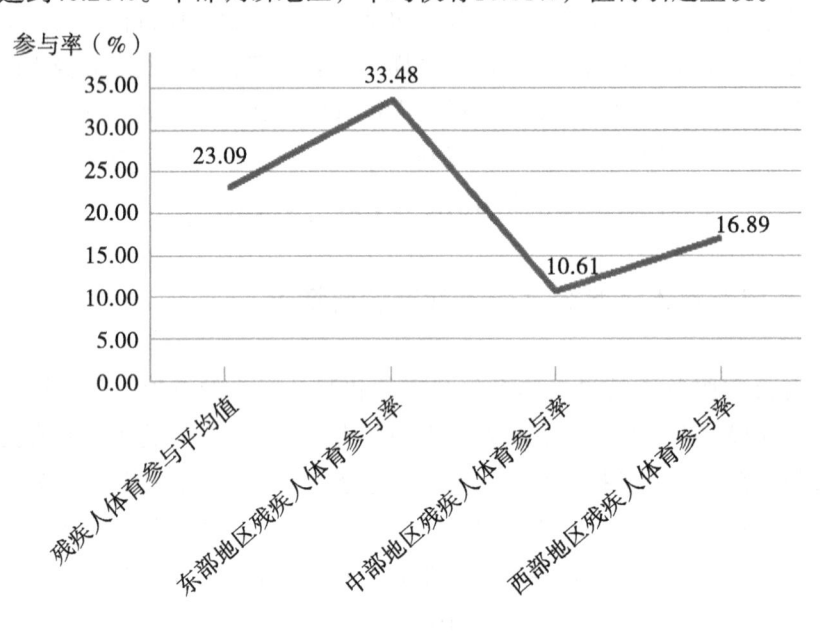

图3-1 残疾人体育活动参与率统计

2. 残疾人体育经费投入情况

从残疾人体育经费投入来看（表3-3），有61.5%的区县级（地市）地区将残疾人体育经费列入了地方财政预算，如此有利于政府统筹管理，满足残疾人体育事业发展需求，但占比仍然偏低，需要政策保障。调研地区中每年用于残疾人体育的经费，各地区差异较大，以区（县）级残联进行对比，最多的为北京480万元，最少的仅有1000元，调研地区的总体平均水平仅为43.9万元。每年用于残疾人群众体育的经费也不同，差距明显，平均仅达到27.8万元。可见，残疾人体育经费严重不足，没有经费的保障，残疾人群众体育只能是一纸蓝图。因此，各级残联应加强与各级政府的合作，争取地方财政支持，拓展经费来源，合理利用经费，有效开展残疾人群众体育。

表3-3 调研地区残疾人体育经费投入统计（区县级）

残疾人体育经费列入地方财政预算		年均残疾人体育经费投入（万元）	残疾人群众体育开展经费（万元）
是	61.5%	最大 480	380
否	38.5%	最小 0.1	0.1
		平均 43.9	27.8

3. 残疾人体育公共服务开展形式

组织参与残健融合活动和举办残疾人赛事是主要开展的残疾人公共体育服务形式，主要是结合本地区的残疾人运动会、残疾人健身周、特奥日、助残日等活动，期间组织开展一些残疾人群众性趣味运动会、特奥融合活动等。残疾人冬季冰雪健身活动方面，北京市和河北省开展较多，其他调研地区开展相对较少。组织示范点服务，开展残疾人文体展示活动，康复体育进家庭服务，举办培训、讲座、咨询也占有一定比例。调研可见，基层残疾人体育公共服务的组织形式和内容相对丰富。但是，具有一定品牌影响、特点鲜明的体育服务项目或活动仅占4.2%（图3-2），大部分调研地区残疾人体育工作"品牌"意识不强，且缺乏组织宣传，没有较好地利用特奥日、健身周等残疾人节日节点，开展品牌性、影响力大的残疾人体育健身活动或残健融合活动，社会影响力有限，一定程度上制约了残疾人体育的发展。

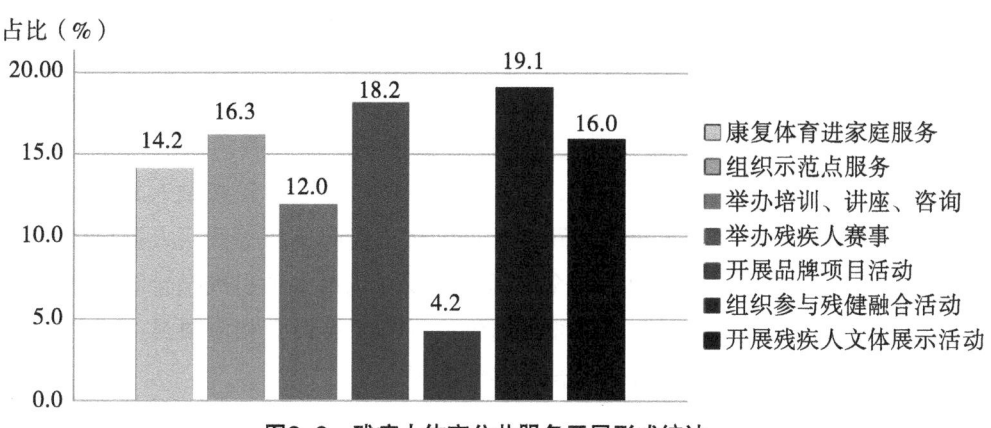

占比（%）

类别	占比
康复体育进家庭服务	14.2
组织示范点服务	16.3
举办培训、讲座、咨询	12.0
举办残疾人赛事	18.2
开展品牌项目活动	4.2
组织参与残健融合活动	19.1
开展残疾人文体展示活动	16.0

图3-2 残疾人体育公共服务开展形式统计

4. 残疾人体育工作人员配备情况

调研地区，从事残疾人体育工作的人力保障严重不足。一方面，在大部分调研地区的省级残联，均成立了专门或兼有残疾人体育工作职能的管理中心，但所辖的地市级残联几乎均未设立相应机构，基本由残联内设部门"宣文科"兼顾体育工作的开展；另一方面，从事残疾人体育的工作人员紧缺是各区县（地市）级残联干部普遍反映的突出问题，在职在编人数刚刚达到1人，而专职人员不足1人，从事群体工作的兼职人员不足2人。人员严重不足已成为各地区开展残疾人群众体育工作的焦点问题，严重制约残疾人体育工作的开展（表3-4）。

表3-4 残疾人体育工作人员配备统计

下设专门或兼有残疾人体育工作职能的管理中心		类别	平均人数（人）
是	13.3%	从事残疾人体育的编制人数	1.1
否	86.7%	从事群体工作的专职人员	0.9
		从事群体工作的兼职人员	1.6

5. 残疾人体育服务组织情况

由表3-5发现，残疾人体育服务的组织，政府仍占主导地位，具体由各级残联牵头实施，而通过政府购买社会力量开展残疾人体育服务活动，占比很小。大部分调研地区的政府没有开展购买公共体育服务的活动，开展购买公共体育服务的地区，主要是购买康复体育进家庭服务和残疾人体育赛事等服务项目，范围相对较小。由此应进一步加快政府购买残疾人体育服务的制度建设，积极鼓励、引导社会力量参与发展残疾人体育。运用新兴多媒体技术，开展"互联网"线上体育服务，同样不容乐观，绝大部分的调研地区没有开展，基本还是采用线下传统方式开展残疾人体育服务。定期开展的残疾人综合运动会，不再仅关注残疾人竞技体育，残疾人群众体育项目也正在融入其中，残疾人综合运动会相继加入了拔河、跳绳、羽毛球、趣味体育等残疾人群众体育项目，值得肯定和推广。然而，健全人运动会设立残疾人项目或融合组别，相较太少，仅达到12.5%的水平，大部分调研地区都没有设立相应项目，阻碍了残疾人的社会融入，不利于残健融合，共同发展。

表3-5 服务组织情况统计

类别	是（%）	否（%）
政府购买公共体育服务	21.7	78.3
"互联网"线上体育服务	12.6	87.4
残疾人综合运动会纳入群众体育项目	42.0	58.0
健全人运动会设立残疾人项目或融合组别	12.5	87.5

（二）基层残疾人体育服务机构调研

1. 残疾人体育健身示范点服务情况

（1）硬件条件

调研发现（表3-6），85.3%的残疾人体育健身示范点具备无障碍服务条件，但具备无障碍服务条件的健身示范点，无障碍服务条件不完善，主要是无障碍坡道和扶手，而无障碍卫生间、无障碍盲道、无障碍信息交流等的无障碍建设相对落后，根据残联《残疾人自强健身示范点建设办法（暂行）》的要求，无障碍建设理应成为标配，但现实情况不容乐观。残疾人体育健身示范点的室内活动场所面积，地区差异较大，大的有1000平方米，小的仅有20平方米，大部分健身示范点的室内活动场所面积集中在60~80平方米，活动面积基本满足残疾人体育需求。然而，残疾人使用的健身体育器材种类差距较大，有的健身示范点有30种，有的仅有3种，平均仅达到8种，低于《残疾人自强健身示范点建设办法（暂行）》要求的12种。健身器材主要是踏步机、上肢训练器、下肢训练器、跑步机、动感单车、哑铃、综合训练器、乒乓球台、单双扛、羽毛球、飞镖等，种类繁杂，差异较大，应在统一几类的基础上，根据实地实际情况，进行增补。因此，残疾人体育健身示范点的建设规范和管理标准急需改进，监督管理急需加强。

表3-6 残疾人体育健身示范点硬件设备统计

无障碍服务条件		类别	平均
是	85.3%	室内活动场所面积	132平方米
否	14.7%	活动场所健身器材种类	8种

（2）人员配备

调研地区，残疾人体育健身示范点的人力资源储备不足，制约着健身示范点的有效组织运行管理。专职管理人员和残疾人专职委员配备方面相对较好，平均达到1人（图3-3）。有助于残疾人体育健身示范点的运行和管理，策划残疾人体育健身示范点的活动开展，规划健身示范点的可持续发展。但在工作人员保障方面，如每月平均工资或补贴，却不如人意，只有少部分调研地区集中在1000～2000元，影响其工作积极性。兼职残疾人社会体育指导员方面，虽然基本达到一站一人的配备，但相较于健身示范点开展的各类体育健身和康复活动，残疾人社会体育指导人员普遍参与不够，供给不足，没有和残疾人社会体育指导员培训形成有效联动，而且参与指导服务的残疾人社会体育指导员普遍没有工作补贴。因此，各级残联应进一步完善残疾人体育健身示范点的人员配置，加强组织管理，加大残疾人社会体育指导员的培养，打造平台，打通残疾人社会体育指导员从培训到实际上岗的路径。

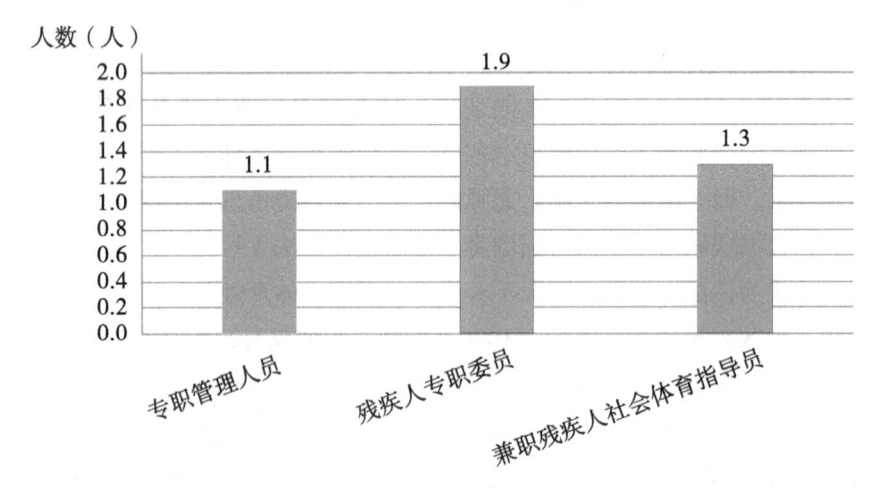

图3-3 残疾人体育健身示范点人员平均配备统计

（3）经费保障

调研地区的残疾人体育健身示范点，平均每年经费投入仅有9500元，而且地区差异较大。江苏有的地区每年示范点投入9万元，而一部分地区残疾人体育健身示范点的每年经费投入为0元，只有开始的建设经费，而后期的维护、管理、运行等费用没有着落。每年有一定资金投入示范点的地区，其经费来源主要依靠政府拨款，占比为62.7%，还有一部分资金来源于自筹资金和社会捐助（图3-4）。然而，社会捐助占比相对太低，容易造成政府负担过重。残疾人体育健身示范点的经费来源过于单一，且资金主要用于建设，对于后续的管理和运行，基本没有资金支持。没有资金的有力保障，残疾人体育健身示范点的持续发展势必受到影响。残联及相关部门应积极拓展经费来源渠道，合理利用资金拓展吸引、引导和鼓励社会力量参与残疾人体育建设，获取社会支持。

图3-4 残疾人体育健身示范点经费来源

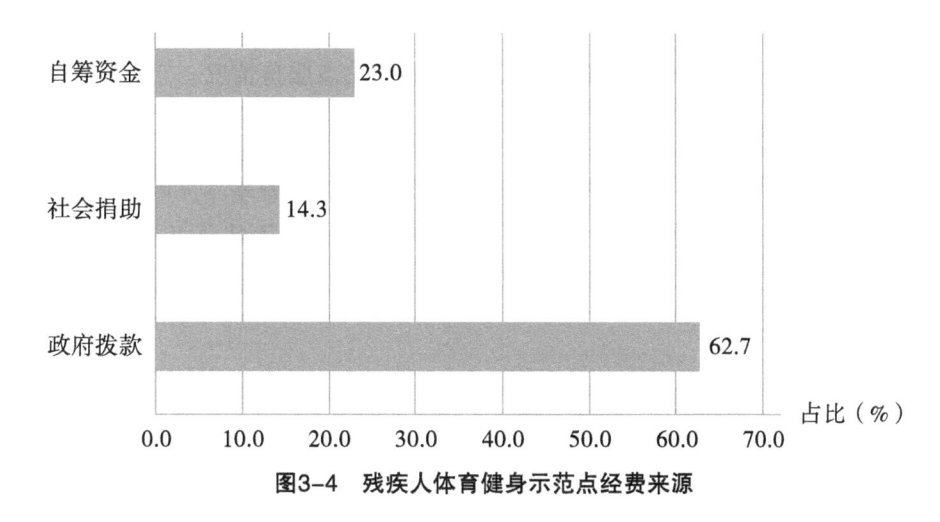

- 自筹资金 23.0
- 社会捐助 14.3
- 政府拨款 62.7

（4）开展的体育服务形式

残疾人健康咨询和组织开展残疾人体育活动，是健身示范点主要开展的公共体育服务（图3-5）。通过开展健康咨询和残疾人体育活动，不仅有助于提高残疾人体育锻炼的认知和积极性，而且有助于加强残疾人相互交流，提升生活质量。此外，残疾人体育知识方法讲座和残疾人体育项目技能指导，也是健身示范点较常开展的公共体育服务。在服务人群和参与率方面，大部分残疾人体育健身示范点每周开放3~5天，为残疾人参与体育活动提供了一定的场地器材保障，但也有一些健身示范点每周仅开展1天，没有发挥健身示范点的作用。服务人群方面，残疾人体育健身示范点主要以肢体残疾、听力残疾和视力残疾为主，智力残疾、多重残疾也有所涉及，但相对较少，覆盖面相对较窄。

- 残疾人体育项目和技能指导 17.6
- 残疾人体育知识和方法讲座 18.7
- 残疾人健康咨询 23.0
- 组织开展残疾人体育活动 22.7
- 组织开展体质监测、检查、评估 5.1
- 组织入户康复体育服务 12.9

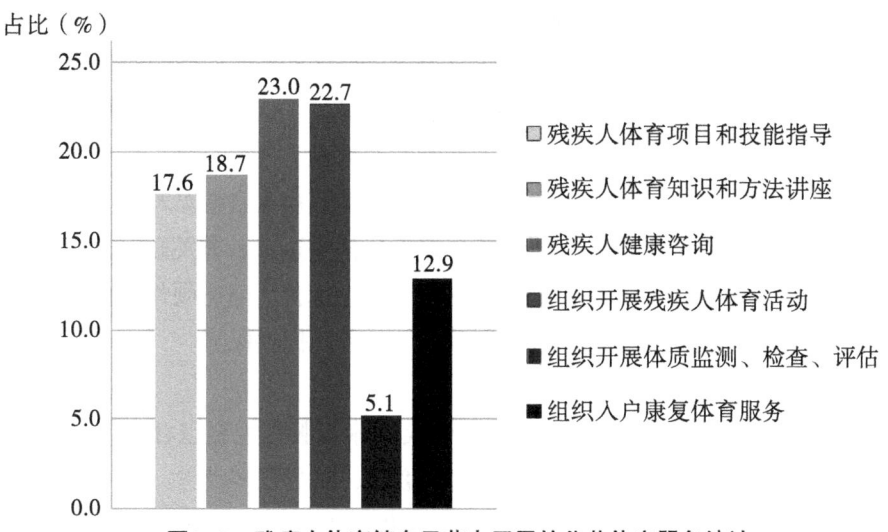

图3-5 残疾人体育健身示范点开展的公共体育服务统计

2. 具备残疾人文化体育功能的社区综合服务站点服务情况

（1）无障碍建设

调研地区（图3-6），75.3%的社区综合服务站点具备基本无障碍条件，但无障碍硬件建设普遍不够完善，如建设相对较好的无障碍坡道仅占51.7%，无障碍卫生间仅占28.7%，而无障碍盲道更是令人堪忧，仅为19.6%，无障碍硬件建设整体水平亟待改善。

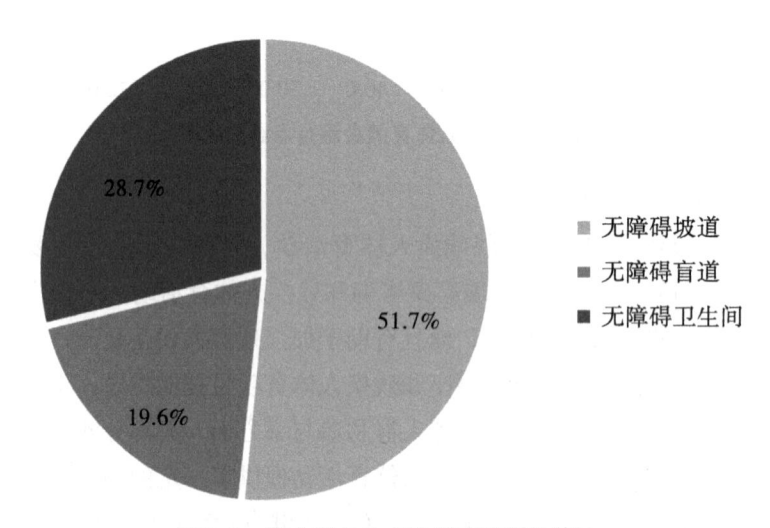

图3-6 综合服务站点的无障碍硬件统计

（2）人员配备

结合工作访谈了解，只有58.6%的综合服务站点配备有专职或兼职的残疾人专干，负责组织开展残疾人体育活动，人数平均为1人。他们当中有的是村主任和退休人员，有的是当地社区（村）的残疾人积极分子，社会体育指导员和经过培训的残疾人体育健身指导人员极少，且绝大部分没有工作补贴。综合服务站点的不便捷、有障碍，人力资源的不足，将直接影响残疾人日常参与体育康复健身活动的活跃度，基层公共服务场所无障碍建设仍任重道远。有关政府部门应加强合作，制定综合服务站点的建设规范，强化管理，完善无障碍硬件条件建设和人力支持，为残疾人就近、就便参与体育康复健身活动提供保障。

（3）开展残疾人体育服务的形式

调研地区综合服务站点组织开展的残疾人体育服务主要以社区残健融合性文体活动及服务和残疾人体育休闲活动、培训、指导服务为主（图3-7）。通过组织开展社区残健融合性文体活动，一定程度上促进了残疾人的身心健康、社会融入，对于引导健全人改变对残疾人的看法起到了重要作用。因此，基层社区（村）综合服务站点，不仅要具备服务健全人文化体育需求的条件，而且要具备服务残疾人文化体育需求的条件。相关部门应加强合作，充分利用综合站点的平台，搭建文化与体育的桥梁，牵起健全人和残疾人交流的纽带，推动文娱和体育相结合、残健融合、老残融合，促进健全人和残疾人的文化体育生活共同发展。此外，调研发现，社区综合服务站点年平均向辖区内残疾人开展体育活动及服务约为21次，约有650人次，在基层残疾人体育公共服务体系建设中发挥了重要作用。

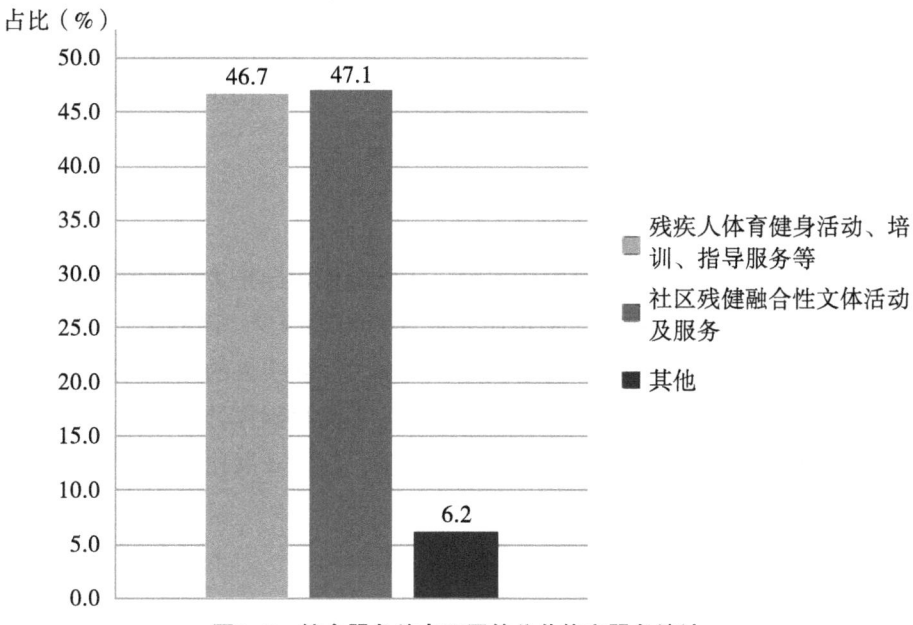

图3-7 综合服务站点开展的公共体育服务统计

3. 基层康养机构调研

（1）服务人群

调研发现，残疾人康养机构开展的残疾人体育服务主要面向生活可以自理的残疾人，占比达72.9%（图3-8），服务的残疾人类别主要集中于肢体残疾和听力残疾。对于生活可以自理的残疾人，不管是组织健身知识培训和讲座，还是组织体育康复活动、器材设备的物质保障、组织管理的人力保障、餐饮保险的经费保障等，都相对便利，因此，康养机构倾向于服务这类人群。生活不能自理的重度残疾人，不易开展，康养机构为这类残疾人群体开展体育服务相对较少。另外，部分康养机构也为五保户提供体育服务。

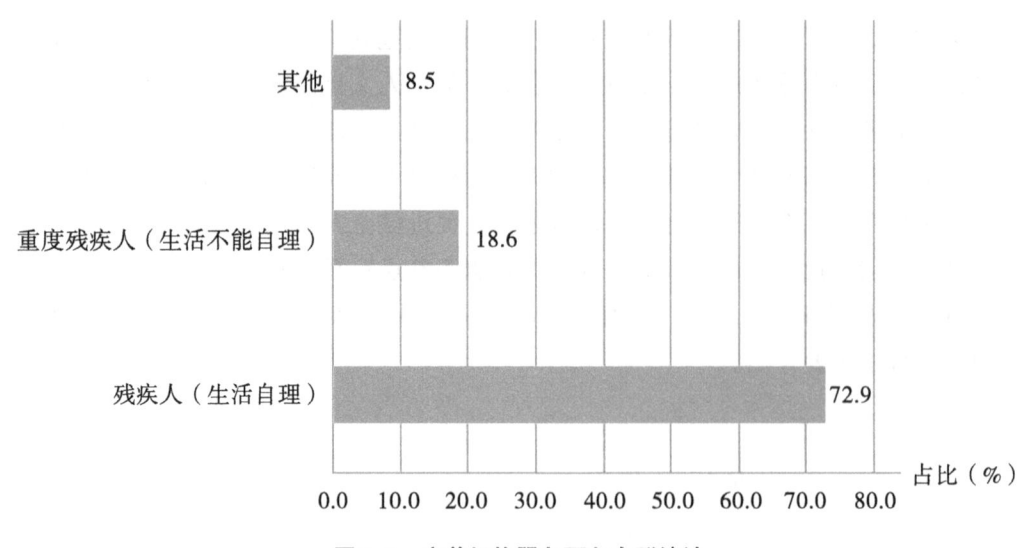

图3-8 康养机构服务面向人群统计

（2）组织开展的体育服务内容

康养机构组织开展的体育服务内容，康复锻炼指导是主要服务内容，其次是组织健康检查和培训讲座，而组织开展比赛相对较少（图3-9）。康养机构以方便残疾人、利于康复服务为出发点，更多关注残疾人的康复问题，运用医疗、教育、心理等康复手段，使残障者的身心功能得到提升或补偿。因此，康复指导服务占比最大。组织开展残健融合活动、组织开展比赛需要专业人员、器材设备和经费的支持，开展相对较少。

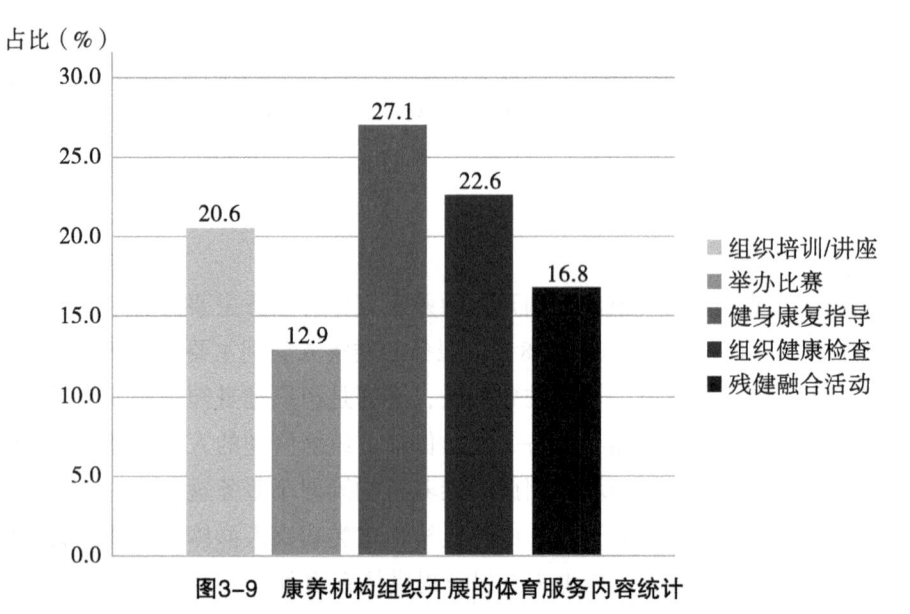

图3-9 康养机构组织开展的体育服务内容统计

(3) 人员支持

康养机构组织开展残疾人体育服务，需要人力资源的有力支持。调研发现，康养机构组织开展体育服务有专业指导人员组织开展的占比达52.0%，指导人员接受过残疾人体育方面专业培训的占比达60.0%，超过一半水平，但人员数量和人员质量方面，普遍反映需要极大提高（表3-7）。残联应该加大对康养机构的培育，扶持以残疾人为主的福利企业和社会组织，加大对残疾人体育指导员的培训力度，搭建指导服务平台，做好康养机构人力资源的激励保障。

表3-7 康养机构人员支持统计

类别	是（%）	否（%）
专业指导人员开展体育服务	52.0	48.0
接受过专业培训	60.0	40.0

（三）特教学校调研

1. 体育教师

调研地区的特教学校在体育教师数量方面，地区差异较大，有的地区特教学校没有专职的体育教师，有的地区特教学校有10名体育教师，体育教师平均人数达到2名，数量有待提高。在体育教师专业能力方面，大部分的体育教师具有体育专业背景，具有一定的体育教育知识，占比达84.6%。但是，只有53.6%的体育教师接受过残疾人体育方面的专业培训，还有将近一半的体育教师是在实践中总结残疾人体育相关知识，没有受过专门培训，相较体育专业背景而言，情况不容乐观（表3-8）。因此，各级残联举办的残疾人体育指导员培训或各类残疾人体育相关培训，应兼顾考虑特教学校的培训需求，为特教学校的体育教师打造培训平台，提升体育教师综合能力。

表3-8 特教学校体育教师统计

类别	是（%）	否（%）
具有体育专业背景	84.6	15.4
接受过残疾人体育方面的专业培训	53.6	46.4

2. 体育活动组织形式

特教学校的学生便于集中组织管理，场地、器材、设备、经费、人员等较为充足。因此，特教学校的体育活动开展情况相对乐观。体育活动组织开展形式主要以体育课为主，其次是课间操，而社会体验活动、成立专门队伍参加校外赛事及活动相对较少，应努力丰富特教学校的体育活动组织形式（图3-10）。其中，每周体育课安排方面，最多的一周7次，最少的一周1次，普遍每周安排2次或3次，每次课时长多为40分钟。特教学校自主开展特色的体育健身或康复项目，有跳绳、轮椅健身操、门球、体能训练等。

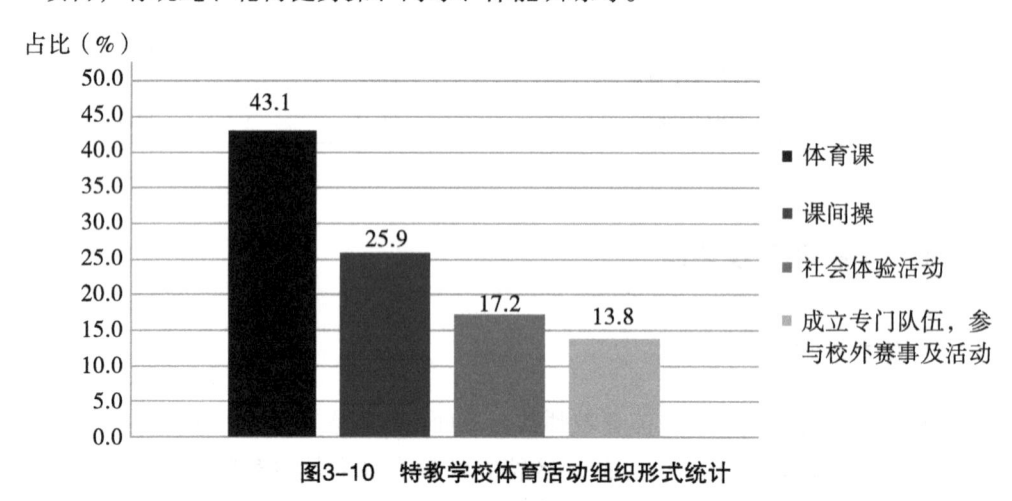

图3-10 特教学校体育活动组织形式统计

（四）居家康复体育服务调研

1. 政策机制

"十三五"期间，83.5%的调研地区按照"家庭关爱计划"开展了居家康复服务，但经费支持和政策保障不容乐观。每年均有配套经费支持的仅占39.8%，有相关政策机制保障的只占35.6%（表3-9）。没有配套经费的持续支持和政策的有效保障，居家康复体育的可持续发展势必受到影响。

表3-9 居家康复体育政策机制统计

类别	是（%）	否（%）
每年均有配套经费	39.8	60.2
相关政策机制保障	35.6	64.4

2. 残疾人康复体育进家庭的组织方式

调研地区组织开展的残疾人康复体育进家庭主要由残联直接组织提供服务，占比达43.7%。而由有资质的企事业单位组织和街道（社区）组织，也占有一定比例（图3-11）。残联直接组织提供康复体育进家庭服务，一方面由于工作人员数量的不足，另一方面由于工作人员专业知识的不足，容易影响残疾人康复体育进家庭的服务质量，不利于康复体育进家庭服务的开展。因此，残联应制定相应政策制度，不仅要大力积极培育有资质的企事业单位，而且要积极鼓励、引导有资质的企事业单位参与残疾人体育事业的建设，发挥社会组织能量，缓解自身压力，从而提高残疾人康复体育进家庭的服务质量。

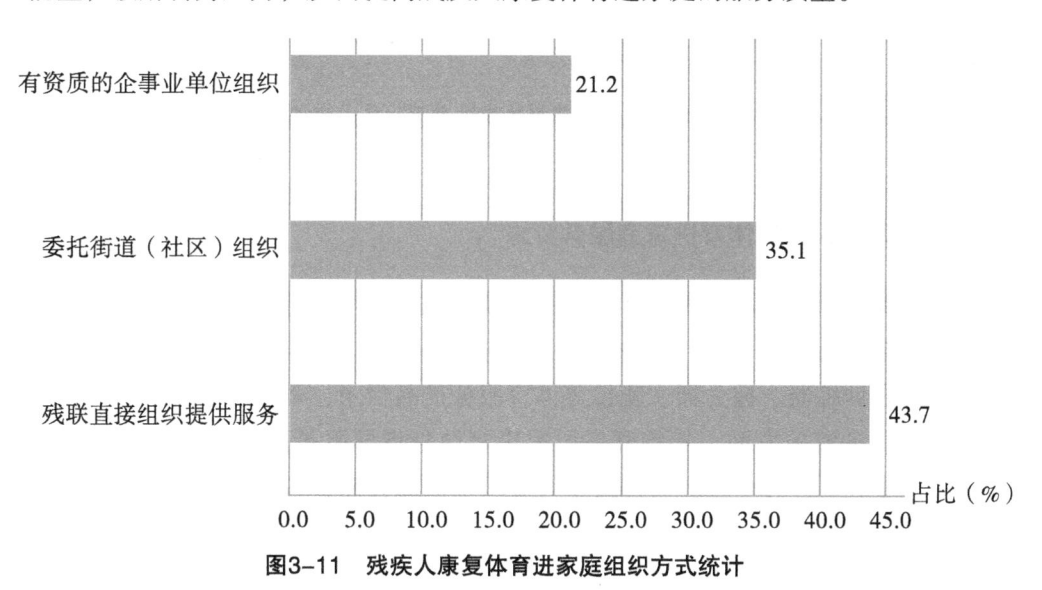

图3-11 残疾人康复体育进家庭组织方式统计

3. 残疾人康复体育进家庭服务内容

"家庭关爱计划"要求服务实施要达到器材使用、知识普及和指导服务相结合。调研地区残疾人康复体育进家庭的服务内容以康复体育器材配发和康复体育指导为主，健身康复指导材料发放占有一定比例，而心理咨询相对较少（图3-12）。究其原因，心理咨询专业性强，专业人才需求高，故而不利于开展。此外，康复体育器材配发方面，体育器材的适配性和针对性有待加强，研究推广简便易行、实用性强的康复体育器具和方法，开发生产残疾人康复体育小型器材，编制与器材相结合的指导资料，而器材的使用指导可以采用线上、线下相结合的方式开展，通过体育指导员、微信客户端、短视频指导等方式进行。

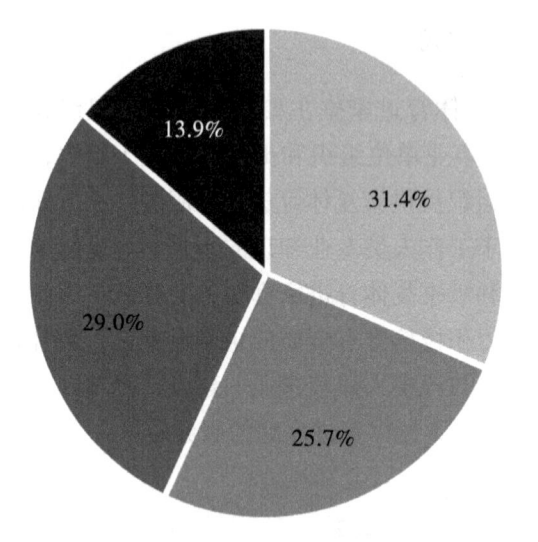

图3-12 残疾人康复体育进家庭服务内容统计

4. 残疾人康复体育进家庭服务实施

大部分调研地区（表3-10）在实施残疾人康复体育进家庭服务前，残联工作人员会进行入户调研，了解残疾人的康复体育需求。但只有36.6%的地区建立了综合训练器、握力器、哑铃等体育服务产品目录，不利于器材设备的规范管理。服务实施方面，年均开展居家康复健身指导服务达5.5次，每次服务时长多集中在0.5~1小时。入户指导人员激励保障方面，各级残联普遍表示对于入户的体育指导员应该给予专项补贴，平均每户补贴65元。残疾人对康复体育进家庭服务实施的效果普遍满意，得到了残疾人的一致认同。另外，评价康复体育进家庭服务满意度的指标中（图3-13），较为重视的依次是残疾人身体健康状况得到改善、健身意愿的提升、生活质量是否提高等，可以以此建立评价指标体系，对康复体育进家庭的服务质量进行评价。

表3-10 残疾人康复体育进家庭服务实施统计

类别	是（%）	否（%）
实施进家庭服务前进行入户调研	88.4	11.6
建立体育服务器材产品目录	36.6	63.4
对康复体育进家庭服务的效果满意	97.6	2.4
针对性设立残疾人满意度评价指标	61.9	38.1

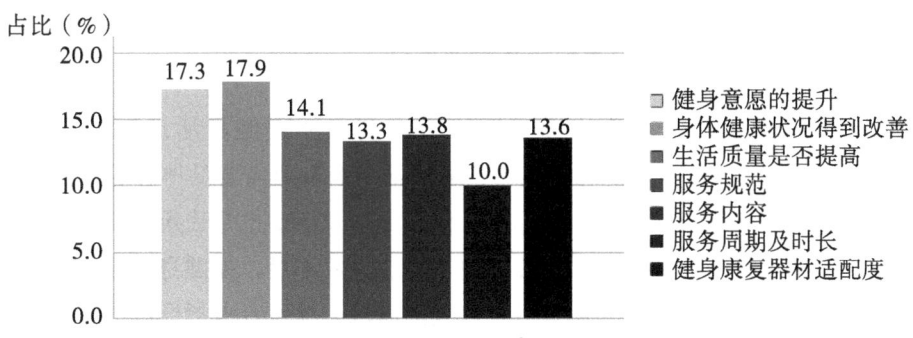

图3-13 评价康复体育进家庭服务满意度的指标

（五）残疾人参与体育健身活动情况调研

1. 残疾人接受体育健身服务情况

调研地区受访的残疾人中，78.3%的残疾人都不同程度接受过体育健身服务或参与体育健身活动，如参加体育健康知识讲座、参加乒乓球运动、器械健身、太极、健步走、篮球运动、羽毛球运动、慢跑运动、运动会、残健融合活动等，而且残疾人对于参与的体育活动或接受的体育服务，满意度很高，达到89.6%（表3-11）。残疾人参与体育健身活动的组织方主要是残联，而社会残疾人团体和街道（社区）也在一定程度上组织开展了残疾人体育健身活动（图3-14）。但力度相对不强，特别是社会爱心企事业单位，参与力度更是不高，社会力量支持较弱，影响残疾人体育的社会关注度。

表3-11 残疾人接受体育健身服务统计

类别	是（%）	否（%）
是否接受过体育健身服务	78.3	21.7
接受的服务活动是否满意	89.6	10.4

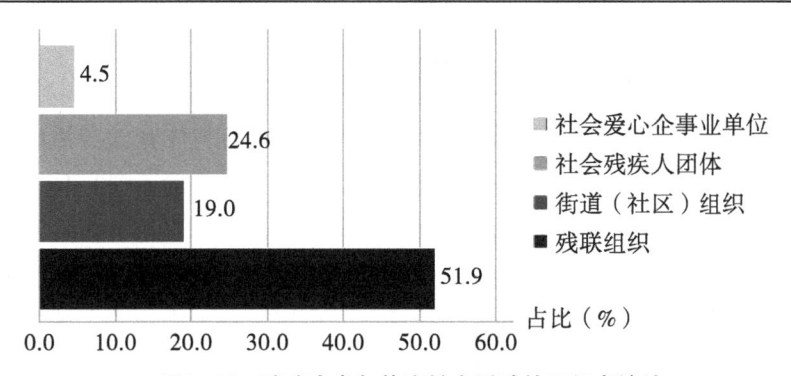

图3-14 残疾人参与体育健身活动的组织者统计

2. 残疾人体育健身知识与方法的获取途径

调研地区22.3%的残疾人通过网络资源获取体育健身活动知识与方法（图3-15）。残疾人多是借助手机端，通过网络获取所需要的体育健身活动知识。阅读观看图书和影像资料、参加社区体育比赛及活动也是残疾人获取体育健身知识的重要途径。而专人指导方面，由于专业人才不足，如健身指导员的数量和质量都不能满足现实残疾人体育健身康复的需求，导致专人指导占比最低，影响了残疾人体育参与。因此，一方面线上与线下相结合，线上通过网络、微信客户端、公众号等方式宣传讲解体育健身活动知识与方法，线下通过宣传栏、培训讲座、体育比赛等方式宣传讲解体育健身活动知识和方法；另一方面，加强专业人才的培养，提升体育健身指导员的数量和质量，为残疾人体育服务。

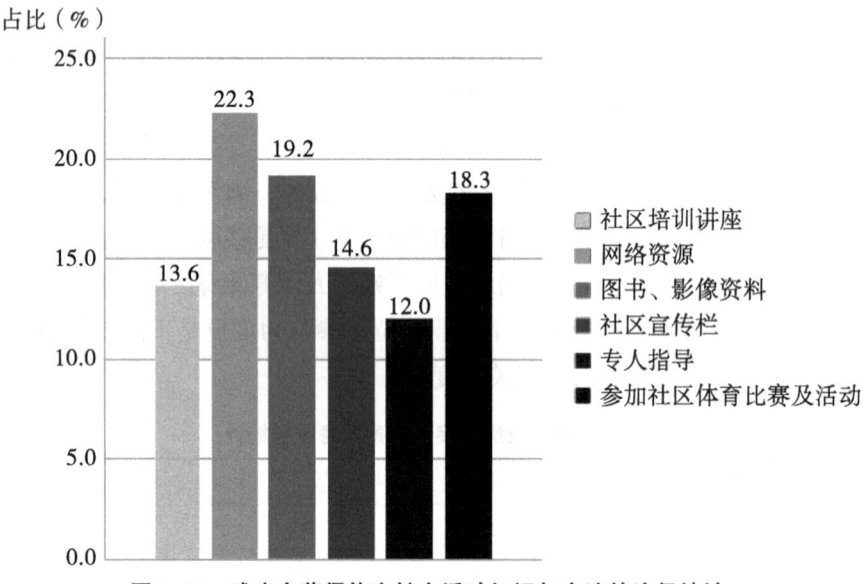

图3-15 残疾人获得体育健身活动知识与方法的途径统计

- 社区培训讲座：13.6
- 网络资源：22.3
- 图书、影像资料：19.2
- 社区宣传栏：14.6
- 专人指导：12.0
- 参加社区体育比赛及活动：18.3

3. 残疾人参与体育健身活动的制约因素

调研地区22.1%的残疾人因缺少活动经费，没有参与体育健身活动，缺少活动经费是制约残疾人自主开展体育健身活动的最主要因素（图3-16）。残疾人自主开展体育健身活动，从器材、服装到场地、设备等，都需要一定经费的支持，而残疾人由于自身条件的限制，收入普遍不高，且主要用于生活教育，体育活动经费普遍不足。缺乏体育活动场所，也很大程度上影响了残疾人自主开展体育健身活动，由于残疾人群体的特殊性和复杂性，加之身心特点，残疾人参与体育健身活动多偏向于在特定活动场所，和残疾人一起活动，因此，体育活动场所也是残疾人体育参与的重要需求。另外，缺少适配器材和组织引导，同样制约残疾人自主开展体育健身活动。因此，提高残疾人体育参与率，促进残疾人体育发展，应重点从经费、场所、组织引导、器材和人力支持等方面突破。

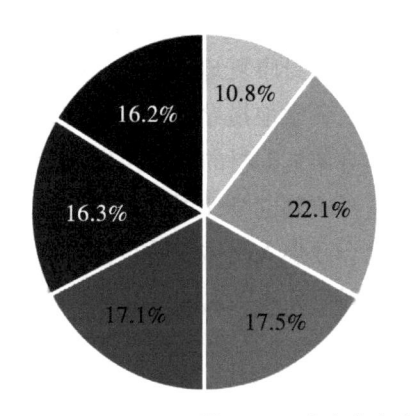

图3-16 残疾人自主开展体育健身活动的制约因素统计

4. 残疾人期望参与的体育健身活动组织方式

调研地区的大部分残疾人更乐于参与有组织的体育康复健身活动。有组织的体育康复健身活动多由政府残联组织、街道（社区）和社会残疾人团体开展，组织方会根据残疾人的特点调研残疾人的体育需求，设计不同的体育康复健身活动，而且大部分活动提供交通、餐饮、服装等支持，从而使残疾人便于参与体育康复健身活动。关于体育活动场所，被调研的残疾人普遍认为由于自身的身心特点，最好有专门的残疾人活动场所，配置适宜的体育锻炼器材设备，以便更好地开展残疾人体育。借助互联网的便捷、覆盖面广等特点，获得体育健身康复指导，72.3%的受访残疾人赞同，但也有少部分残疾人考虑到经济、受教育水平等因素，认为目前通过互联网手段获得指导还不具备条件（表3-12）。

表3-12 残疾人期望参与的体育健身活动组织方式统计

体育健身活动组织开展形式		残疾人专门的活动场所		借助互联网获得体育健身指导	
自主	29.8%	需要	85.4%	赞同	72.3%
有组织	70.2%	无所谓	14.6%	不具备条件	14.5%
				不赞同	4.4%
				无所谓	8.8%

5. 残疾人期望参与的体育健身活动内容

调研地区中残疾人更倾向于参与有组织的专门的残疾人体育健身活动和比赛。专门的有组织的健身活动和比赛，组织方一般都会根据具体实际情况，组织安排好活动和比赛的场地、器材、设备、服装、餐饮、交通等。残疾人相对轻松，就乐于参与有组织的专门健身活动和比赛。科学健身康复知识培训，残疾人也有所需求（图3-17），需要丰富的健身康复知识，科学地指导健身康复实践。随着康复体育进家庭的积极推进，不同残疾人对健身康复器材的需求强烈，希望配备易操作、针对性强的适宜器材设备。此外，量身定制健身计划也受到残疾人的关注。不同职级的残联组织、街道（社区）、社会残疾人团体、爱心企事业单位应根据不同残疾人的体育需求，有重点地组织开展相关残疾人体育健身活动。

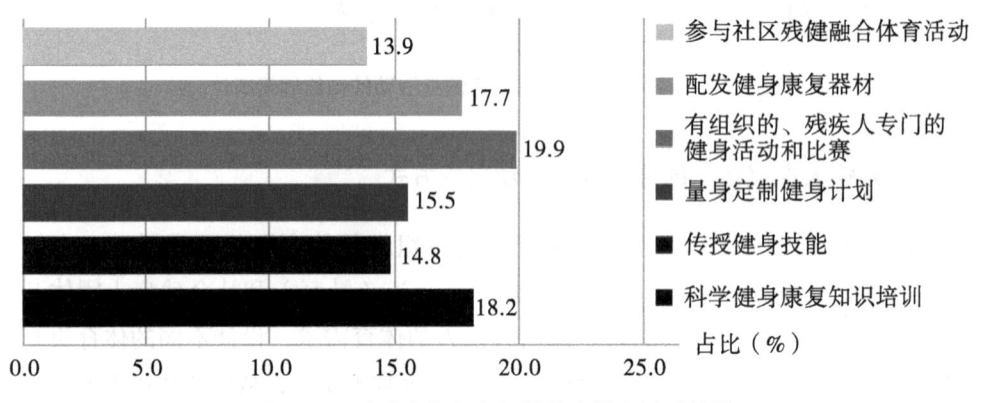

活动内容	占比（%）
参与社区残健融合体育活动	13.9
配发健身康复器材	17.7
有组织的、残疾人专门的健身活动和比赛	19.9
量身定制健身计划	15.5
传授健身技能	14.8
科学健身康复知识培训	18.2

图3-17 残疾人期望参与的体育健身活动统计

从以上情况和分析可知，在"十三五"期间，政府先后出台《关于加快推进残疾人小康进程的意见》《健康中国2030规划纲要》《健康中国行动（2019—2030）》《体育强国建设纲要》等旨在全面提升包括残疾人在内的全民健康素质、实现人民健康与经济社会协调发展等。在重要纲领性规划文件的有力推动下，残疾人体育作为全民健身的一个重要范畴，受到了全社会的广泛关注，残疾人体育公共服务的普惠性不断增强，康复体育、健身体育、竞技体育协调发展机制和格局得到了进一步完善。但是，残疾人体育融入国家公共体育服务程度仍然不高，发展质量相对较低，城乡、地域之间，不同类别及程度残疾人之间，残疾人公共体育服务均等化水平偏低等问题依然突出。在"十四五"期间，如何推动建立与全面建成小康社会相适应的残疾人体育发展新格局，进一步健全残疾人体育权益保障机制和公共体育服务体系，不断满足广大残疾人日益增长的康复健身体育需求，助力健康中国和体育强国建设，残疾人体育事业任重道远。

第三节 我国残疾人体育参与的保障与运行状况
——政府购买服务的视角

一、政府购买残疾人体育公共服务的现状与问题

2008年北京残奥会后，我国加大了残疾人群众体育的工作力度，实施"残疾人自强健身工程"等措施，各级政府都积极推行残疾人体育公共服务，使更多残疾人走出家门，参与体育活动。但相对于残疾人竞技体育的辉煌，我国残疾人群众体育发展基础差、底子薄。2014年全国残疾人状况及小康进程监测数据结果表明，全国经常性参加体育锻炼的残疾人体育人口不足7%，相对于全国普通人数据的33.9%的成绩有很大差距。这一方面说明我国的残疾人体育公共服务还没有展现出足够的吸引力，另一方面也是我国经济长期落后、贫富差距较大、社会福利不完善的体现。因此必要的科研和实践对于残疾人体育权利的实现意义重大，目前，在体育公共服务研究方面，国内的研究呈现出以下特点和问题。

（一）理论基础不扎实，研究问题碎片化

目前，按照我国残疾人体育公共服务的研究现状，可以将研究历史分为两个阶段，分别是研究的萌芽期（1978—2008年）和研究的初级阶段（2008—2022年）。

在残疾人体育公共服务的萌芽期（1978—2008年），学者们虽然实际上做了一些对于残疾人公共服务的研究，但却没有明确的残疾人公共服务或体育公共服务的概念支持，因此将这一阶段命名为萌芽期。在这一时期，学者们的研究集中于残疾人体育的各类保障、特殊体育教育的实施、相关体育政策的制定等。这些内容实质上都与残疾人体育公共服务有一定的关联，但由于理论框架松散，以及对管理学、经济学等相关学科理论认识的不足，导致多数研究仅停留在问题的表面，无法从多学科的视角对残疾人体育公共服务的根基、主干

和顶层设计搭建一个较为完善的研究体系。2002年中央文件首次使用"公共服务"这一概念，"残疾人公共服务""体育公共服务"也从西方引入中国，经过几年理论的吸收和实证的检验，"残疾人体育公共服务"的概念逐渐被学界认同，但是，围绕概念解读以及内涵、外延的边界划分始终比较模糊，这也是影响残疾人体育公共服务领域研究进一步发展的问题。

在残疾人体育公共服务的初级阶段（2008—2022年），学者普遍建立了对"残疾人体育公共服务"这一核心概念的理解，并围绕其进行研究，撰写报告，但研究成果并不丰硕，从2008年至2022年也只有几十篇论文公开发表，且研究的问题相对零散，多属于体育公共服务体系中的某几项指标。因此，将这一阶段命名为研究的初级阶段。然而随着社会福利的进步、政府的重视和人文关怀的提升，越来越多的学者开始关注残疾人体育公共服务的领域，近年来国家社科基金、教育部课题基金均有相关研究的立项。残疾人体育公共服务是社会需要实际解决的问题，残疾人体育需求是残疾人体育公共服务体系建设的出发点和落脚点，也是基本服务体系建设的"痛点"，具有良好的研究前景和研究价值。

（二）研究地域空间与研究者学科分布不均

尽管残疾人体育公共服务已经具备一定的文献量，但研究视角大多局限在比较低重心的问题，没有从残疾人体育公共服务体系基础层面进行深入挖掘，大多还停留在表层的探讨。在已经公开发表的残疾人体育公共服务的数十篇硕、博士论文和研究报告中，多是以浙江、上海、河北等地作为实证研究的样本，研究集中在中国东部经济相对发展较好的地区，西部地区的研究比较单薄且研究内容单一。然而残疾人问题是一个全国性、多民族的问题，不仅需要考虑地域差异、文化差异、经济水平差异，还需要兼顾实施效果和资源配置的有效性。尤其是发达地区研究成果较难复制和推广，国家政策制定以及研究成果要落实到各个地区，还需要更多不同地域、不同类型的实证和调研。

从学者的空间构成层面来说，参与研究残疾人体育公共服务的大多是体育学的学者，但从这个研究领域来看，涉及经济学、社会学、管理学、心理学、法学等众多学科，虽然在目前的研究成果中涉及一些相关学科理论，但结合得比较牵强，缺乏交叉学科研究者看问题的视角，单一的体育学科学者的研究无法从多维度去剖析政府购买残疾人体育公共服务中的诸多问题，同样造成了研究空间的局限。

（三）缺乏对残疾人体育立体的宏观研究

要为残疾人体育参与在公共服务方面提供保驾护航，就不得不先在宏观层面做好顶层设计。然而顶层设计不能凭空臆想，它需要大量的宏观研究来准确把握和定位。宏观研究不是宏大研究，应从历史、社会发展、国际趋势、本国国情这些层面去全面考量残疾人体育在这个横纵的经纬中的位置，从根本上梳理我国残疾人体育的起源、发展和演化，对我国残疾人体育的不同发展阶段进行划分，并分析各个时期残疾人体育的发展特点以及与国际的横向比较。研究在不同的时代背景下，尤其是新时代残疾人体育的功能、任务和发展方向。在此基础上，跳出残疾人体育本身，以他者的角度去观察和发现残疾人体育参与的社会人文价值，整理挖掘残疾人体育参与中各参与主体的矛盾与冲突，并沿着残疾人体育发展的线索，追溯其深层次的社会学成因。同时根据残疾人体育的特点，分析其独有的文化表现，以及基于这样的文化表达，在残疾人体育参与的服务保障上会呈现怎样的特点。事实是，当前我国残疾人体育公共服务的研究并没有很好地回答上述问题。

二、我国政府购买残疾人体育公共服务的实施概况

基于残疾人体育公共服务的特点，本研究将使用四元主体论的政府购买服务模式来审视当前残疾人体育公共服务存在的问题，四个主体分别为购买主体（政府）、承接主体（服务供给方）、使用主体（残疾人群体）以及评价主体（第三方评估机构）。文中所有现状分析讨论与系统的架构，将都围绕四元主体进行。整个政府购买残疾人体育公共服务的过程大致可以概括为：政府购买包含一级政府及各级相关部门，处于主导地位，从使用主体获取购买体育公共服务的需求信息，通过评估论证，确定购买项目，权衡比较承接主体的资质和能力，进行服务购买，通过评价主体和使用主体进行过程和结果监督评价，从而完成整个服务购买流程。从2014年开始，为落实《国务院办公厅关于政府向社会力量购买服务的指导意见》精神，财政部、中残联等六大部委联合出台《关于做好政府购买残疾人服务试点工作的意见》，经过多省市需求评估，购买服务重点落在辅具、抢救性康复、照料、就业支持、无障碍等方面，为残疾人群体带来实实在在的便利。从各地反馈的实施情况来看，大部分省市按照文

件精神启动了目录上的部分项目购买，也结合地方需求做了不同的尝试。如果将政府购买公共服务的发展分为三个阶段：第一步，学者的研究和提倡；第二步，政府的践行和实施；第三步，社会的回馈和认可。那么，我国总体的政府购买残疾人体育公共服务还处在第一步向第二步发展的阶段。

但是，如果从广义上去理解政府购买，即不管提供公共服务走的是怎样的程序，只要是将纳税人的税金合理分配到公共资源回馈给残疾人体育服务的过程，我们都可以理解为是政府购买残疾人体育公共服务。这样来看，我国的政府购买残疾人体育公共服务已经有一定的历史和内容值得去分析和关注了。值得一提的是，党的十九大后，法制化的发展要求政府购买公共服务程序的合法性和严谨性。因此，虽然在本研究的探讨中暂时忽略了程序问题，挖掘政府购买残疾人体育公共服务的现状和问题，但这并不代表本研究认可购买过程中程序上的混乱，并且解决政府购买残疾人体育公共服务程序的合法性和严谨性问题正是本研究的主要任务之一。

从残疾人体育公共服务的购买内容来看，主要分为场地器材、人工服务、赛事活动、科技攻关等几大类。场地器材顾名思义，就是供残疾人进行体育活动的空间设施和体育器材类产品，包括公共体育场地改造供残疾人使用的临时设施。人工服务包含直接服务残疾人的残疾人体育指导员、残疾人体育活动的组织者和服务人员、残疾人体育竞赛的组织者和服务人员以及裁判，还有间接服务残疾人体育的政府官员、社会组织和科技人员。赛事活动在这里主要指政府投资或主办的残疾人体育活动和比赛，社会组织主办的以慈善为目的的赛事活动不在本研究讨论范围内。科技攻关指的是由政府部门发布的或委托的相关残疾人体育的研究课题和研究项目，社会自发的以盈利为目的的科研不在本研究讨论范畴中。

从残疾人体育公共服务购买数量来看，官方公布的最新数据表明（表3-13），到2015年全国体育公共服务的水平相对于我国的残疾人人口普遍处于较低水平，供给与需求之间无法匹配；并且从空间分布上呈现出地域发展不均衡的现象，这样的现象并不与地域的经济发展水平成直接相关的关系，比如河北省的各项数据都要全面超过沿海经济大省江苏省，这说明除了经济发展以外，行政手段的强弱在残疾人体育公共服务的数量供给方面占了极大的比重。除了各省之间总体的横向对比，从单个数据的纵向对比中也可以看出，各个省对自身残疾人体育公共服务的供给取向是不同的，有的省更加重视残疾人群众体育的开展，有的省则更加重视残疾人竞技体育的保障。

表3-13 2015年全国残疾人体育公共服务概况

地区	残疾人群众体育健身活动（次）	残疾人群众体育健身活动参加人数（人次）	残疾人群众体育活动示范点（个）	残疾人体育健身指导员（人）	残疾人体育比赛（次）	参赛残疾人运动员（人次）
全国	4461	114889	1151	11970	126	15252
北京	25	30000	18	1600	19	173
天津	11	8560	34	79	7	2500
河北	4238	32600	163	250	8	345
山西	3	430	40	680	2	360
内蒙古	5	300	9	5	3	60
辽宁	0	0	0	137	0	0
吉林	4	2650	62	344	2	200
黑龙江	2	265	43	420	2	210
上海	17	3395	314	583	13	4800
江苏	10	3000	16	300	2	120
浙江	6	1500	10	200	7	650
安徽	1	138	1	1000	0	0
福建	30	3000	30	212	1	150
江西	4	764	41	82	7	530
山东	3	500	25	1000	2	198
河南	1	2000	1	50	0	0
湖北	3	1500	25	1100	1	74
湖南	8	656	8	180	4	1425
广东	8	1010	146	414	9	300
广西	1	3840	8	800	3	100
海南	4	250	4	320	5	240
重庆	5	2300	40	110	4	374
四川	8	4000	5	54	0	0
贵州	2	145	20	150	0	0
云南	1	186	8	602	0	0

(续表)

地区	残疾人群众体育健身活动（次）	残疾人群众体育健身活动参加人数（人次）	残疾人群众体育活动示范点（个）	残疾人体育健身指导员（人）	残疾人体育比赛（次）	参赛残疾人运动员（人次）
西藏	0	0	0	0	0	0
陕西	42	4200	34	605	18	282
甘肃	2	1300	22	500	2	710
青海	13	2700	10	70	4	870
宁夏	2	2000	13	111	0	0
新疆	1	1642	1	9	1	581
新疆生产建设兵团	0	0	0	3	0	0
黑龙江垦区	1	58	0	0	0	0

从残疾人体育公共服务购买方式来看，北京市推动购买服务流程标准化；上海市借助高校科研平台开展购买服务相关研究；广州市引入专业社工理念；宁夏回族自治区在目录的基础上增加了残疾人专职干事（委员）等公益岗位等。值得一提的是，浙江省、四川省、广东省、福建省等为数不多的省份在全国已率先启动残疾人群众体育服务购买，福建省从2010年举办全国特奥会开始，就尝试与高校合作，以委托课题、服务外包等方式合作残疾人群众体育需求调研、健身指导员培养、体育竞赛服务等系列项目，并取得较好的效果。广东省残联在2013年向社会组织购买残疾人体育服务，采取发布公告、竞争性谈判、中标公示、签订合同的形式，与广东省残疾人体育协会签订服务协议。这些有益的尝试对残疾人更大程度参与体育活动起到积极的促进作用。

虽然从内容、数量、方式等方面可以看出我国政府购买残疾人体育公共服务已经形成了一定的规模并具有一定的多样性，但根据调研和文献分析结果表明，现阶段政府购买残疾人体育服务还处于初级阶段，较之其他领域的服务购买，无论从经验积累还是制度建设上，都存在较大不足。中残联作为宏观购买主体，顶层设计有待完善，相关法律法规尚需健全；省市一级残联作为微观购买主体，购买服务范围覆盖度不够，购买方式单一，信息来源不全面。绝大部分省市都只能集中几项亟待解决的生计问题购买服务，对于体育需求尚未有明确的购买计划。作为使用主体的残疾人，需求调研很难全面深入，需求表达机制有待完善，而提供服务方的承接主体的服务能力也难以准确评估，有效供给相对不足。即使是购买残疾人体育服务实施较早的广东省、福建省等省，也仅有评价主体，缺乏合理的评价体系。这些困住我国政府购买残疾人体育公共服务的问题究竟是如何发生、发展的？在下一小节残疾人体育公共服务购买实例中会有详细分析。

三、政府购买残疾人体育公共服务的实例分析

（一）购买内容

1. 残疾人健身示范点存在的问题

当前我国残疾人体育公共服务最突出的供给方式之一莫过于残疾人健身示范点（以下简称"示范点"）。在全国部分省市"示范点"调研的基础上，大致可将"示范点"的运行模式归纳为以下几种。最常见的是依托地方残联康复或托养机构建设的"示范点"，例如北京市的温馨家园、上海市的阳光家园、福建省的福乐家园等，都有相应的"示范点"。这类"示范点"的优点是残疾人比较集中，容易管理，缺点是残疾人类型相对单一，服务面比较狭窄；第二类比较常见的是依托社区建设"示范点"，这种模式的优点是理论上最有利于残健融合，但缺点是实践操作要受社区基础设施无障碍程度、社区包容性文化等诸多条件限制；第三类"示范点"是依托特教学校建设，优点与依托残联建设的"示范点"大致相同，但不足之处在于服务的残疾人基本仅限于本校学龄段残疾学生；第四类"示范点"是依托福利企业建设的，优点是福利工厂残疾人较多，"示范点"利用率高，不足之处在于服务内容和服务能力有待提高；最后一类比较常见的是依托乡镇老年协会建设的"示范点"，优点是可以开展地方特色体育项目，不足之处在于由于残疾人居住较分散，实际利用率不高。

不同规模、等级的"示范点"在申报、审批程序通过后，都会获得不同程度的经费支持，经费来源有中残联拨款、省残联财政支出以及地市的配套资金等，这也可视为一种政府购买残疾人服务。然而，对于获得资金支持后如何运行"示范点"，在规范管理、服务标准、监督评估等方面还存在比较大的不足，严重制约了基层残疾人参与体育活动的积极性。在调研过程中，选择了福

建省残疾人健身服务的品牌"福乐健身站"作为"示范点"的重点考察对象，走访了福建省九地市的不同等级、不同规模的二十多个"福乐健身站"，对健身站的工作人员和部分残疾人进行问卷调查和访谈，整理归纳主要问题，将其中具有代表性的"福乐健身站"作为案例进行具体描述和分析（表3-14）。

表3-14 福建省残疾人"福乐健身站"运行模式分析

模式	名称	发展现状
福利企业模式	福建众和股份有限公司福乐健身站	现状：该健身站成立于2012年，依托企业进行建设，占地面积达650平方米，残疾人达200多人，以脑瘫和肢残人士居多，以就业年龄段为主。有1位医学专业背景的兼职健身指导员，平时以座谈会的形式向残疾人讲解健身知识，健身站内设有电视室、福乐书屋、公疗室、康复室、健身室等，随处可见打乒乓球、下象棋、看电视的残疾人朋友，残疾人可以做适合自己的工种，月工资可达1000多元。宿舍在健身站上面，更方便残疾人进行文体娱乐活动，健身站开放时间为8:00—23:00。健身站利用率较高，配套辅助图片及设施较为完备 问题：健身指导员专业性不够；活动自组织多，主题活动少；与残联及社会志愿组织联系不够密切；尚未厘清如何与省市残联对口关系 建议：福利企业型福乐健身站模式还是值得推广的，因为受众面积大，辐射面较广。但当务之急应该探讨理顺关系，是否考虑市残联指导建站模式，配套政策与指导健身站章程，定期检查，让企业自主以员工福利及企业文化形式推广自主品牌
特教学校模式	云霄特殊教育学校	现状：云霄特殊教育学校是一所集聋哑、培智教育于一体的特殊教育学校，将"自尊、自爱、自立、自强"作为校训。该站点仅有1名体育教师参加过省级健身指导员培训，其余教师大部分没有体育专业背景，无法为学生提供高质量的健身服务，其中在康复需求登记表中，乒乓球、羽毛球、跳绳、哑铃、跑步机需求最大

（续表）

模式	名称	发展现状
特教学校模式	云霄特殊教育学校	问题：学校建址在非常陡的坡上，体育康复基本只能是本校学生；教师专业能力不足，开设的体育健身内容偏单薄，手语沟通存在障碍；对于自闭症儿童体育课程没有积极措施 建议：选择合适的特奥项目做为学校的对外品牌；提高教师专业能力，走出去，请进来；与相关部门对接，拓展特殊儿童体育健身活动内容
特教学校模式	蕉城区特殊教育学校	现状：宁德蕉城区特殊教育学校是一所集听力障碍、智力障碍、孤独症、多动症等多种残疾为一体的综合性特殊教育学校，招收年龄为6~15岁的少年儿童。将"和谐、自理、适应、融入"作为校训，健身站以康复为主，健身指导员共3人，其中国培1人，省培1人，已开始考虑为重度残疾人进行健身指导和康复，进行资源整合、贴近残疾人、贴近实际。蕉城特校的活动开展和资料搜集是最为规范的一个，健身站的设计与体育课相结合，互为补充，健身指导员经验丰富，责任心强 问题：自闭症健身活动是指导员的最大困扰；重度残疾人服务进家庭计划想去实施但苦于不知如何运作；没有动员起周边社会资源力量 建议：与宁德师范学院体育系建立帮扶关系；重度残疾人健身服务可与省培专家联系，制订计划；将特奥项目做为学校品牌
托养模式	龙岩市爱心残疾人托养庇护中心	现状：该健身站成立于2012年9月，依托私人运作的残疾人托养和老年人托养机构建设而成，福乐家园是以收费的形式招收重度精神残疾类型，在老人托养的"幸福园"中"临终关怀"较新颖，该健身站属于私人承办、政府协办，地处市中心，健身站开放时间为16:00—17:30，托养中心面积较大，该模式是今后残疾人托养康复的一种新思路，值得提倡，但需在各个方面规范化

(续表)

模式	名称	发展现状
托养模式	龙岩市爱心残疾人托养庇护中心	问题：功能区域划分较为模糊，负责人有爱心、有激情，但是专业性不足，教师和护工素质需提高，整体规划有待进一步细化和完善；健身站器材很多，却少有人懂得使用，也不知道各种器械锻炼部位是什么，缺乏有效指导；健身指导员匮乏，由于健身场所分散，这个问题显得尤为严重；健身活动形式常规化，没有突出老年人特点设计；负责人强调资金较为紧张 建议：健身站的各类器械应该拍摄使用指南的照片，并以图文形式介绍锻炼功效；输送工作人员参加相关培训，提高业务能力；提高管理效率，建立规章制度，划分好功能区；与龙岩学院体育系对接，建立专业志愿者团队
康复模式	莆田市残疾人福乐健身站	现状：莆田市残疾人福乐健身站成立于2012年，地处市区，与莆田学院相对，周边中小学学校较多，志愿服务较丰富，该站点与康复医院结合，主要以脑瘫康复为主。现有3位健身指导员，其中国培1人，省培2人。经费来源主要以财政拨款为主。该站点周边残疾人还没有形成锻炼习惯，暂时以通知锻炼为主，主要以各残疾人协会开展活动为主，还没考虑"重度残疾人"进家庭服务。康复模式是很值得推广的一种福乐健身模式，医疗与体育结合，能够产生更大的效益 问题：健身站服务对象定位不够清楚；健身器械使用率低；健身站管理松散；指导员缺位 建议：健身站功能定位应更准确，提供各种器械配套使用说明，区域划分清楚，如有氧训练区、力量训练区等；提高宣传力度，动员周边残疾人参与健身；发挥协会力量，组织各种活动，带动周边居民参与；利用位置上相对莆田学院较近的优势，发挥志愿者的作用

（续表）

模式	名称	发展现状
社区模式	三元区社区残疾人福乐健身站	现状：该健身站成立于2013年，健身站选址在绿景花园小区内，残疾人与政府进行合同制廉价租住5年，残疾人集中居住。该残疾人活动中心有福乐书屋和健身站，并依托残疾人进行日常管理，健身站内配置器材较适合普通人群使用，室外活动场所还需进一步改善。社区健身站模式是非常符合国际理念的新模式，三元社区由于残疾人相对集中，开展健身活动条件便利，又可以与普通群众开展融合活动，非常值得推荐。残疾人健身站与福乐书屋二合一，也有利于最大限度利用空间，为残疾人拓展文体活动内容 问题：社区健身站最大的不足就是面积受限，活动形式比较单一；健身器械使用较多的基本是普通人；户外缺乏设计规划，可以延伸一些融合项目；残健融合的活动基本没有开展 建议：社区模式最大的亮点应该是让残疾人可以就近锻炼，因此应多设计一些活动项目吸引残疾人参与；第二个亮点应该是与健全人一起活动，培育助残、扶残风气，建议从几个主题日开始策划残健融合活动；对现有器械进行调整，使之更适合残疾人使用；健身指导员的配备和管理应进一步规范
	东涂社区福乐健身站	现状：东涂社区福乐健身站成立于2012年。周末对外开放，每年举办一次社区残疾人运动会，街道配有2~3名联络员（负责12个社区残疾人），残疾人对场地、健身设备、志愿者、组织管理、无障碍设施等需求较为强烈。该社区福乐健身站管理较为规范，有配套的规章制度，设备比较齐全，但器械偏常人化，残疾人使用率不高 问题：健身指导员为俱乐部教练，服务时间无法保证；以室内活动为主，户外活动开发较少；对于重度残疾人健身暂无措施；残健融合推进力度不够 建议：利用健身俱乐部的资源，开展残疾人多样化健身，可在特定日子举办残疾人健身活动展示推广，也有助于俱乐部的品牌效应；加大宣传力度，动员周边居民帮助残疾人共同健身；开发残疾人健身活动项目

(续表)

模式	名称	发展现状
福乐家园模式	厦门市海沧区福乐家园	现状：该站点成立于2013年，依托厦门市海沧区福乐家园建设而成，占地面积1145平方米，经费充足。该站点以招收智障类型的学员为主。专车接送学员，免费提供餐饮服务，学员进行手工制作，每天练习第九套广播体操，并定期为学员进行体检，建立残疾人档案，有专业健身指导员和专业技能人才，有固定的志愿服务组织，节日组织学员进行包饺子、元宵等一系列活动，并且教导学员助人、互助。在志愿者的陪同下让残疾人走向社会，义务擦洗便民自行车、做交通协管员等志愿服务，让残疾人体验助人为乐、回报社会等一系列残健融合活动 问题：服务对象主要为智障人士，但健身站的设计及服务内容针对性不强 建议：该站点从规范及经费配套乃至服务流程都有比较成熟的经验，应加强的是健身内容设计；另外，应补充室内健身站所有器械的对应使用介绍和直观挂图，这是所有健身站点普遍存在的问题；对于重点残疾人的健身服务应纳入健身站服务范畴
	光泽县福乐家园	现状：光泽县福乐家园健身站成立于2012年，依托福乐家园进行建设，于2012年批示为国家示范点 问题：在福乐家园尚未竣工的实际困难下，健身站应考虑依托残联或其他部门先行开展工作，示范点没有起到应有作用是最大的问题 建议：拓宽思路，立足地方特色开展残疾人福乐健身；光泽地区农村居多，建议在特色乡村设立站点，开展当地农民喜闻乐见的健身活动；不必都配备同样的健身器材，应根据当地经济水平、适宜开展的活动进行调整

（续表）

模式	名称	发展现状
农村模式	平潭县平原镇福乐健身站	现状：平潭县平原镇福乐健身站成立于2013年，该健身站设在农村，村中大多是老年人，配备的健身器械只有简易的飞镖、乒乓球、棋类等较适合老年人使用，其余的专业性器械基本处于闲置状态。在晚上的广场舞中，女性跳的健康舞，男性跳的剑舞较为活跃。农村模式是一个新的探索，针对福建省地域特点，今后应在这种模式上多做探索 问题：健身站与老人协会同处一室，功能比较混杂；没有固定健身指导员；与村民之间没有协调好关系，广场健身有扰民之嫌 建议：定位准确，开展适合老年人的活动；需要配备健身指导员定期指导；健身站管理应规范化

实例一：国家级"示范点"泉州三元社区残疾人福乐健身站运行分析

该健身站成立于2013年，健身站选址在泉州绿景花园小区内，残疾人与政府进行合同制廉价租住5年，残疾人集中居住。据工作人员介绍，该小区共有5栋残疾人居住楼，其中在三元区社区残疾人活动中心处共居住有46户居民，大约58名残疾人。该残疾人活动中心有福乐书屋和健身站，并依托2名残疾人进行日常管理，经费来源有国家级"示范点"专项基金、市残联配套设施以及社区的一些支持。社区健身站模式是非常符合国际理念的新模式，三元社区由于残疾人相对集中，开展健身活动条件便利，又可以与普通群众开展融合活动，是比较理想的"示范点"选址。残疾人健身站与福乐书屋二合一，也有利于最大限度利用空间，为残疾人拓展文体活动内容。运行存在的不足有面积受限、活动形式比较单一、狭窄的活动空间、摆放一些常规健身设备如跑步机、功率自行车等、自由开放时间随意活动、没有统一的组织和指导；运行经费有限且使用不当，除了首批国家级示范点拨款外，没有固定的日常运行经费，而有限的经费，多是用于购置器材应付检查，没有全盘考虑；残疾人体育指导员专业能力不足，健身器械购置没有合理考虑残疾人健身需求。从"示范点"建设来看，配备的残疾人体育指导员是兼职的，指导时间无法保障，且并未经过专业培训，也不具备体育专业技能和知识的积累，对器材的选配、使用方法、锻炼功效以及安全预案比较模糊；户外活动区域缺乏设计规划，社区空地面积不大，且没有很好的规划，安放的几个全面健身路径被居民用于晾晒衣物，从空间上没有营造出让社区所有居民愿意参加体育锻炼的氛围；"示范点"运行过程管理不够规范，评价机制不够健全。从"示范点"负责人处了解到，从"示范点"建设立项至课题组调研该站点的两年多时间里，上级主管部门并未对该站点建设进行评估检查，其他"示范点"也存在类似情况，重在建设，缺失了后期的跟踪评价，使"示范点"实际效果大打折扣。

实例二：从残疾人健身指导培训看"示范点"建设

从2011年首届全国残疾人社会体育指导员培训班举办之后，全国各地都相继举办省级残疾人社会体育指导员培训，这是非常必要也非常重要的举措。多年来，各省在残疾人社会体育指导员培养上各有特色，同时也存在尖锐的共性问题。对于残疾人社会体育指导员的培训，各地多采用外包购买服务的方式，委托高校或有资质的社会服务团体来完成。但对于承接方的综合评估没有较为明晰的指标，对社会体育指导员培训需要达成什么效果没有准确定位，主要还是为了完成上级下达的培训任务。以福建省为例，福建省残联每年都会组织一批残疾人社会体育指导员培训，课题组作为福建省残疾人体育的科研机构，常年承担福建省残疾人社会体育指导员培训的任务。利用这个契机，课题组对2015年7月开始至2020年培训的近400名残疾人社会体育指导员进行问卷调查，并对2017年10月和2018年6月参与培训的各地残疾人社会体育指导员共120多名进行了分组焦点团体访谈，每组10人，由××残疾人体育研究指导中心教师和研究生作为各组组织者引导话题，从中获取了很多一线的真实情况，并且了解了目前"示范点"的存在问题。

首先，最突出的问题就是这些残疾人社会体育指导员的专业性。参加培训的120多名社会体育指导员中，有残联的官员、特殊学校的普通教师、残疾人联络员、街道或社区办事员等职业。其中仅有6位特殊学校的体育教师具有体育运动的专业知识和背景，其他学员都没有系统地学习过体育相关的知识和训练方法。须知残疾人群体本身就非常多样化，几乎每个人都需要调适性体育才能达到科学健身的目标，这些针对个人的调适需要非常丰富的生理、心理和解剖等学科的知识结构，而只通过短短7天的培训是很难正确指导残疾人进行健身的。除去知识结构的缺陷，服务时间也是专业性的一个突出问题。通过访谈可以发现，这些社会体育指导员大部分身兼数职，有庞大的行政工作任务需要完成，极少有时间能够专注于指导残疾人进行健身。另外，在2018年的培训班上，有1/3的学员自身就是残疾人，这本来是值得提倡的，因为残疾人才最了解自己的需求，对所学的健身内容是否适用最有发言权。但经过访谈了解到，大部分残疾人参加培训的目的更多是自我锻炼，对于今后还要指导他人无论从能力还是知识储备上都略显不足。因此，从两个层面都能表明，残疾人社会体育指导员虽然存在，但其专业性的缺陷导致在实际的操作中效用很低。

其次，从对这些社会体育指导员的访谈中也可以了解到，"示范点"的配套设施也存在专门性或适应性的问题。专门性指的是"示范点"的设备是不是专门给残疾人使用的。但目前的实际情况是，这些名义上提供给残疾人使用的健身器材大部分使用的都是市面上量产的通用健身器材和场地布置，很少有专门为残疾人的需求定制的设施。相比之下，"示范点"与美国的残疾人社区活动中心存在巨大的差距。美国的残疾人社区活动中心几乎每一个设施都有其细心的考量，完全是为残疾人设计和定制的，用户体验非常人性化。退一步说，即使专业化的设施设备在当前的经济条件下无法落实，那么器材的适应性就是现阶段需要普及的事情。以当前的工业设计水平和制造业的发展程度，模块化的生产可以说没有任何困难，通过生产模块化的健身设备，可以将其根据残疾人的需求调整器材，提升设备的适应性。此外，模块化的生产也可以方便器材的维护保养，节约成本。因此，目前"示范点"的配套健身设施设备不管在专门性还是适应性方面，都需要进一步的改进。

最后，"示范点"运营的程序问题和信息流通问题也非常显著。部分残疾人社会体育指导员通过访谈向我们透露，基层的"示范点"部分存在行政程序不明确，领导"一言堂"或者"拍脑袋"的事情，这样人为错误造成资源损耗的概率就会相对变得更大。新时代的中国正在进一步迈向法制化，因此程序的合理合法也是基层"示范点"需要改进的一点。另一点就是信息流通问题，很多时候造成资源浪费正是因为没有准确把握残疾人的需求，从而没能把有限的资源合理分配到最合适的地方。根据访谈，目前"示范点"在工作中几乎不使用互联网技术，依然是以前的工作方式和方法，这样在信息流通的效率上注定要大打折扣。而信息流通的高效又正是我们了解残疾人精确需求并且进一步实现程序合理合法的重要条件。

通过以上2个案例可以看出，虽然"示范点"开展得如火如荼，但依然存在着很大的问题。通过实地考察，有些"示范点"在政府拨付资金之后，仍然大门紧锁，没有提供任何服务；有的"示范点"确实购买了健身器材，但这些健身器材都堆放在房间里落灰，连包装都没有拆除；有的"示范点"成为官员的健身场所，器材只对官员开放使用。这些实际情况反映了政府购买"示范点"的过程中，评价主体严重失位。

2. 中残联体育运动管理中心购买残疾人竞技体育科技服务项目

中残联体管中心是中国残疾人联合会体育运动管理中心的简称，其主要职能就是管理和规划中国残疾人竞技体育项目和群众体育活动，是残疾人体育运动在我国的最高管理机构。因此，在研究过程中多次走访中残联体育中心，重点访谈了中残联体管中心的高层领导，获得了一些对本研究非常重要的信息。

据中残联体管中心领导透露，目前中残联体管中心虽然名义上实行的是政府购买残疾人体育公共服务制度，但实际上行政的流程还很难摆脱之前使用的委托制，即将赛事或者服务直接委派到地方残联，并拨付一定的行政款项，再让地方残联去具体提供服务。但正因为名义上要政府购买，所以程序上还要按政府购买的标准流程，这里面就多了很多行政手续，造成了资源的浪费。

除此之外，中残联体管中心作为残疾人体育运动的最高管理机构，里约残奥会的科技攻关项目也以政府购买的形式向全国各地招投标，并收获了比较可喜的成果。在2015年下半年，中残联体管中心就以课题的形式，向全社会的学者以及相关专家和机构发起招标。通过行政拨款转化为课题经费购买专家的知识服务，以保障中国代表团在里约残奥会中能取得好成绩。课题内容包括但不限于残疾人运动项目单项技能的研究、残疾人运动员的心理状态研究、残疾人运动员的康复训练研究、残疾人运动员的社会保障研究等，从各方面服务参加里约残奥会的运动员。课题组有幸获得负责国家盲人足球队的科学训练方法及科技攻关的项目，以参与式观察者的身份参与了这次政府购买残疾人体育科技攻关服务的全部过程。这次政府购买完全是按照标准化流程进行，首先由政府，也就是中残联体管中心公开发布项目招标，然后有资质的课题组通过投送课题标书参与竞标，中残联体管中心在收到标书后，邀请业界知名专家进行评审，择优录用，完成招投标阶段的程序。在实施阶段，中残联体管中心在2016年上半年安排了一次中期检查，中残联组织相关领域权威专家巡回检查各个项目的完成情况和存在问题，听取课题组汇报并实地检查项目实施进度，与教练员、运动员进行交流，了解对项目实施的效果和满意度，再由中残联相关领导和专家提出指导意见。在验收阶段，各项目组提交研究报告和研究成果，中残联体管中心组织专家评审并要求各个项目组进行答辩，根据项目的完成情况决定是否给予结题验收。整个流程完全符合政府购买公共服务的程序，也达到了政府购买公共服务的效果，就课题组所参与的项目来说，在严格监控和科学评价反馈下，中国盲足教练员和运动员逐渐接受了我们的体能测试和调整以及相关的科学训练方法，在里约残奥会上取得了第4名的好成绩，一度在国内引起极大反响。

虽然中残联体管中心在近几年做出了政府购买残疾人体育公共服务的典范，但由于其处于顶层设计的位置，体管中心的项目更应该着眼于宏观的把控，而不是微观上的具体服务。从这个方面来看，中残联体管中心由于反馈信息的通路不畅，没有办法做到精准的宏观调控，只能就看到的问题进行具体的应对。这对于中国残疾人体育运动的最高管理机构来说，处理微观层面的事情并不值得，也不应该花大量人力物力具体执行，应该做好宏观的把控，精确收集信息、精准下发政策，并联合评价主体做好服务的验收和评价工作。

（二）购买方式

1. 委托购买——购买赛事服务和大型活动的案例

大型残疾人群众体育活动包括省市级别的残疾人运动会、助残日活动或比较典型的特奥融合活动。据调查，近年来多地采取整体外包或部分委托的模式，如江苏、广东、上海、浙江、福建等省市，都已在残疾人运动会及残疾人健身周系列活动上采用整体购买或部分购买服务的方式，也有比较成熟的试点。由于残联的工作内容繁杂，将这些大型活动委托给有资质的体育社会组织承办，无论从专业程度还是资源节约的角度，都是互利共赢的局面，也能很好地培育体育社会组织的服务能力和社会大众的公民意识。但从调研结果得知，目前普遍存在购买服务的方式比较单一，几乎都是委托购买，购买机制也不够健全，承接主体有效供给不足以及评审环节薄弱等问题，使得购买服务的优势没有充分体现。

实例：中残联购买体育赛事服务的运行分析

2017年中残联计划举办全国青少年特奥融合足球赛，经过调研决定委托给福建师范大学体育科学学院、福建省残疾人体育研究中心承办。比赛规模属于全国性比赛，有来自各省市自治区的21支代表队，共270余位运动员参赛，比赛为期5天，委托经费共约80万元。

福建师范大学体育科学学院收到委托后，立即组建赛会临时组委会，组委会由总务组、交通组、住宿组、物流组、采购组、竞赛组、志愿者工作组、财务组等职能部门组成。其中总务组的负责人参与过2014年南京青奥会和2015年福州第1届全国青运会的组织工作，其他组委会成员也都参与过第5届全国特奥会、第1届全国青运会等大型比赛的组织工作，整个承接团队在举办大型赛事方面有着丰富的经验和专业的知识。

比赛的筹备阶段，组委会与中残联体育部项目负责人多次电话会议确定比赛的规格和标准，同时草拟出参赛规程，中残联体育部领导确认后下发给各地方残联。地方残联队伍直接向组委会报名，组委会负责统计参赛人员信息。为了比赛的顺利开展，组委会每周进行一次工作推进协调会，每个部门的负责人都必须参会。会议内容包括：第一，各部门分别陈述本周完成的工作、下周需要进行的工作和工作中的困难；第二，总务组协调各部门解决遇到的问题；第三，相关部门各自对接完成工作。在严格的工作纪律安排下，赛前筹备工作完成得有条不紊。

比赛开始后，中残联体育部领导到达赛场，参与开幕式并观看比赛，并对办赛质量进行评估和验收。其中，考察内容包括运动员交通、运动员住宿、运动员餐饮、裁判员工作、场地环境等，并针对实际发现的问题提出指导意见和建议。

经费方面，80万元的委托经费前期拨付70%至承接团队，用于安排餐饮、住宿、交通、比赛物料等大项开支。项目完成并验收合格后，再拨付剩余的30%。关于经费使用的标准，如工作人员薪水、裁判员薪水、食宿标准等，都是由承接团队与中残联体育部反复协商确定的，确保购买服务的资金的开支合理合法、公开透明。

项目完成后，中残联对承接团队的办赛质量和专业性给予了高度评价，并拟订第二年的购买项目计划，各个参赛队伍也对赛事总体满意。2018年5月，中残联再次将全国特奥会的足球比赛委托××大学承办，此次赛事级别更高，规模更大，服务各代表队400多人。该项赛事获得极大反响，人民网、中新网等媒体都给予了重要报道，赛事运作完美流畅，整个项目的过程合理合法，在短时间内完成了繁重的任务，是委托性购买的典型成功案例。然而，本次委托购买在有些方面还可以做得更好，如信息交互方面，由于福建和北京的空间距离，很多事务都是通过电话确定，信息传递的过程费时费力。尤其是组委会在处理使用主体参赛队伍信息的时候，需要短时间处理大量信息，却只能使用原始的数据处理和分类方式，很容易出错，这方面如果能够运用软件科学，则能够很大地提高效率，减少出错率。

2. 竞争性购买——中残联康复体育创编项目

2016年底，中残联根据调研收集的残疾人的康复体育需求，在网上发布《关于组织开展残疾人康复体育、健身体育项目征集活动的通知》，针对能在家庭、社区开展的康复体育原创项目和方法进行全国范围的征集。

征集活动通知下达后，有意愿、有能力的承接主体按通知的要求对康复体育项目、健身项目内容进行设计和编写。中残联根据各组织、部门提供的创编内容进行第一轮筛选后，选出22个项目入围第二轮；第二轮通知入围的项目选取创编内容中具有代表性的一个进行简短视频展示，并配上相关的展示说明。交给中残联邀请的评审主体：第三方专家评委根据项目的展示和说明，依据其创编内容进行现场评比和答辩，从22个项目中评出11个优秀创编项目，分为1个一类优秀项目、2个二类优秀项目、3个三类优秀项目以及5个四类优秀项目。这些筛选出来的优秀创编项目，中残联以购买其版权的形式，通过与相应的承接主体签订合同来实现购买。政府部门作为购买主体为承接主体提供相应的创编资金，承接主体则要根据中残联的要求对相应的项目进行制作、修改等，并于规定时间内上交最后创编项目的成品，包括光盘、文字说明等材料。

本研究选取的案例是获评为一类优秀项目的轮椅徒手健身操，并对其进行讨论。评审完成后，中残联与该项目申报团队签订合同，前期先拨付总经费的70%，要求轮椅徒手操项目要在规定时间内针对评审专家提出的问题进行修改，并反馈给中残联。该项目的主要创编者接到通知后，按照要求对项目的动作进行调整，录制视频、对相应的文字说明和图片进行修正。完成后将视频、技术动作的图文说明等关键项目内容信息打包交由中残联进行第三轮的审核。经过为期大概3个月的项目审核和评估，中残联再将项目中存在的问题反馈下发，并要求在2周内对反馈出来的问题进行修改。修改期内，项目组借福建省第6届残疾人社会体育指导员培训的契机，将该操教授给一线的指导员，并让一线的残疾人社会体育指导员根据实际的情况对该操的创编和内容提出相应的意见，进行整理。并结合第三轮专家的意见，针对动作内容进行适当的调整，再次制作成相应的材料，提交中残联进行审核，待审核通过后下发最后30%的尾款资金，完成购买。

此次购买项目的不足在于，从参与购买的项目中可以发现，承接主体主要都是各地市残疾人联合会，相关的残疾人体育协会和高校等社会组织的参与比较少，虽然是竞争性购买，但参与竞争的承接主体总体水平不高，没有充分激发社会中大量的民间智慧。从项目的时间安排上来看，存在前期通知不准确，中期时间分配不平衡，对于项目的完成时间没有明确的限定，后期修改时间过于仓促等时间分配不合理的问题。从总时间上看，从公布到最后内容的审核总共用了7个多月的时间，效率相对比较低。另外，中残联的此次购买并没有最终的使用主体——残疾人参与，除了本课题组的《轮椅徒手系列健身操》已经在残疾人群体中开始试运行并得到良好反馈外，其他项目尚未启动在广大残疾人群体中的推广实施。因此，最后购买效果如何，这些入围的创编项目究竟能不能帮助残疾人进行运动康复锻炼，在购买完成后仍然是个问题。

（三）购买效果

1. 地域特点造成的问题

在全国调研的过程中，东南沿海及华北平原城市所呈现出的问题比较一致，这种一致性是建立在空间上的城乡二元结构导致的。这些地区主要的不同点在于各个地方政策力度、经济发展、社会环境的不同所导致的发展水平不同。然而，我国西北部的一些地区由于完全区别于中部和沿海地区的居民生活方式，导致残疾人体育公共服务的供给呈现出完全不同的问题，调研所至的青海省、内蒙古自治区、新疆维吾尔自治区都存在地域特点造成的问题。

青海省地处我国西北地区，以高原、山脉、草原地形为主，甚至存在大量不适合人类生活和居住的无人区。相对于内陆，青海省地广人稀，人口密度较低，牧业和旅游业为其主要产业。在对青海省残联领导的访谈中和实地调查走访中，我们发现，青海省典型的城市几乎只有西宁市一座，因此东部沿海地区的经验在青海省只有很少的适用范围。青海省作为残疾人公共体育供给的试点省份，还是中残联购买重度残疾人康复体育服务进家庭的重点省份，在应对地域特点的问题上，仍然有些一筹莫展。

在现有的条件下，我们无法精确掌握每个残疾人的具体需求，因此在提供公共服务的时候，只能按照以往的经验提供服务，尽可能满足大部分残疾人的需求。然而在青海这样的地区，如果不能达到信息精确，那么考虑到迁徙和季节劳动等因素，无论提供何种公共服务的边际成本都是极大的。

2. 服务实施的标准问题

在实地调查走访新疆各地市，包括乌鲁木齐、克拉玛依、阿克苏地区、吐鲁番地区的过程中，发现了一些普遍的标准问题：各地市都有配套的残疾人公共服务设施，都有相应的无障碍建设，但有些设施在实际的使用环境中基本不可用。比如坡度过大的无障碍通道、过于狭窄的无障碍卫生间等。无障碍通用设计要求规定坡道的坡度最好是1∶20（5%），这个标准必须应用于各大入口和设施，最低标准也应达到1∶14（7.14%）。但在实地考察中发现有不少建筑物的无障碍设计是不符合标准的，更谈不上要进行防滑处理和警示面。男女通用无障碍卫生间净空间要求是2200毫米×1800毫米，对所有无障碍卫生间的门要求至少有850毫米宽，当门开启90°时，门宽最好能达到950毫米。而在实地调研中，观察到部分无障碍卫生间的门宽连一台轮椅都无法自由出入，对其他配置如洗脸台高度、抓握杆高度等细节就更无法要求了。整体上看，各地都存在适应性设计方面从理念到技术上都比较薄弱的问题。总体理念应该是，如果有必要，不需要进行重大改造就可以提高无障碍水平。技术上，现阶段我们推崇普适性设计，也就是说，产品和服务的设计、提供要确保功能能力存在巨大差异的人都能使用。遵循最大限度使用、最广泛的使用者以及平等的使用机会这几个原则。

在全国范围内，政府购买残疾人体育公共服务都存在着一些标准问题，诸如"示范点"是否能为残疾人提供真实的体育活动空间和设备、残疾人体育指导员是否具备真实的知识储备和时间去为残疾人进行健身指导等。要解决这些标准问题，就一定需要一个系统把购买主体、承接主体、使用主体、评价主体这四者联动起来，让他们各自掌握各自的权利并且享受其义务，才能使本来就有限的资源被高效、合理地利用。

第四节　残疾人体育融合的现状与困局

一、残健融合解读

（一）残健融合的概念和边界

中国传统和谐观的要义就是和而不同。冯友兰认为，在中国古典哲学中，"和"与"同"不一样。"同"不能容"异"，"和"不但能容"异"，而且必须有"异"，才能称其为"和"。和谐社会的构建就是要通过制定和实行相关政策，采取相关措施，将不适当的差别和失衡的社会关系调整到相互融合、协调发展的状态。现代汉语规范词典中对"融合"的定义是："若干种不同的事物互相渗透，合为一体。"北京残奥会理念"超越、融合、共享"中，对融合的理解是"体现奥林匹克团结、和平、和谐的价值观和中国传统的天人合一理念"，它涵盖了人与人、人与社会以及人与自然融合的三个方面。依此定义，本研究从三个层次解读残健融合的内涵。

合理性融合：差别共存与相互尊重。残疾人与健全人在体育运动内容和参与方式上一定会有差异，残健融合的基本要求就是要学会承认差异，了解世界是多元共生的，任何人的运动权利都应该受到尊重和保障，融合不是要求残疾人与健全人在同样条件下从事相同的体育活动，而是能够以宽容、平和的心态理解这种差异性的存在，和谐共处。

选择性融合：统一性与多样性有机结合。从理论上讲，残健融合应该选择最优的融合模式，采取最有效的手段达到全面融合，然而实际上，我们只能在现有的社会环境中按照目前的经济条件和认识水平来推进融合的进程。由于社会发展自身具有的矛盾性质，在确定融合模式和手段时，往往会面临两难选择。因此，只能权衡利弊，有所为有所不为，既要考虑能不能融合的问题，更要考虑应不应该融合的问题，充分考虑残疾人的身心特点，适时调整，在统一性的基础上追求多样性发展。

适度性融合：和谐以共生共长，不同以相辅相成。按照《说文解字》的解释，"和，相应也"，而谐是配合得当，和谐就是相应并且配合得当。因此，多样的要素必须统一，应该比例恰当、各得其所、协调平衡、互动共振，才能产生良好的效应。和谐是以事物的多样性、差异性为前提的，没有差异就无所谓和谐。任何人选择体育运动都必须尊重客观规律，这就启发我们应当充分考虑融合的限度，掌握适度融合的原则。因为融合的性质、内容和途径，在根本上是由融合主体自身的性质结构及边际条件决定的，在主体自身的性质结构和条件存在较大差异时，一味地盲目追求融合，反而会适得其反。

（二）融合体育在中国的发展——以特奥融合学校计划为例

特奥融合学校计划（Special Olympics Unified Schools Program）由特奥融合运动发展而来，是以教育为导向、以青少年为核心的激励计划。旨在通过普校和特校间的特奥融合运动，促使青少年成为促进其所在社区发生积极变革的倡导者。经宣传和践行，帮助智力障碍人士赢得尊重、重拾尊严。这项活动已在全球推广，其中以美国最为活跃。美国有2000多所中学开展特奥融合学校计划，且有先进、完备的特奥融合学校计划方案和丰富的学校匹配资源，并由融合运动（Unified Sports）、青年领导接纳俱乐部（Inclusive Youth Leadership Clubs）和全校意识活动（Whole School Awareness Event）三个核心部分共同组成。

1. 特奥融合学校计划启动阶段：理论与实践的探索

我国本土化特奥融合学校计划起步较晚，理论储备和实践经验均相对欠缺。21世纪初才开始有关于特奥融合活动的探索。例如，2001年，北京市西城区培智中心学校与15所普通学校签订"手拉手"合作协议；2002年，特奥大学计划高层研讨会表明我国特奥非体育项目日渐成熟，特奥大学计划作为特奥融合学校计划的前身，彰显融合教育（教育理论）在特奥运动和社会中的重要性；2003年，国际特奥会中国高校发展计划在上海体育学院举行，拉开高校融合活动的序幕。

2003年首届师资培训班标志着中国大陆地区特奥大学计划试点工作的正式启动，陆续培训全国近百所高校的教师，为未来特奥融合学校计划的骨干教师资源打下坚实基础；2007年特奥家庭支持联络网培训班，增强智力障碍青少年的自信心并体验成功的喜悦。融合活动方面，2004年中外儿童"手拉手"庆六一、迎特奥，并举行辅读学校和普通学校的结对仪式，这恰好体现了特奥的融合理念。自21世纪初"手拉手"合作协议至2007年世界夏季特奥运动会（上海），作为我国本土特奥融合学校计划的启动阶段，主要从会议论坛、培训课程和融合活动为特奥融合学校计划积累经验。虽然，启动阶段中没有正式提出特奥融合学校计划，但可从各大特奥赛事和特奥融合活动等探索服务智障学生的方法，使其获得尊重、平等以及社会关怀。启动阶段为促进智障学生等融入社会做出充分的准备，并以此为新的契机，进入特奥融合学校计划发展的过渡阶段。

2. 特奥融合学校计划过渡阶段：研究热度的升温

特奥大学计划，是指特奥运动与大学教育的结合，也是我国特奥融合学校计划的前身。本研究界定的过渡阶段指2008年东亚区特奥发展国际论坛（北京体育大学）至特奥融合学校计划正式启动这一段时间。理由一，该论坛是继2007年上海特奥世界运动会后，国际特奥东亚区在中国举行的高规格学术活动，并得到国际适应体育联合会的大力支持；理由二，论坛梳理并总结我国特奥大学计划在过去5年实践中取得的经验和成果，并探讨未来特奥融合运动可持续发展问题（特奥学校计划）。过渡阶段初期，秉承特奥融合理念，"融合跑"活动在大学中盛行。不仅为大学生特奥志愿者提供服务的机会，帮助其了解智障人士和特奥融合学校计划，而且给智障学生提供展示自我、适应和融入社会的平台。此外，2009年中国特殊奥林匹克（福建）论坛，吴雪萍教授关于"特奥融合运动对智障人群健康促进的研究"的报告，为我国特奥融合学校计划促进智障学生社会适应提供重要依据。需要强调的是，社会适应能力是决定智障人群在社会上生存的重要环节，如何更有效地促进该群体融入社会是亟待解决的实际问题。2013年在全国五大城市开展的特奥大学计划，标志着我国特奥融合学校计划雏形的产生。值得一提的是，福州站召集5所高校，凭借"反向融合"的思想，打破结对学校一成不变的融合方式，交叉完成各校特色的活动项目，成为我国特奥融合学校计划本土化较早的尝试。随后，第5轮中美人文交流高层磋商会议上，"特奥融合学校计划"在中国大陆地区正式启动。特奥大学计划对中国特殊奥林匹克运动的发展起到促进作用，加深了社会各界尤其是大学生群体对智障人士的关注与理解。

3. 新五年：竞技型、发展型和娱乐型三足鼎立

2016—2020年是我国特奥融合学校计划开始步入本土化的新五年阶段（作为国际特奥东亚区新五年计划的发展项目于2015年启动，2016年正式施行）。新五年发展初期，"2016年特奥东亚区融合学校领导论坛"以融合学校计划发展广度和深度的视角探讨我国融合学校计划的发展前景。此时，特奥融合学校计划本土化的特点，以竞技性、发展性和娱乐性为主。

竞技性特奥融合运动以融合赛事为典型代表。特奥融合足球赛、篮球赛大量开展，如2016年西安特奥融合计划西安足球融合赛、2017年全国青少年校园足球特奥融合组比赛、2018年全国特奥足球比赛和国际特殊奥林匹克东亚区融合篮球赛等。Castagno发现，特奥融合篮球运动可使所有参与者的社会交往能力有效提高；Popović等认为，特奥融合足球活动可改善智障学生知觉、符号推理、关系或关联的鉴别能力；特奥融合足球运动可以改善智力障碍青少年身体健康和运动技能表现。目前，特奥融合篮球、融合足球活动已经纳入教育部校园足球和校园篮球赛事中，表明特奥融合赛事正式进入普通教育，不再是特殊教育学校的独角戏。

发展性特奥融合运动以融合学校计划为主要开展方式。以上海体育学院和福建师范大学领衔，每年为签约的结对学校提供技术支持和指导（表3-15），体现我国特奥融合学校计划可持续发展的内涵。从表中可以发现，特奥运动员和融合伙伴的数量在每次活动中逐渐趋于平衡；活动举办地点基本以东部一线（或准一线）城市为主。总而言之，特奥融合学校计划得到智障学生、融合伙伴、志愿者、家长和教师等高度评价。以2018年特奥融合学校计划桂林站55位志愿者为例，通过NVivo 11软件对访谈资料（半结构访谈）进行开放式编码，产生31个编码。初步发现大部分志愿者对"糖宝"（唐氏综合征学生）持有积极的评价（频次为70），愿意建立长期的伙伴关系（频次为66），并且是主动报名参加特奥融合学校计划的志愿服务（频次为62）等。综合近两年活动举办的次数、规模以及参与者的反馈。我国本土的特奥融合学校计划指导体系和技术团队已经形成，基本可以因地制宜设计、开展适合我国智障学生和融合伙伴的特奥融合学校活动。并且，为智力障碍群体适应社会提供全面的技术保障和方法指导，有助于其融入社会。

表3-15 特奥融合学校计划技术支持统计表

单位	时间	学校	特奥运动员（人）	融合伙伴（人）	志愿者（人）	工作人员（人）
上海体育学院	2017.04.27	北京市朝阳区新源西里小学	60	200	4	40
	2017.05.26	北京市石景山区培智中心学校&北京教育科学研究院附属石景山实验学校	54	50	36	28
	2017.11.15	上海市杨浦区扬帆学校&上海体育学院&上海延吉第二初级中学	111	30	24	30
	2017.11.27	北京市健翔学校人大校区&中国人民大学附属中学	34	34	20	21
	2017.12.09	上海市浦东新区辅读学校&上海市向明初级中学	60	40	24	30
	2018.05.18	枣庄市特殊教育中心&枣庄学院体育学院	70	70	10	35
	2018.05.23	天津市河西区启智学校&天津市河西区土城小学	70	70	60	40
	2018.05.25	北京市东城区特殊教育学校&北京市东城区地坛小学	70	70	7	70
	2018.05.27	成都市青羊区特殊教育学校&电子科技大学成都学院	70	70	135	40
	2018.10.20	保定市特殊教育中心&保定学院	100	100	12	5
	2018.12.06	上海市浦东新区特殊教育学校&上海市建平中学	60	60	10	10
福建师范大学	2017.11.05	福州市开智学校&福建师范大学	68	44	32	23
	2018.03.31	桂林博乐青少年服务中心&广西省桂林漓江学院	67	70	55	20
	2018.04.25	天津市静海区建华中学&天津市静海区第六小学&天津体育学院	60	70	32	38

(续表)

单位	时间	学校	特奥运动员（人）	融合伙伴（人）	志愿者（人）	工作人员（人）
福建师范大学	2018.04.28	银川市金凤区特殊教育中心&银川市金凤区唐徕回民中学	70	70	8	52
	2018.05.04	北京市延庆区特殊教育学校&大柏老中心小学&北京邮电大学世纪学院	34	34	29	24
	2018.05.05	吉林市昌邑区特殊教育学校&东北电力大学	60	60	0	20
	2018.05.25	秦皇岛市山海关区特殊教育学校&河北科技师范学院&秦皇岛市第五中学	70	70	8	52
	2018.09.21	唐山市丰润区特殊教育学校&唐山市第七十二中学	60	60	40	20
	2018.10.26	连江县特殊教育学校&福建商学院	60	60	45	25

娱乐性特奥融合运动较有特色的项目是融合夏令营。2018年7月，在福建师范大学举办的"2018特殊奥林匹克融合夏令营"作为特奥融合学校计划的特殊形式，首次突破沉积多年的年龄局限，将智障学生和伙伴进行同侪模式下的年龄匹配。尽管活动过程存在一定的挑战，但总体来说，运动员与融合伙伴为期5天的共同游戏、进餐、休息和相互照顾，使大家从陌生到熟悉，从拒绝到接纳。正如某位11岁融合伙伴在感想中提到的："我的伙伴名叫×××。他很爱拥抱，也很爱哭，我们经过为期5天的融合活动，感受到了快乐……再见我写完了，其实我还没有写完，因为我还想和你们一起。"这是特奥融合学校计划新的尝试，取得家长、特奥运动员、伙伴和社会各界的肯定，同侪前提下的融合，是我国融合学校计划本土化必须予以重视和保障的核心，也是未来3年该计划发展的必然走向。

总之，我国本土化特奥融合学校计划的发展历经启动、过渡和新五年3个时期。从融合活动发展到特奥大学计划，进而演变为特奥融合学校计划；从智障学生和融合伙伴较大的年龄差距，转变为同侪关系下的互相融合，探索出具有本土特色的特奥融合理论和活动。根据国际特奥东亚区提供的数据，特奥融合学校计划签约校大幅增加。

二、融合体育的深层困境

(一) 残疾人体育政策法规缺乏部门联动与在地化解读

"十三五"期间,中国残联、中央宣传部、文化部、国家新闻出版广电总局、国家体育总局联合制定了《残疾人文化体育工作"十三五"实施方案》,指出:丰富残疾人体育活动,满足残疾人康复健身需求,展示残疾人体育精神,残健融合共奔小康。该方案为我国残疾人的体育发展制定了任务目标,提出了主要措施,明确了组织监督。为进一步深化发展残疾人体育事业,中国残联相继发布了"自强健身工程""康复体育关爱工程"、残疾人冰雪运动等专项计划的政策文件,从组织建设、活动开展、品牌建设等层面进行引领与规范,逐步形成了政府主导、多元参与的残疾人体育发展局面。但是,综观残疾人体育政策,多部门联合制定的政策相对较少,多由各级残疾人联合会单独制定,从而容易造成政策的效力减弱、执行力下降,不利于多部门协同开展残疾人体育工作。

另外,省级层面的残疾人体育政策提出的残疾人体育参与的目标或任务,内容较笼统,可操作性强的细化政策方案不足,如残疾人康复体育进家庭项目,省级残联没有出台指导实施方案,各区市残联开展受阻。而且,市级层面的残疾人体育政策,较多原文转发省级政策,很少能根据当地情况做具体实施方案,导致不同层级的政府部门执行效能减弱。最明显的就是残疾人体育经费的使用,各地区部门由于没有省级部门资金使用办法的规范正式文件,导致在经费规划和拨付过程中,存在如何使用、如何分配等实际问题,因依据不足而无法执行。而且,通过基层调研,访谈基层残疾人体育工作人员,发现一些地市直接转发省残联文件,没有结合地区特点出台配套方案,对于基层的残疾人体育活动开展,基本起不到任何支持和保障的作用。加之相关的问责制度、监督制度、评价制度等不够完善,进一步制约了残疾人体育的健康持续发展。

(二) 包容性计划与专项计划权责不清晰

残疾人体育的健康持续发展,离不开体育、残联、教育、财政、文化、民政等部门的有效协作。对于具有特殊性的残疾人健身示范点建设、重度残疾人康复体育进家庭等专项计划，其主责部门应该是残联，其他部门根据需求协同配合。然而，由于相关部门的权责界定不够清晰，对于自身承担的责任不够明确，常常出现部门错位、越位、缺位的现象，形成"全能"部门或"失灵"部门。例如残疾人体育健身示范点建设，涉及场地需求、体育需求、无障碍需求等，需要体育、住建、残联、财政等部门的合力协作。但调研发现，多地市的残疾人体育健身示范点，从建设到运行基本都是残联的独角戏，相关部门发挥效用甚微。另外，各层级残疾人联合会，集教育、就业、康复、文化、体育等于一体，典型的"全能"部门，但不管是教育、康复，还是体育、就业，残联部门都缺少专业的人才支持，导致自身人手不足、工作压力大，特别是基层残疾人工作人员，往往是身兼数职、力不从心，残疾人各项工作质量大打折扣。

残疾人体育是全民健身的重要组成部分，本该担负主要责任的体育部门，却选择性"消失"，成为"失灵"部门，主动性明显不足，在各类体育事业发展规划中很少有包含残疾人体育的明确要求，把全民健身演绎成了健全人的健身。最终，本该成为监督者和协助者的残联部门成了残疾人体育的实际操盘者，而本该成为执行者的体育部门却成了旁观者。如残疾人社会体育指导员的培养，残联与体育局仍然没有打通"最后一公里"。此外，由于部门沟通协作机制不完善，导致诸如教育、财政、文化等部门的有效联动不足，残疾人体育常态化开展受阻。

（三）社会动员缺乏机制，媒体赋权缺位

目前，我国残疾人体育的发展仍是以政府主导，主要由省市区级残联负责，而协会组织、志愿团体、企事业单位等社会力量的参与明显不足。由于残疾人体育的特殊性和专业性，政府和学界都鼓励采用购买服务的方式开展。"十三五"期间，社会组织参与残疾人体育服务普遍滞后于其他类型公共服务。从严格意义上看，残障服务从理念、资质、支持、培训、技术、组织文化等方面都还没有成熟，与发展了近10年的养老服务行业相比，残障服务只能说是刚刚起步。助残社会组织普遍面临缺乏专职人员、资金等问题，缺乏社交媒体能力和资源，不善于动员残障社群和社会支持。

政府对于有意愿参与残疾人体育的社会组织，缺乏科学的引导和服务能力的培育，导致有意承接政府残疾人体育服务的社会组织"心有余而力不足"，影响了服务质量。而且，由于购买服务的程序不够规范，购买服务的方式不够灵活，一些有资质、有能力的社会组织被无形地排除在外。残疾人体育发展需

要社会的关注,才能吸引社会力量的投入。但多数助残社会组织社交媒体的运用非常有限,仍有相当一部分助残社会组织没有官方微博、官方网站和公众号,也不会使用网络社交软件。最终,社会支持力度下降,残疾人体育发展合力受限。

(四)资源配置可及性与适配性不足,体育参与受限

残疾人体育发展,离不开人力、物力、财力等体育资源的有力保障。但目前资源配置的不合理,影响了残疾人参与体育活动的积极性。融合体育教育方面,残疾学生身份认同程度不高,体育教育边缘化现象严重。随班就读残疾学生游离于体育场域之外,难以融入班级活动。普通学生对残疾学生包容意识不足、融合接纳程度低,校园无障碍设施建设不齐全,随班就读教师队伍整体专业知识与专业技能水平不足、缺乏专业化培训支持,无法满足不同类型残疾学生个别化教育需求。融合群众体育方面,基层非常缺乏残疾人社会体育指导员,但目前的专业人才培养,从选拔机制、人员资质,到培养方式、培训内容、激励保障等方面,均有比较大的缺失,导致一方面对专业人才的需求极大,另一方面却存在体育人力资源的浪费与闲置。体育物力方面:适宜残疾人体育参与的硬件设施不足,无障碍设施建设不够完善,适合残疾人体育参与的器材有限。通过调研多地市残疾人健身示范点,发现选址没有考虑残疾人出行的合理便利,体育健身活动开展形式少,部分示范点配备的体育健身康复器材没有以服务的残疾人群体需求为导向,导致器材设备使用率不高、器材设备闲置。体育财力方面:残疾人体育经费绝大部分依靠政府,来源过于单一,不利于残疾人体育活动的灵活开展。调研发现,大部分地区的政府部门,投入残疾人体育的有限经费主要用于残疾人竞技体育,而残疾人群众体育经费支持普遍过少,不利于残疾人体育的平衡发展。竞技体育融合除了在特奥项目上设置融合赛事促进残健融合,残疾人与健全人在竞技体育资源方面的融合与共享还有很长的路要走。

(五)残疾人体育活动开展常态化与品牌化不足

残疾人的体育参与率是衡量残疾人体育发展的一个重要指标。从目前调研情况看,参与率不容乐观,残疾人主动健身意识不强。究其原因,很大程度上是由于适合残疾人的活动内容不多、专业化指导不足、参与活动有诸多限制等没有得到很好解决。一般在特定品牌活动日,如特奥日、健身周、残疾人日

等，各地残联和残疾人协会都会组织轮椅操、趣味运动会、飞镖比赛等内容丰富、形式多样的残疾人体育活动或残健融合体育活动，目的在于引导更多残疾人走出家门，更好地融入社会。但有组织的残疾人体育活动，频次和质量不能满足残疾人日益增长的体育需求，而其他时段活动开展明显不足，能有效引导社会大众残健融合的内容比较匮乏。疫情期间这个短板更加明显，本就相对缺乏活动机会的残疾人群体，疫情期间活动空间更为受限，体育需求更得不到满足。另外，各地区的残疾人体育活动品牌特色建设不足，体育活动内容大同小异，更有地区活动设计敷衍，仅为完成任务，而很少立足地区实际情况与自身特色，提炼创建自有品牌。如何提升各地区有组织的残疾人体育活动数量和质量，引领和推动残疾人康复健身体育健康发展，值得深思。

第四章　残疾人体育参与困境分析

第一节　重点人群体育参与保障

一、重度残疾人"康复体育服务进家庭"难以落地

近年来，随着残疾人"自强健身工程"的提出，以及将全民健身提升至国家战略发展的层面，残疾人的群众性体育越来越受到关注，越来越多的残疾人朋友走出家门、走向社会，积极参加各项体育锻炼；但重度残疾人群体，因受其身体的影响，不能走出家门，如何帮助这群更加特殊的群体参与体育锻炼是目前发展残疾人公共体育服务的棘手问题之一。近几年，政府陆续颁布相应的政策文件支持，如2015年中国残联办公厅印发的《残疾人康复体育关爱家庭计划（试行）》中指出，康复体育即通过体育锻炼的手段，在康复治疗过程中，帮助残疾人恢复或保持一定的器官功能，最大限度地减少由于身体器官或组织的残疾而带来的功能缺失，并要求为10万户重度残疾人提供"三进服务项目"。

然而，在针对重度残疾人的体育康复方面，虽然有相关政策指导，但落实起来仍存在一系列困难。首先，信息的收集和汇总严重不足。重度残疾人残疾类型和程度各不相同，对体育康复服务内容的需求也有极大的区别，并且这些重度残疾人行为能力受限，知识水平也普遍不高。这就给有关部门收集信息造成了很大的困难，而信息收集不准确就没法提供精准的服务，从而造成不是资源浪费就是服务不到位的两难局面。其次，体育康复方面人才的缺失。要提供重度残疾人的康复服务进家庭，就必须有相关的人才参与，而现状是人才的数量和质量都存在严重的不足。在数量方面，虽然数据表示我国有大量的残疾人社会体育指导员，但这些指导员大部分都是兼职，由于各种原因，真正专职的残疾人社会体育指导员微乎其微。而兼职健身指导员由于还有本职工作要完成，因此很少能常态化指导残疾人进行锻炼，更不用说参与"进家庭"这样的

服务。在质量方面，这些残疾人社会体育指导员大多不是科班出身的体育专业或特殊教育相关专业的学生，他们只要参加一次为期一周的残疾人社会体育指导员培训，就具备指导资质。在针对重度残疾人健身的具体问题时，他们的知识水平可能不足以支持重度残疾人康复运动的需求。对照我国已经发布的康复医学学科管理规范，当前康复学学科设置的科学性及规范性相对欠缺。人员配备上，康复医师与物理治疗师、文体治疗师、运动康复师配置比例不合理，康复手段单一，影响康复效果。由于缺乏"大康复"的理念，康复更多解释为医疗康复，使得残疾人康复工作更多依托于医疗机构，许多病情稳定的残疾人考虑到经费开支，经过医学评定后离开机构，后期由于缺少社区或家庭运动康复的衔接，病情复发再次进入机构，这种"旋转门"现象，造成了个人、家庭和社会资源的浪费。最后，也是最重要的一点，经济水平的限制。重度残疾人行为能力受限，在当前社会背景下，创造财富的能力较弱，富裕的重度残疾人非常少。而康复体育需要专业的人才、专业的设备，这些都是需要花费大量金钱才能获得的。国家对重度残疾人目前的财政支持大多数用于维持他们的生存，而附加的服务就很难涉及。从国外发达国家的经验来看，英国、美国等国家都是由社会福利组织与政府合作来为重度残疾人提供相应的服务，而我国的经济水平很明显还没有达到西方发达国家的标准。因此，想要解决重度残疾人康复体育的问题，经济是根本。

2017年是"家庭关爱计划"的全面实施阶段，各省市、地区根据自身的经济状况和政府的政策力度等因地制宜，设计相应的康复体育关爱家庭计划方案，为重度残疾人提供适切的"三进服务"。如四川省每年都会划拨体彩资金的8%作为当年残疾人体育服务的专项资金，并设立专项资金为12万户残疾人康复体育"三进服务"进行社会服务购买，在残疾人体育服务方面总投入的经费比预计的多，建立相应的"互联网+平台——量体裁衣"，根据需求和条件，匹配相应的服务内容和器材。在多个社区建立社区康复流动站，通过购买服务的形式，与社会组织"尚体"合作，购买其器材和相应的指导服务，"尚体"需每周至少一次派相应的健身指导人员进社区指导相应器材的使用和锻炼方法，并且该流动站上的器材是残健结合的，有专门适应残疾人锻炼的改造；与社会公益组织有合作，如圆梦助残公益服务中心，该公益组织提供各类残疾人的服务保障，政府对其支持的力度大，两个主体有经常性的交流和活动，充分发挥政府和社会组织的合作，提高政府的办事效率和对于残疾人的保障力度。

从总体上看，全国残疾人康复体育服务的保障地区分布不均，各项残疾人体育服务保障力度大的省市主要集中在华东地区和华北地区，差距悬殊。如四川和贵州同属西南地区，在残疾人各项体育服务的保障中，四川的力度明显高于贵州，西部地区整体发展水平明显低于其他地区。而像华东、华北等经济较为发达的地区，康复服务的发展也有明显的差异性，如经济发达的省市，江苏、浙江、广东、四川、天津等各项残疾人的体育保障明显高于其他省市。尤其是2015年推行"家庭关爱计划"以来，经济发达且政府支持力度大的省市其实施的力度也大，如四川入户数达到36000户，服务的人群数量多、范围广。在2016年扩大试点阶段，仍有部分省份未进行康复体育关爱家庭计划的项目，如福建、西藏、内蒙古等8个省份。面对庞大的重度残疾人基数，全国各省市的关爱进家庭的数目远远不能满足其需求。

二、学龄前残疾儿童抢救性运动康复支持不足

学龄前残疾儿童也是行为能力受限的群体，但与重度残疾人不同，他们的行为更多依赖于他们的监护人。因此，监护人的认知以及对学龄前残疾儿童参与体育的态度将最终导致学龄前残疾儿童是否有机会和意愿参与体育活动。在这一层面，监护人的问题主要有以下几个方面：首先，家长不愿承认孩子有问题。很多家长在孩子年幼的阶段不愿承认自己的孩子有残疾问题，等到问题无法回避的时候，又错过了最佳的干预时期。其次，家长没有认识到体育活动的重要性。由于中国传统文化的影响，很多家长认为读书才是正途，其他都是"歪门邪道"，因此认为小孩参与体育活动或游戏的行为是不务正业，持否定态度。表现在行为上就是阻止孩子参与户外活动，要求孩子学习文化知识。最后，监护人对于残障的认知不足。有些残障儿童家长虽然认识到自己的孩子有残障问题，但不愿意正视这个问题，把孩子关在家里或交给老人养育，羞于带孩子参与各种活动。而健全儿童的家长也有很大一部分对残障儿童存有偏见，不让自己的孩子与残障儿童一起玩耍（对于智障儿童，情况尤为严重）。这些监护人的认知水平都限制了学龄前残障儿童参与体育。

通过对数位国内学龄前残疾儿童教育康复专家进行访谈，并在网络上一一核实，已知截至2015年，我国招收多类型学龄前残疾儿童的机构有39所。利用2015年12月在厦门市举行的"医教结合、智慧康复研讨会议"和2016年4月在杭州市举行的孤独症儿童研究协作联盟成立大会的机会，向全国多类型学龄前残疾儿童学校的领导或骨干教师发放问卷，共回收有效问卷31份，基本能反映我国学龄前残疾儿童运动康复课程开展的现状。从调查结果来看，有27所机构为学龄前残疾儿童开设了与运动相关的教学或康复课程，占机构总数的87.10%，由此可见，各教育康复机构非常重视运动对学龄前残疾儿童的作

用。从调查情况来看，31所招收3～6岁学龄前残疾儿童的机构，仅有厦门市心欣幼儿园和东莞市特殊幼儿中心被冠以"幼儿"的名称，23所特殊学校以附属幼儿园或幼儿部的形式招收学龄前残疾儿童，特殊学校成为我国学龄前残疾儿童康复的主体机构。改革开放以来，我国特殊教育事业得到了较快的发展，1987—2014年，全国特殊学校的数量由217所增加到2000所，在校残疾学生人数由2.93万人增加到39.49万人。然而，长期以来，我国特殊学校的招生对象是7～18岁的适龄残疾儿童，虽然有广州市启聪学校附属海印南苑幼儿园、衢州市特殊教育学校七彩桥幼儿园等为数不多的学校会招收学龄前的听力残疾儿童，但总体而言，特殊教育事业发展的春风并未惠及绝大多数学龄前残疾儿童。2014年1月，国务院办公厅转发了教育部等七部委的《特殊教育提升计划（2014—2016年）》，明确指出大力发展残疾儿童的学前教育，可实际上我国独立的、只针对学龄前残疾儿童的特殊幼儿园依然很少。

针对残障儿童的康复救助工作，国家制定了残障儿童康复救助制度，并提出要达到的目标。但是在基层单位实施的过程中，仍然处在宏观层面，没有落实到位。如福建省残联只是在针对困苦儿童的救助文件提到要做好残障儿童的康复救助工作，却没有更具体到运动康复服务的内容，更没有相应的解决方案。基层单位之间缺乏统筹协调，也是康复救助工作落实不到位的原因之一。残障儿童的运动康复是一项工程量庞大的工作，需要各个部门的共同努力，才能顺利地开展。在实际工作中，各地市级残联工作都是直接对省级残联负责，这样做能够体现直接管理、上行下效的作用，但各部门间缺乏有效衔接，造成资源浪费、经验不足、进展失衡等问题，达不到最好的工作效果。技术方法需要实践的验证，实践需要相关技术的支持。但在学龄前残障儿童运动康复方面的实践方法研究较为不足，缺少相关技术支持。

第二节　残疾人竞技体育资源配置保障不均衡

中国残疾人竞技体育所取得的优异成绩并不是偶然现象，这主要得益于训练、科研、服务保障等资源配置水平的提升。但是，我们还应当看到我国残疾人竞技体育资源配置在人力资源、财力资源、物力资源等方面还存在着配置不合理的问题，如训练基地的布局和资金的投入造成了地域之间残疾人竞技体育发展水平的不平衡；残疾人竞技体育项目之间发展的不平衡；残疾人竞技体育的教练员水平参差不齐，管理人员和后勤保障人员相对匮乏；针对后备运动员的资金投入不足，侧重对尖子运动员的投入和培养，而忽略后备人才梯队建设等。这些因素既影响了竞技体育的投入产出效益，也严重阻碍了运动员、教练员等公民体育权利的实现。

一、财政保障不均衡

中国残疾人竞技体育取得了举世瞩目的成就。在过去的几十年中，残疾人竞技体育一直是中国残疾人体育政策的关注重点。近年来，中国正在把残疾人竞技体育所取得的成果扩展到全部残疾人群体。其中主要的问题是：用于残疾人体育发展的财政不均衡（竞技与群体、精英与普及）；贫困地区、农村地区用于开展残疾人体育的财政困难。这两个问题的存在与当前的残疾人竞技体育财政体制息息相关。

中国残疾人竞技体育财政改革是在公共财政改革的大背景下发生的。残疾人竞技体育的财政体制特点主要表现为：投入来源相对单一。残疾人竞技体育经费主要来自政府预算内的渠道。这种制度安排必然带来两个问题：第一，残疾人竞技体育资源在不同地区间的配置高度不均衡；第二，人均支出水平差异巨大。对当前财政体制下的公共财政资源配置状况的研究表明，这种情况不仅存在于残疾人竞技体育领域，也存在于其他公共部门。这两个财政问题的解决，无疑有利于改善社会公平，提高残疾人竞技体育资源利用效率，促进社会稳定。

有些省市残疾人体育发展较早，且经济相对发达，残疾人体育专用设施、设备建设较完善，自然就成了某些项目国家队的常驻训练基地，这在一定程度上削弱了项目发展的均衡性，最终影响残疾人竞赛项目的开展和普及，扩大了地域间残疾人竞技体育水平的差距。目前，我国共设有13个国家级残疾人体育训练基地，主要保障残疾人体育训练所需，而当前残疾人国家队的训练工作也主要以集训的形式开展，具体包括根据重大赛事安排，结合各省市的保障条件及优势项目等因素，分地区、分时段组织集训。一方面，发挥了地方的资源优势，带动了地方残疾人体育的协调发展；另一方面，集中时段的集训也节约了一定的人力、物力和财力，从而可以使国家集中资金确保优势项目并普及残疾人体育，在一定程度上保证了我国残疾人竞技体育的发展优势和水平，这也是举国体制的优势所在。但是，地域之间资源配置的差异也直接导致了运动项目和竞技水平发展的不平衡。在2016年里约残奥会上，获得金牌的运动员大多出自有训练基地的省市，如浙江、广东、江苏、北京等。残奥会备战期间，各训练基地从医疗保障、康复理疗、心理辅导、严格管理、科学训练等方面都加大了保障力度。

二、项目发展不平衡

21世纪中国残疾人竞技体育发展的一个主要障碍即残疾人竞技体育项目发展的高度不均衡。由于经济发展、文化特征、地理环境等因素的制约，任何一个国家或省市都不可能在所有项目上均获得优异成绩，这也体现了竞技体育的多极化发展趋势。在我们国家的残疾人竞技体育发展中也出现了优势项目与非优势项目发展的不均衡。实施奥运战略以来，我国全国残运会项目设置已基本与残奥会接轨，有利于将有限的人、财、物集中配置于残奥项目，近年来我国残疾人竞技体育成绩的不断突破与全国残运会项目设置改革不无关系。但由于非奥项目在全国残运会中的大幅减少，再加上项目特点、群众基础以及运作方式等差异，造成了非奥项目进步缓慢，残奥项目与非奥项目之间的发展程度差距逐渐扩大，也造成了项目之间发展的不平衡。

三、人力资源保障体系不健全

我国残疾人体育工作逐步得到国家和社会各界的广泛重视。在雅典残奥会前的5届比赛中，参赛人数增幅不大，2004年雅典残奥会参赛运动员人数突增至200人，2008年北京残奥会参赛运动员人数达到历史新高。随后的伦敦残奥会和里约残奥会的参赛人数规模基本保持平稳，东京残奥会中我国参赛的运动员达到251人。残奥会参赛人数也是中国残疾人竞技体育取得优异成绩和可持续发展的重要保证。但在发展的过程中，也会不可避免地遇到各种各样的问题和矛盾。如虽然拥有一定数量的顶尖残奥选手，但启蒙和基础训练人口薄弱，还未形成良性的"金字塔"人才培养结构；没有相对稳定和专业的教练员队伍，尚未形成具有残疾人体育特色的技术人才团队，这也是阻碍残疾人竞技体育前行的制约因素；在残疾人竞技体育人才流动方面，实践已先于政策，亟须建立和完善运动员委托培训交流的体系和制定相关的政策，促进残疾人竞技体育人才的合理流动，促进残疾人竞技体育整体水平的提高。

另外，残疾人运动员获奖后的待遇和公众知名度等方面也比健全人运动员相差甚远。只有极少数的残奥冠军享受到了在就业和升学方面的优待权利，而更多的从事残疾人竞技体育的运动员，包括残奥冠军只能自谋出路，有的甚至从此远离了体育运动。一方面是专业体育人才的浪费和流失，另一方面又面临着残疾人体育队伍建设不足的窘境。我国残疾人社会体育指导员和教练员人数虽逐年递增，但依然面临严重匮乏的现状。这些矛盾和冲突要求在实施法律和解决争端的过程中体现出资源的分配与选择。虽然《中华人民共和国宪法》将公民的体育权利上升到宪法的高度来保护，《中华人民共和国体育法》第四章也专门针对竞技体育进行了安排，规定了运动员有进行训练、参加国内外竞技比赛、接受文化教育和进行深造、享受福利待遇的权利，以及教练员具有选拔运动员、指挥比赛、享受培训教育、晋升职务职称等多项体育权利，但由于没有更细化的实施措施，以及实现这些权利的对应资源配置极其有限，导致运动员和教练员等公民之间的冲突不断，竞技体育权利很难实现。在残疾人竞技体育中，这种矛盾更加突出。以游泳项目为例，大多数参与训练和竞赛的教练员都是来自健全人的游泳教练员，有的是退休后担任残疾人游泳教练员，有的是平时指导健全人游泳训练，赛前被临时抽调过来，只有极少数是专职的残疾人游泳教练员。残疾人运动员的日常训练更是难以保障，只有浙江、云南等少数拥有残疾人训练基地的省市配备较专业和稳定的教练员队伍，可以保障运动员常规化的训练和赛前集训。养兵千日，用兵一时，更何况残疾人运动员从选材到掌握运动技能的周期和所花费的时间、人力、精力等都远超于健全人，如果没有专门的指导教练、常规的训练和系统的跟踪培养，很难达到较高的竞技水平。此外，从事残疾人竞技体育的管理人员、科医人员和后勤保障人员匮乏也是制约残疾人竞技体育发展的问题。新时期下，残疾人训练制度应逐步实现科学训练标准化，优化竞技体育管理人才队伍结构，立足残疾人竞技体育，培养多层次、多学科、适应多种类别残疾人体育工作需要的人才。引进、吸纳、调动社会人才资源为我所用，形成具有残疾人体育特色的技术人才团队。

1996年《全国运动员交流暂行规定》的出台是我国运动员交流走向规范化的开端。随着1998年《全国运动员交流管理办法（试行）》和2003年《全国运动员注册与交流管理办法（试行）》相继颁布，我国运动员交流制度趋向规范化，围绕全运会展开的运动员交流越来越频繁。从2004年雅典残奥会开始，我国开始加强对残疾人运动员的选拔和培养工作，无论是参训人数还是竞技水平都有增长。雅典、北京和伦敦三届残奥会中，我国首次参赛的运动员人数分别为161、226、134人，占我国参赛运动员总数的80.5%、68.1%和47.5%。数据所反映出的问题也值得我们对残疾人竞技体育人才培养方式做进一步的思考：残疾人竞技体育人才培养的系统性应该如何构建？是否因为年轻残疾人运动员的培养出现问题而导致更替速度出现减慢的趋势？如何延长残疾人运动员的运动寿命？

与此同时，地域之间竞技体育人才数量和质量的差异也显现出巨大的差异，从而造成了地域间残疾人竞技水平发展的不平衡。在现阶段交流的运动员输出单位多为经济欠发达地区，输入单位多为经济发达地区，一方面是优势互补，互利互惠，实现了资源的优化配置，但另一方面也导致了欠发达地区缺乏自身造血机制，限制了长远的发展。

第三节　各类残疾人体育专业人才缺失

一、专业队教练员：流动性大且学历偏低

近几届残奥会中国代表团都取得了优异的成绩，然而成绩只是举国体制的优势凸显，残疾人专业队背后的保障问题仍然没有被重视。

首先就是残疾人运动专业队教练员的水平问题。以中国国家盲足队为例，全队的训练都是以主教练为主导，助理教练和其他训练员的流动性非常大。而主教练带队多年，基本上是依靠经验以及与球员之间的默契在进行训练，缺乏相关的训练科学知识背景。2016年初，当中残联聘请的技术攻关团队对盲足队员进行备战残奥会的体能监控与管理时，主教练刚开始是持怀疑和否定态度的。随着技术团队提供的帮助在运动员身上体现出初步效果，教练员才开始接受相关的科学训练和监控方法。作为一支代表国家水平的盲人足球队，要取得更优异的成绩，需要包括主教练员、助理教练员、体能教练员、康复医师、营养师和心理辅导师等在内的教练员团队的共同努力。

课题组在浙江全国残运会和四川全国残运会上走访部分项目省队教练员，了解到大部分教练员都是兼职从事教练员工作，在制度、待遇、准入资格上完全没有明确要求，这意味着目前国内大部分残疾人运动队教练员在各项保障方面是比较缺失的，仅有少数几个省有残疾人教练员的编制，绝大部分省市没有出台管理办法，一般都是有赛事任务临时召集集训，临时招募教练员，甚至没有基本的劳动合同，赛事结束后不会再有后续训练计划，这在很大程度上制约了残疾人竞技体育的参与和发展。这种状况延续至备战2019年的天津残运会期间，仍然没有明显改善。课题组对福建省残疾人各运动项目教练员进行调查分析发现，基本都是在本职工作之外兼职从事残疾人教练员工作，或是退休之后奉献爱心，唯一的一个专业教练员是福建师大体育科学学院运动训练专业毕业

的游泳一级运动员，但他与其他教练员一样，没有与残联签署劳动合同，在天津残运会后的工作去向仍是未知数。这使得教练员对自己的职业生涯很难有中长期规划，在坚持了两年之后，该专业教练员已辞去教练员工作另谋出路，使本就匮乏的专业资源更加捉襟见肘。

二、残疾人运动员：退役后的就业安置不容乐观

随着残疾人奥林匹克运动会（以下简称"残奥会"）的规模不断扩大（图4-1），我国参与残奥会的运动员人数也呈逐届增加的趋势（图4-2）。从1984年的24人到2016年里约残奥会的308人，增长了10倍有余。全国残疾人运动会的参与人数也是屡创新高（图4-3）。一直以来，我国残疾人运动员在赛场内外表现出的坚强毅力和奋发精神赢得了世人关注。为了保证我国残疾人体育事业发展后续有力，如何落实残疾人运动员就业问题，解决其后顾之忧，从而提升残疾人参与体育运动的内在需要，成为我国体育强国进程中迫切需要研究的问题。

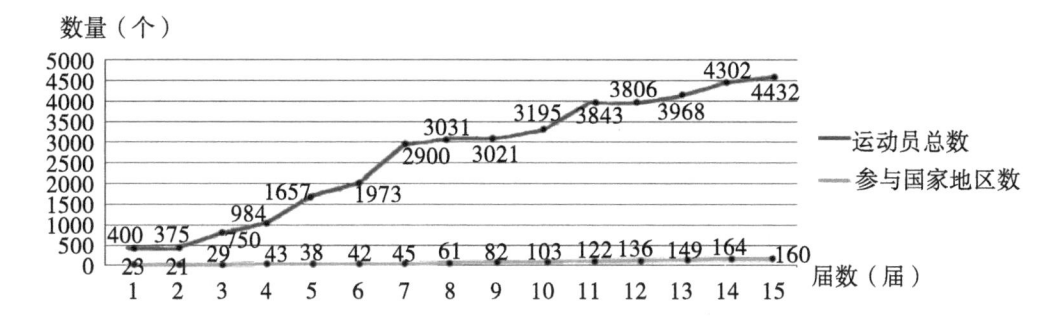

图4-1　残奥会参与国家地区数及运动员数量

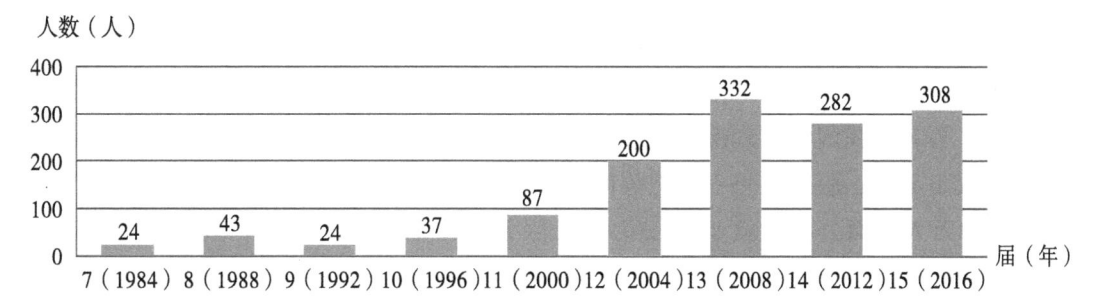

图4-2　我国参与历届残奥会运动员数量

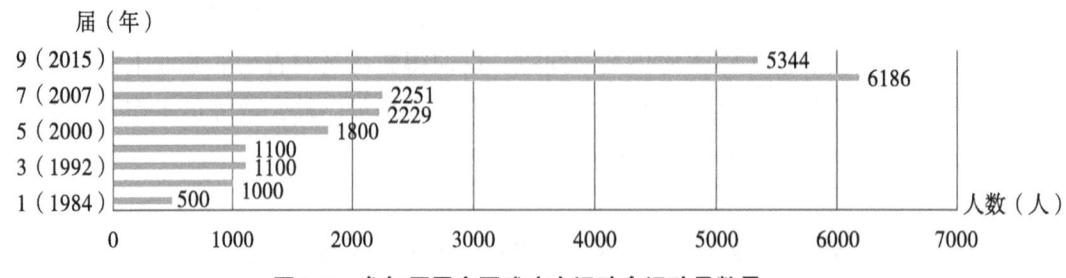

```
届（年）
9（2015）  ████████████████████████ 5344
7（2007）  ██████████ 2251
5（2000）  █████████ 2229
              ████████ 1800
3（1992）  █████ 1100
              █████ 1100
1（1984）  ██ 500
              ████ 1000
                                                    6186
         0    1000  2000  3000  4000  5000  6000  7000  人数（人）
```

图4-3　参与历届全国残疾人运动会运动员数量

资料显示，在历届残奥会中能够获得冠军的运动员，有更多的机会得到社会和政府的关心与帮助，残疾人运动员的就业与他们的运动成绩有着密切的关系。侯斌在三届残奥会上获得过跳高冠军，做过2008年北京残奥会主火炬手，现在厦门市残联康复中心工作；凌勇在2004年残奥会上获男子五项全能P54—58级冠军，现在上海市闵行区华漕镇社会救助所工作；"无臂飞鱼"何军权现供职于湖北省荆门市残联。但这些得到就业安置的残疾人运动员数量屈指可数，大多数运动员在退役时因为专业培训范围小、文化水平和学历普遍较低、不具备社会所需的基本职业技能，竞争力对比其他同等人群反而有较大差距。通过对征战2016年里约残奥会的我国盲足运动员的调研了解到，这批队员曾夺得过2008年北京残奥会亚军、2012年伦敦残奥会第5名及2016年里约残奥会第4名的好成绩，但除高凯在福建平潭残联谋到职位外，其他盲足队员就业状况非常不乐观，没有稳定的工资性收入和生活保障。

在运动员为国争光的背后，是他们苦于就业无门的窘境，虽然多数运动员没有骄人的成绩，但他们也曾在残疾人体育事业上付出了大量的时间和汗水。在英国，残奥会运动员都有权利申请运动员资助金，它可以直接支付给运动员作为运动员日常生活和个人训练费的补助。而我国残疾人运动员因对后期的就业和生活存在忧虑，对残疾人体育事业后备人才的选拔工作造成影响，严重阻碍了体育强国进程。如何妥善解决运动员的就业问题，提高现役运动员训练积极性，做好人才挖掘工作，需要整个社会的关注。

再者，我国针对残疾人运动员就业服务方面也存在着服务主体单一、服务方式不灵活、服务效果不理想等问题。2015年，我国城镇残疾人政策性就业为13.4万人，而公益性就业为1.3万人，服务性就业仅为1.2万人。残联作为政府组织在就业服务中地位突出，其他助残组织则发展不够，有些企业甚至宁愿缴纳残疾人保障金也不愿意安排残疾人就业。目前我国残疾人新兴就业服务模式匮乏，还是以按比例就业和集中就业为主。传统的手工类和保健按摩的就业培训类型已无法满足残疾人就业需求，而用人单位又普遍缺乏安排残疾人就业的自觉性。以上因素共同作用，使残疾人运动员群体就业形式不容乐观。

三、残疾人社会体育指导员：准入资格与基本保障模糊

"十三五"期间，培养10万名残疾人社会体育指导员的任务已超额完成，但基层残疾人的健身康复服务不容乐观。通过调研浙江省、安徽省、四川省、吉林省、河北省、云南省、福建省、上海市、北京市、河南省等全国多个省市的残疾人自强健身示范点、康复体育进家庭等项目，访谈省市级残联干部、基层残疾人体育工作人员、残疾人社会体育指导员、残疾人等不同群体，跟踪2018—2020年举办的多期全国残疾人社会体育指导员培训，并结合问卷调查，深入了解我国残疾人社会体育指导员的培养和管理现状及存在问题。

在中残联《残疾人文化体育工作"十三五"实施方案》中，对残疾人社会体育指导员有明确的任务数要求：全国应完成10万名残疾人社会体育指导员的培养。虽然这个指标在2019年已超额完成，但基层残疾人健身服务依然不容乐观，各地普遍反馈残疾人社会体育指导员严重不足。调研发现，在残疾人社会体育指导员培养体系各环节中都存在资源不足与浪费并存的问题。首先，培训人员结构不够合理。残疾人社会体育指导员来源主要是残联的文体工作人员或残疾人专职委员，占比将近一半，而体育教练员、社区工作人员较少。其次，培训内容及方式不够灵活。我国残疾人社会体育指导员培训建立了国家和地方两级培训体系，其中地方培训一般包括省级培训和市级培训。从培训内容来看，不同层级的培训大纲、课程设计、内容制定等方面没有凸显出应有的层次特点，趋向同质化，容易造成培训流于形式。从培训方式来看，主要采用残疾人社会体育指导员"上浮"集中学习，而专家讲师团队"下沉"基层授课的形式没有普及，结合多媒体技术，如微信客户端、App、微博、公众号等开展的线上培训较少。最后，培训效果评价机制流于形式。不同层级残疾人社会体育指导员培训后的跟踪、监督、反馈不到位，导致无法了解培训内容是否利于残疾人社会体育指导员开展指导服务，能否满足残疾人体育康复锻炼需求，不利于改进、完善残疾人社会体育指导员培训体系。

残疾人社会体育指导员培训开辟了指导员"从无到有"的先河，而指导员"从有到用"的通路，需要高效有序的残疾人社会体育指导员管理体系的保障，但是，现实不尽如人意。笔者作为专家组成员参与中残联组织的全国残疾

人群众体育专项调研，对10余个省市的县、乡镇、村以及残疾人家庭进行较为细致全面的考察，与不同层级残联工作人员、残疾人社会体育指导员和残疾人群众进行数十场焦点团体访谈，从顶层设计与基层执行之间的矛盾审视残疾人社会体育指导员的运行管理，发现了较为集中的几个问题。首先，资质认定模糊，政策法规细化不足。我国社会体育指导员以《社会体育指导员技术等级制度》作为其制度建设规范，并以《社会体育指导员国家职业标准》作为其行业标准，但是对残疾人社会体育指导员的性质、职业属性、角色定位、待遇、权利、义务等方面没有明确、细化的规定和说明。残疾人社会体育指导员培训合格后，没有相应的挂靠单位，当地也没有明确的服务范围和服务内容，造成人才资源的浪费。其次，指导员管理平台薄弱，服务效能严重低下。调研发现，全国绝大部分省、市、自治区普遍没有建立残疾人社会体育指导员工作平台，割裂了残疾人社会体育指导员的培训和管理，对残疾人社会体育指导员缺乏全面统筹的考量，极大地影响了指导服务效能。第三，残疾人社会体育指导员自我赋权意识不足。访谈发现，指导员较为集中的困扰在于工作环境、待遇、服务支持等方面，普遍采取比较消极的态度，也缺乏使用社交媒体拓展资源的能力。最后，评价激励机制缺失。不同层级均没有建立相应的评价激励制度，导致无法实时了解残疾人社会体育指导员的服务情况，无法对其服务质量进行评估、问责和奖励，进一步降低了残疾人社会体育指导员的服务效能。

四、特殊体育师资与融合体育师资：质与量双重匮乏

随着《残疾预防和残疾人康复条例》的出台，国家鼓励和支持高校、职业学校设置残疾预防和康复相关专业或者开设相关课程，培养专业技术人员；将残疾人康复纳入基本公共服务，积极推动残疾人康复体育和健身体育的广泛开展，残疾人康复和体育事业迎来一个新的高潮。我国是世界上残疾人口最多的国家，残疾人参与体育锻炼需要广泛的社会支持才能实现，而在诸多的支持性因素中，最为凸显的矛盾是残疾人体育健身服务人才的不足。学龄期残疾人学校体育是残疾人体育的重要组成部分。目前特殊教育学校体育和普校融合体育教育是残疾人学校体育的两种主要形式，但不论是特殊教育学校体育还是普校融合体育教育，都需要具备特殊教育专业知识的体育教师。我国在融合教育上强调的是随班就读，并有不少政策支持和发展融合教育以及随班就读的形式以提高残疾学生义务教育普及率，以及配备资源教师。但我国目前尚未有专门培

养融合体育资源教师的渠道，最便捷高效的做法是从高校体育教育专业入手，开设系列平台课程，让他们具备一定的特殊教育专业知识，将来能够胜任普校随班就读体育教学。

特殊体育师资在我国是非常稀缺的人才。全国2000多所特教学校中，有特殊体育专业背景的体育教师凤毛麟角，很多特校配备的体育教师还是其他科教师兼课，质量无从保证，更无法奢求普通学校随班就读的特殊需要学生可以拥有融合体育师资。有特殊体育专业背景的体育师资在我国特殊教育的诸多问题中也是比较突出的问题之一。首先，在人才配备的数量上，我国的特殊体育师资人数是远远达不到需求的。在提倡融合教育的今天，大部分学校都无法配备融合体育师资，或完全不清楚该从什么途径招收这个专业的教师。在教育局的招聘教师岗位需求上，并未给融合体育师资留一席之地，对其专业资质的要求也非常模糊。这就导致我国特殊需要学生在普校学习的障碍和难度极大增加，违背了融合教育的初衷。在美国，由于相关法规规定，特殊学生上体育课必须有相关资质的融合体育教师进行小范围甚至是一对一的指导，所以经常出现一节体育课由一个体育教师和三四个融合体育助教共同完成。当然在我国现有的条件下，无法按照美国这样的高标准进行师生比配置，但如果提倡并开展特殊学生在普校的融合教育，融合体育教师人才的问题就是一个不可回避的问题。

如果数量上无法达到理想的状态，那么在特殊体育教师的质量上就必须严格把关，而当前的现实是，对于特殊体育师资的培养也存在着诸多问题。首先就是相关专业的开设和招生人数远达不到需求。截至2017年，全国开设适应体育专业的学校一共只有7所，每年该专业的毕业生共计不足200人，比体育学毕业的博士还要稀有。另据实地考察，7所院校之一的泉州师范学院的该专业毕业生有一半以上没有按照对口专业从事特殊体育教育。因此可以说，在人才的入口即相关专业设置上，我国存在着很大的需求缺口。

五、专业志愿者：缺乏良好的培育机制

体育助残志愿服务是帮助残疾人提高体育参与的重要途径。有数据显示，68.85%的志愿服务组织都有从事助残服务，而通过体育锻炼帮助残疾人的志愿服务组织也数不胜数。截至2017年底，各类省级以下残疾人专门协会达1.5万余个，全国专业助残社会组织2520个。中国残疾人联合会、共青团制定《青年志愿者阳光助残扶贫行动实施方案》，要求"十三五"期间，全国农村69.68万

名6~35岁建档立卡持证贫困残疾青少年及其家庭普遍得到志愿服务。随着社会经济不断发展，志愿服务在社会中的作用愈加凸显。近年来，在国家法规、政策的支持下，我国志愿服务组织借助良好的环境蓬勃发展。截至2016年12月31日，在中国志愿服务信息网注册的志愿服务组织数量已有287619个。2016年，中共中央宣传部等发布《关于支持和发展志愿服务组织的意见》，提出要加强志愿服务组织培育；提升志愿服务组织能力；深化志愿服务组织服务；加强对志愿服务组织发展的组织领导等几项意见。2017年8月22日，国务院颁布《志愿服务条例》，号召更多人参与志愿服务，建设志愿服务组织，并对志愿服务组织提出了更高的要求。数量如此庞大的志愿服务组织，其质量问题受到重视，如何能够建设和管理好一个优秀的志愿服务组织成了学界备受关注的问题。

然而当前我国大部分地区，无论是举办残疾人体育赛事还是残疾人大型群众性体育活动，都是临时招募志愿者，进行一系列的培训之后上岗服务。对于这些志愿者，为了方便管理，基本上以大学生志愿者为主。赛事结束后，志愿者回归学生身份，继续回到高校学习。这就造成了两方面资源的浪费：第一，志愿者上岗都是需要培训的，需要花费人力、物力以及时间成本，如果有现成的助残志愿者可供招募，这些培训的资源就可以节约下来；第二，这些志愿者在服务完赛事，熟悉如何服务残疾人运动员之后，回归学校，未将他们的知识和能力继续回馈社会，没有形成服务残疾人的长效机制。赛事和大型活动尚且如此，日常的残疾人体育健身，对专业志愿者的需求更高也更持久，调研的大部分地区依靠残疾人社区联络员和残疾人体育指导员作为主体进行体育服务，也有一部分地区与高校社团共建，有较稳定的大学生志愿者来源。但是，无论是哪一类志愿者，在专业性上都有待提高，因没有经过系统的课程学习和专业的服务培训，能够为残疾人进行的服务非常有限。目前在体育助残方面比较有影响力的专业助残服务队，一个是上海体育学院的"特奥团"，一个是福建师范大学体育科学学院的心桥助残服务队，还有一个是广州体育学院的助残服务队。这3个服务队都因为体育助残获得团中央的全国志愿服务银奖，其最大共性是依托高校的体育专业资源，开发、培育大学生助残服务品牌，形成自己的服务特色，并能坚持下来。课题组跟踪观察3个服务队的服务情况发现，它们的成立时间均超过8年，有稳定的骨干团队，有完善的制度管理和团队建设方案，也有强大的科研团队为服务队指导设计、保驾护航，是一种比较成功的专业志愿者培育的模式。

第四节 残疾人体育参与的困境审视

一、动力困境

动力促进社会生活进步、事物之间关系和谐，协调事物之间的矛盾，使事物顺利发展，由低端走向高端。依动力的形成可分为外驱动力与内驱动力。残疾人参与体育运动，需要外驱动力与内驱动力的有力支持，但支持现状令人堪忧。首先，作为外驱动力的地方政府存在制度政策规范标准的科学性和资源配置合理性不足的问题。国家制定的相关政策要落实，就必须由各地政府在解读政策的基础上制定本土化的实施纲领。但由于开展残疾人体育工作难度大、进度慢，需求复杂，对经济增长的贡献不明显，因此，绝大部分省市地区在配套政策和资源供给方面仍是差强人意。调研发现，部分省市缺乏可操作的残疾人体育参与政策，除大城市外，公共体育场所多缺乏无障碍设施和精准的体育健身器材，而且普遍缺乏完善的残疾人体育活动组织管理机构，致使残疾人参与体育活动无序化。其次，外驱动力的另一推手——社会力量，参与度低、覆盖面小，对残疾人体育参与的支持力度不大。一方面，社会资本有效进入残疾人体育场域量少质差，多以慈善捐助为主，而残疾人体育设施建设投资相对匮乏，残疾人体育文化产品和服务供给相对不足，特别是在中西部地区，残疾人体育的开展主要由政府负责，社会力量被排斥在外。另一方面，社会力量承接残疾人体育公共服务，如体育赛事、宣传推广、培训辅导等，供给效率低下，其承接能力和程序有待提高和完善。社会力量的联动乏力，影响了残疾人体育参与的积极性。最后，残疾人参与体育运动的内驱动力激发不够、效能不高。调研表明，残疾人参与体育运动，被动多于主动，盲目多于理性，对于参与体育运动的需求、目的、价值与功能没有明确的认识和理解，参与目的与动机主要集中于体育运动对身体的健康促进和运动康复，而较少关注体育运动的休闲娱乐、缓解压力、融入社会、促进交往等方面的功效，制约着残疾人的体育参与。

二、机制困境

机制是引起、制约事物运动、转化、发展的内在结构和作用方式，包括事物内部因素的耦合关系、各因素相互作用的形式、功能作用的程序以及转变的契机等。调研发现，开展残疾人体育工作的相关责任机制、协调机制和监督评价机制均存在一定问题。责任机制方面：不同部门责任不清、权责不明、职能交叉，缺乏有效的资源整合，出现权不到位的情况；而且由于科学的绩效考核评价制度缺失，未形成强烈责任意识和工作动力，导致部门行为缺位和失范，残疾人的体育参与规范化和常态化不足。多数省市的残疾人健身站，建造之初由中国残联和各省残联统一拨款，但在后期的发展中，谁来维护、怎么维护、经费如何投入却没有明文的规定和责任界定。协调机制方面：一是不同部门自身内部的协调机制缺乏有效协同工作的规范指引，权责重叠，横向合作不完善，纵向合作困难，知行不一，致使残疾人体育工作缺乏活力与效率；二是不同职能部门与外部对象（社会力量与残疾人）的协调机制存在比较严重的信息不畅和沟通反馈机制不足的问题，社会各类资源没有得到有效整合。大部分省市的残疾人体育公共服务是以政府为主导的单向供给模式，缺乏精准调研，没有以残疾人需求为导向，政府提供什么体育服务，残疾人就接受什么服务，在满意度和匹配度上还有较大差距。而且，社会力量在服务供给方面主动性不足，单纯依赖政府购买服务、承接项目，缺乏与基层残疾人和各界力量多方互动，打造服务品牌的创新能力。监督评价机制方面：监督评价主体大多是政府相关部门，购买主体与评价主体重叠，而社会组织和残疾人缺位，导致监督评价政府化，缺乏公正性和公信力。调研发现，多省残联购买残疾人体育指导员培训服务的流程比较随意，对承接主体的资质没有进行考察，对培训内容及培训效果也没有跟踪，评价指标体系不科学或干脆没有评价，使得服务效果大打折扣。

三、发展困境

《中华人民共和国残疾人保障法》是我国残疾人权力保障体系的核心，在其引领作用下，各项残疾人相关的法律法规相继配套出台。《全民健身指南》《中华人民共和国残疾人教育条例》等相关法律的配套出台，对于残疾人体育事业的发展有着根本的推动作用。然而，在历时两年的全国调研过程中发现，残疾人体育出现了一系列发展过程中的问题。第一，受城乡分割、二元社会格局和经济社会发展水平的制约，残疾人参加各项体育活动的参与率和覆盖面，农村落后城市、西部落后东部，呈现明显的区域发展不平衡态势。《2016年中国残疾人事业发展统计公报》显示：云南、宁夏全年没有组织开展省级残疾人体育比赛，新疆新建成的残疾人体育活动示范点也仅有一处；东部地区的上海、浙江等不仅组织开展残疾人体育比赛多，而且建成多处残疾人体育活动示范点。第二，残疾人群众体育与竞技体育发展不平衡，呈现竞技体育"腿长"，群众体育"腿短"的现状。多数省市残疾人体育的资源配置不合理，大部分资源服务残疾人竞技体育，因为比赛成绩一目了然，可以直接为部门政绩锦上添花，而残疾人群众体育被弱化和边缘化成为常态。第三，不同残疾群体发展不平衡，农村残疾人与重度残疾人体育参与比例堪忧。调研发现，部分省市社区健身示范点的建设、健身器材设备的改造，没有考虑不同残疾人群的需求特点，类型单一，精准化不足，同质化有余，而且主要服务于轻度残疾人，忽视了农村残疾人与重度残疾人的体育需求，没有为其提供康复体育器材、方法和指导进家庭服务，或即使提供也与残疾人需求不匹配，制约了残疾人参与体育活动。第四，由于残疾人的体育参与是一个庞大的综合社会支持工程，完善残疾人体育公共服务体系是重点任务，而对这个服务体系中的各主体的"赋权"不足，导致在残疾人体育参与各个环节的"不平衡"和"不充分"成为必然，最后"增能"和"美好生活"也就成了一纸空谈。

第五章 赋权增能的残疾人体育参与保障体系框架

第一节 法律制度体系——残疾人体育参与保障的基石

一、国外残疾人体育参与的法制保障经验

美国是残疾人事业发展最快的国家，其拥有全面系统的相关法律、法规，为各级残疾人提供了各类保障。事实上，美国许多主流的项目及部门都十分关注残疾人的健康发展，这其中有推动拓宽残疾人社交领域的《社区预防工作法案》（Communities Putting Prevention to Work）、旨在改善残疾人健康水平的《健康人民2020计划》（Healthy People 2020）、为智力残疾人体育参与而设立的《特奥健康运动员项目》（Special Olympic Healthy Athletes Program）。这些项目不仅具体实施了残疾人的体育参与，更为残疾人提供了健康教育、康复治疗、发展规划、意识培养、环境改善等多个目标。

诸多健康项目彰显出美国政府在制度上给予残疾人的保障（表5-1）。然而，项目的保障在具体实施的过程中或多或少地会暴露其"软性"的特征，对残疾人健康、体育参与进行最有力的保障，仍需要"硬性"的法律予以支持。从表5-1中可以看出，自1968年以来，美国的诸多法律都着力倡导为残疾人提供运动和健身的机会。在所有的残疾人法案中，《康复法案》和《身心障碍者个别教育法案》对残疾人体育参与的影响非常大。于1973年颁布的《康复法案》，用来防止歧视残疾人，并通过联邦财力的支持，使所有身心障碍的人群都能有机会接受包括体育运动等康复服务。

1990年新修订的《身心障碍者个别教育法案》则特别强调所有残疾青少年都有机会参与体育运动，学校有义务制订标准化的适应体育课程，以满足不同类型残疾青少年的运动需要，促进该群体动作及身体机能的改善。在《身心障碍者个别教育法案》的基础上，各州配套制订出《学龄前障碍儿童项目》，针对3~6岁学龄前残疾儿童的运动参与问题作出详细规定。

表5-1 美国残疾人运动参与保障的相关法律一览表

序号	法律名称	年份	主要内容
1	《建筑障碍法》（Architectural Barriers Act）	1968	联邦建筑及非联邦建筑需为残疾人提供路线行动指南
2	《康复法案》第504节（Section 504 of the Rehabilitation Act）	1973	公立公园、公立体育项目需为残疾人提供平等参与的机会，使残疾人有同等机会享受体育服务和场地
3	《美国残障法案》（Americans with Disabilities Act，ADA）	1990	1. 禁止在就业、教育、运动领域歧视残疾人 2. 确保新建基础设施对残疾人的可通过性，包括设立入口坡道、残疾人浴室设施、更衣室等
4	《身心障碍者个别教育法案》（Individuals with Disabilities Education Act，IDEA）	1990	1. 为3~21岁的残疾青少年提供标准化的特殊体育教育 2. 强化残疾青少年的体育参与
5	《马里兰残疾学生体育健身公平法案》（Maryland Fitness and Athletics Equity for Students with Disabilities Act）	2008	1. 确保进入公立学校的残疾学生具有平等尝试、参与体育项目的机会 2. 县级以上学校必须提供合理的住宿，以使残疾学生能最大程度地参与体育运动 3. 县级以上学校必须提供替代性的体育运动项目（即适应性体育运动）
6	《美国联邦政府教育部指导通知》（US Department of Education Federal Guidance Notification）	2013	确保残疾人平等获得课外体育锻炼、俱乐部和学校间体育交流、在学校接受联邦资助的权利

除了美国以外，一些发达国家也都非常注重用法律这一"硬武器"来保障残疾人体育参与的权利。欧洲许多国家也制定了保障残疾人权益的法规。1995年，英国颁布的《残疾歧视法》（Disability Discrimination Act，DDA）中规定任何学校（包括幼儿园）都有责任采取合理的措施，以确保残疾学生不处于劣势；学校必须为残疾学生制订具体的运动康复计划，以消除或最小化他们与健康学生基础水平的差距。不仅仅是欧美发达国家重视用法律来保护残疾人体育参与的权利，亚洲的一些国家也颁布了一些比较完善的残疾人体育参与的法律法规，而这些法规最重要的特征便是从教育领域入手。1977年，韩国政府颁布了《特殊教育提高法案》（SEPA），规定各级学校应对残疾学生采取早期康复和个人化教育，其中着重强调为残疾学生设计并实施个性化的体育项目，帮助学生通过身体的练习达到尽早融入主流社会的目标。

二、我国残疾人体育参与法制体系的构建

我国的法律体系大体由在宪法统领下的宪法及宪法相关法、民法商法、行政法、经济法、社会法、刑法、诉讼与非诉讼程序法等7个部分构成，包括法律、行政法规、地方性法规3个层次。对于残疾人体育参与的法制保障体系而言，不仅要从宏观方面对残疾人体育参与予以法律保障，还要根据不同领域、不同地域的特点建立行政法规和地方性法规，最后更需要建立实施标准以规范法制，让法制落到实处。从图5-1的结构图可以看出，我国残疾人体育参与法制体系具体分为以下4个层面。

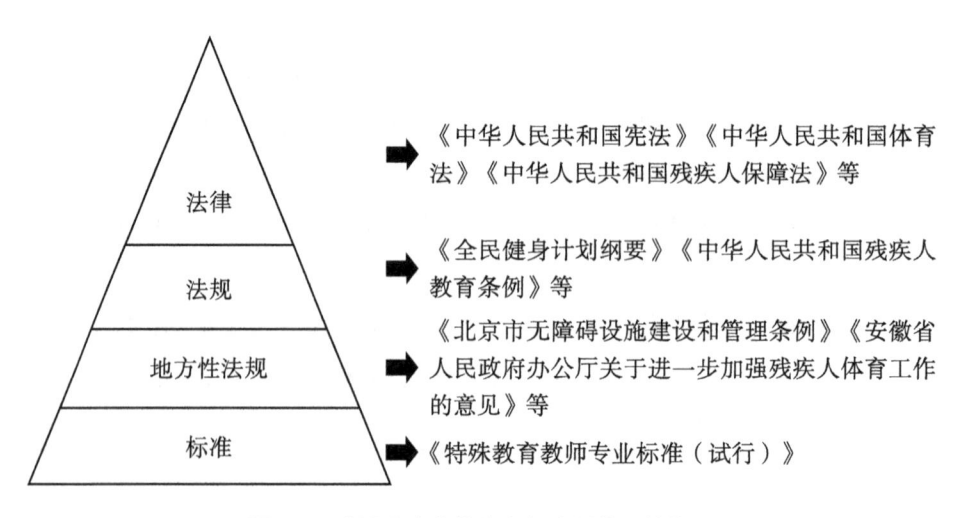

图5-1 我国残疾人体育参与法制体系结构图

法律：《中华人民共和国宪法》《中华人民共和国体育法》《中华人民共和国残疾人保障法》等

法规：《全民健身计划纲要》《中华人民共和国残疾人教育条例》等

地方性法规：《北京市无障碍设施建设和管理条例》《安徽省人民政府办公厅关于进一步加强残疾人体育工作的意见》等

标准：《特殊教育教师专业标准（试行）》

1. 法律层面

作为统治阶级所允许存在的行为模式，法定权利是以一种法律规范的形式存在的，残疾人体育权利便是如此。体育权利是残疾人诸种权利的重要组成部分，所以，它必须首先在国家的根本大法——《中华人民共和国宪法》中得到规定和反映。《中华人民共和国宪法》规定，中华人民共和国公民在年老、疾病或者丧失劳动能力的情况下，有从国家和社会获得物质帮助的权利。以《中华人民共和国宪法》为立法基础，《中华人民共和国体育法》和《中华人民共和国残疾人保障法》相继出台，这两部法案是残疾人体育参与法制体系的核心。《中华人民共和国残疾人保障法》第五章第四十一条规定："国家保障残疾人享有平等参与文化生活的权利。各级人民政府和有关部门鼓励、帮助残疾人参加各种文化、体育、娱乐活动。"当然，从残疾人体育参与的角度出发，我们非常希望诸如《残疾人体育权益保障法》这样的专门性法律能尽早出台，以切实应对并解决残疾人体育参与中的现实问题。只是从现实情况来看，建立专门性残疾人体育法律，任重而道远。

2. 法规层面

行政法规是由国务院制定的关于国家行政管理活动的规范性文件。一般情况下，法规的法律效力较低，但在实际执行过程中，许多法规面向的是社会生活中的某一具体方面或某一具体内容，在这种情况下，法规的效力就凸现出来了。《中华人民共和国残疾人教育条例》主要解决残疾人受教育的问题，在该条例中提及了身心发展、全面提高、融合教育、康复训练、无障碍环境建设等与体育参与相关的字眼。然而，这些法规对于残疾人体育参与保障的刚性显然不足，出台一部针对性的《残疾人体育锻炼条例》呼之欲出，且与专门性法律相比，该法规显然更具可行性。

3. 地方性法规层面

地方性法规是有立法权的地方国家机关依法制定与发布的规范性文件。我国的国情决定了中央的政策法规往往具有很强的导向性，在中央法律法规的框架之下，各省市会根据自身状况制订相应的法规。2004年，北京市率先出台了《北京市无障碍设施建设和管理条例》，该条例规定："设计单位未按照国家和本市有关无障碍设施设计的规范、标准设计无障碍设施的，由规划行政主管部门责令限期改正，处10万元以上30万元以下的罚款。"可以看出，地方性法规更多是以条例、意见的形式出现，其法律效力相对较低，但具有地方特色，能对微观操作层面进行较为详细的界定。无障碍设施建设是残疾人体育参与的基础条件，这部法规对促进北京市无障碍建设起到不小的作用。

4. 标准层面

法律法规是政府从宏观角度去定位、保障残疾人的体育参与，其涉及面广，但可操作性不强。对于普通残疾人而言，他们最想知道"该怎么去参与、如何科学锻炼、如何评判锻炼效果"等实际问题，这时，政府就有责任出台相应的残疾人锻炼标准，将残疾人体育参与标准化、科学化。事实上，针对群众体育锻炼，1975年我国就颁布了《国家体育锻炼标准》，对体育锻炼的项目、评价方法、评价等级作了非常详细的量化。标准化的推行，为残疾人体育参与的科学管理奠定了基础，为残疾人体育参与的实施、评价、科研搭建了一座桥梁。

第二节　社会融合支持——残疾人体育参与保障的核心

一、国外残疾人体育参与的社会融合支持经验

从全世界范围来看，残疾人体育参与的社会阻碍依然明显，哪怕在一些残疾人法制较为完善的国家，其社会阻碍总体还存在以下几个问题。第一，缺乏朋友协助。相较健全人，残疾人的朋友数量不多，而许多体育运动项目对参与人数有一定要求，这就使得残疾人在体育参与过程中缺乏朋友的协同、互助。第二，缺乏家长支持。在欧美国家，虽然人们对残疾人的了解较多，但一些家长不仅缺乏残疾人体育锻炼的专业知识，更担心自己的孩子在运动过程中受伤，这也导致他们不愿意将自己的孩子送上运动场地。第三，缺乏专业指导。许多残疾人体育指导员经验不足、态度消极，在指导过程中非常担心会给残疾人带来运动损害，这就导致体育指导的效果并不显著。

二、我国残疾人体育参与社会支持体系的构建

借鉴国外经验我们可以看出，残疾人在体育参与过程中最需要得到以下三

方面支持：自尊，得到社会的理解；伙伴，得到同伴的参与；后盾，得到家庭的协助。因此，残疾人体育参与社会支持体系包含理念层面的公民教育、实践层面的体育融合以及基础层面的家庭支持。

（一）理念层面的公民教育

公民教育是以公民的本质特征为核心，以公民的权利和义务为主要内容的一种主体性教育。公民教育在全面提高公民素质的同时，还可以避免长期以来人们对于某一观念的错误认知和偏见。根据公民教育的内涵和发展特征，根据受教育者的接受程度和年龄特征可将公民教育分为公民行为规范、公民知识、公民意识、公民参与能力4个连续层次。

1. 公民行为规范

由于价值观念、生活环境、人生经历等的差异，每位公民都有权选择自己的生活方式，社会也应予以越来越多的宽容和理解。但是，在价值多元和注重宽容的社会中，个体的行为选择依然是有边界的，必须在社会公共行为规范限度内选择。就残疾人体育参与而言，这一层次要求设立基本的公民行为规范，使公民从小就养成正确对待、帮助残疾人的习惯，为受教育者标明了行为底线。

2. 公民知识

公民在了解对待残疾人的基本行为准则之后，还应该掌握残疾人体育参与的基础知识，包括残疾人体育参与的原因、不同类型残疾人的特点、残疾人体育参与常见的项目、残疾人体育参与的评价方式、与残疾人融合参与体育锻炼的方式等。这些基础知识有助于公民与残疾人在体育参与领域的沟通，也可培养学生实践融合的兴趣。

3. 公民意识

公民意识是指公民个人对自己在国家中地位的自我认识，是以权利义务观为核心的主体意识、参与意识、责任意识的集合。前期的行为规范及知识，都是为了让人们对残疾人体育参与形成最终的意识。通过公民意识教育，使人们树立正确的公平正义观、民主法治观、融合发展观等，从而有效地支配和调节自身的行为。

4. 公民参与能力

残疾人体育参与终究还是要落到实践之中，人们只有亲自去参与、体会残疾人体育的全过程，才能更好地形成公民意识。残疾人体育参与能力指人们进行融合体育、适应体育、组织活动的能力等，它体现了公民参与残疾人体育活动的熟练程度。

（二）实践层面的融合体育

在融合体育的实践操作方面，我国对残疾人的宣传日渐增多，对于残疾人体育而言，广大群众最为熟悉的莫过于我国残疾人竞技体育事业的辉煌成绩。自2004年雅典残奥会以来，我国残疾人体育代表队的金牌数和奖牌数常居残奥会榜首，残疾人运动员在赛场上所展现出的飒爽风姿和顽强拼搏的精神，感染了许多人，也增进了人们对残疾人及残疾人体育的认识。然而，残疾人竞技体育运动员毕竟是少数的，长期以来，人们鲜有与残疾人进行有计划、有组织、有规模的体育融合的机会。2011年，特殊奥林匹克东亚区携手上海特殊关爱基金会共同发起了"特奥融合学校计划"，旨在通过特奥体育融合及宣教，激发青少年成为推动他们所在社区变革的倡导者，帮助智障人士更好地融入社会。经过多年的发展，"特奥融合学校计划"已经在上海、北京、福州、兰州等全国多个城市定期开展，数万人得到了与智力残疾儿童体育融合的机会。

尽管我国融合体育呈现出持续上扬的势头，但若要保持我国体育融合的发展态势，还需要在以下方面获得支持：首先，政府支持。作为残疾人事业发展的顶层设计者，政府部门应该在政策、经费、宣传、管理、服务、无障碍设施建设等方面为融合体育提供条件。其次，社区支持。社区是残疾人生活及与他人交往的主要场域，在融合体育过程中，社区承担着公民教育的任务、端正居民对残疾人体育融合的态度、关心残疾人家庭以及体育场地设施支持的责任。再次，学校支持。学校是残疾人活动较多的另一个场域，为了使残疾人能参与到融合体育之中，学校应与残联部门、残疾学生家庭、社区、非政府组织互相联系、互相配合，共同向残疾学生提供融合体育的机会。最后，家庭支持。家庭是残疾人成长过程中起关键作用的支持主体，也是残疾人融合体育的支持主体之一。残疾人家庭承担着抚养残疾子女的责任，为其提供融合情感、心理上的支持以及经济和实物上的支持。

（三）基础层面的家庭支持

就全世界范围而言，家庭对于残疾人的支持是基础并且是至关重要的；残疾人与其家庭关系均非常密切，都需要家庭的温暖和支持。在面对残疾人融合体育时，家庭应做好以下准备。

第一，建立和睦稳定的家庭氛围，提供引导残疾人积极上进的环境支持。因社会地位、经济、身体等因素的差异，残疾人比健全人更需要他人的帮助和亲情的温暖和关怀，更需要家庭中的成员彼此相互包容、相互扶持，营造和睦的家庭氛围和环境。尤其在体育参与过程中，残疾人往往会面对更多的困难，也往往需要付出更多的努力。在此过程中，残疾人一旦碰到生理、心理等问题，通常第一时间会与家人交流倾诉，寻求家庭的帮助，可以说家庭也为残疾人提供了归属感。因此，建立和睦稳定的家庭氛围以及家庭对残疾人的鼓励和关心有助于帮助残疾人养成积极上进的体育参与态度，也有助于残疾人积极与健全人进行融合。

第二，成立残疾人家长互助组织，积极参与学校和社区融合体育活动。家庭的温暖和关怀有助于残疾人的成长和发展，但是，由于体育参与、融合体育的专业性，单个家庭对残疾亲人体育参与所产生的影响极为有限。为了能有效促进残疾人与健全人的融合以及与社会的融合，非常有必要成立残疾学生家长互助组织。通过现代化信息手段，残疾人家庭成员主动发起建构残疾人体育参与互助组织或联盟，在积极争取、维护残疾人所具有的各项权利的同时，针对残疾人体育相关的问题进行探讨和互助，共同推动残疾人融入社会。

第三节 专业人才培养——残疾人体育参与保障的助推器

一、国外残疾人体育专业人才培养的经验

近50年以来，残疾人体育在欧美国家得到了快速的发展，尤其是在各种法律法规的支持之下，残疾人体育专业人才的培养也形成了较为成熟的模式，其发展模式具有以下特征。

1. 需求日增

有多少残疾人、他们受教育的状况如何、需要多少特殊体育教师，这些都直接关系到国家教师的教育政策制定、调整、专业设置以及培养方式。1967年，美国相关法案的实施，为其特殊体育师资的培养和研究提供了法理依据和相关机构的资金支持，许多高等院校和教育学院设立了培养适应体育师资的专业和选修课程，并逐步设立了适应体育硕士和博士研究点，形成了"本—硕—博"一套完整的职前培养体系。对在职的体育教师则进行适应体育方面的培训，但依然不能满足社会的需求。自1975年以来，美国现有的适应体育教师职位空缺和现有的合格教师数量之间还有很大的差距。

2. 角色多元

专业的残疾人体育师资服务的范围比较广泛，不仅仅针对特殊教育领域的学生，还扮演着倡导者、教育者、信息传递者、支持者和资源协调者的角色。面对不同的残疾人群、不同的体育参与人数，残疾人体育教师也表现出来很大的差异。一般情况下，他们不仅是残疾人的健康教育者和体育指导者，同时还承担了护理员、身体理疗师的职责。但有些时候，为了保证残疾人体育锻炼、休闲娱乐的连续性，残疾人体育教师还需要扮演学校特殊体育教育和到社会后进行锻炼、娱乐与休闲之间转换者的角色，这时他从一个适应体育的服务提供者转换成了社区运动、娱乐机构人力资源的培训者和环境分析师。

3. 能力多维

在融合教育背景下，残疾人体育教师的专业核心素质之一是态度。1975年以来，教师的态度受到了众多研究人员的关注，因为人们相信态度决定了教师所创造的班级环境的质量，也是决定融合体育教育是否成功的关键因素和有效教学的重要组成部分。其次，由于特殊人群的复杂性和所具有问题的多样性，决定了从事特殊体育教育的教师必须具备丰富的知识和专业的技能。这些知识和技能来源于众多学科，如病理学、康复学、心理学、体育学、测量学、锻炼学、教育学等。为了安全且有效地为残疾人提供体育教育服务，2007年，全美健康、体育、娱乐与舞蹈联盟（American Alliance of Health Physical Education, Recreation and Dance, AAHPERD）发布了"高素质适应体育教师"培养指南，规定了适应体育教师必须具备的4条最低标准，同时，还规定了适应体育教师必须具备的知识、技能和态度等。

4. 内容丰富

1975年，美国《所有残疾儿童教育法》（Education of All Handicapped Children Act，即94—142公法）的颁布，促使大学的体育师资培养计划和体育教师在职培训计划必须做出改变以适应社会对合格的特殊体育教师的需求，其中，特殊体育课程的设置是这种改变的核心内容。沃尔特从课程提供的性质、交叉课程的类型、实践课程发展的趋势、本科课程的要求、相关学科的支持、科学研究、学生注册状况以及特殊体育教师的职位需求方面，对以后适应体育课程的发展进行了论述，提出了适应体育课程发展的11种趋势。经过多年的发展，适应体育课程的内容依旧朝着多元化方向发展，但总体而言，实践课程所占的比重有逐渐增加之势。实践课程的教学，能使职前学生或在职体育教师对残疾人表现出更大的支持度、更强的关爱和照护倾向。

5. 方法多样

美国从20世纪60年代开始逐步形成了从本科到博士的系统的培养体系，并且鉴于特殊体育教育的学科综合性，为了更有效地培养特殊体育师资，有研究提出了充分利用其他相关学科优势，实施多学科或联合其他学科共同培养的模式。另一种针对职前残疾人体育教师的典型教育方式——"服务—学习（Service-Learning）"模式的出现，不仅为职前适应体育教师提供了进一步认识了解甚至研究残疾人的机会，还改变了他们对待残疾人的态度，提高了他们的文化意识、多学科的学识以及批判性思考和解决问题的能力。1995年，美国残疾人体育教育与娱乐联合会实施了特殊体育教师资格认证制度，大部分的州都基于此制度，按照其规定的标准来培养适应体育教师。

二、我国残疾人体育专业人才培养体系的构建

中华人民共和国成立以后，我国特殊教育短期内获得了很大发展，但针对特殊体育教师的教育却长期停滞。进入21世纪后，我国残疾人体育专业师资培养才逐渐开启：2001年天津体育学院首先开设特殊体育教育本科专业，随后山东体育学院、西安体育学院、辽宁师范大学体育学院、广州体育学院、泉州师范学院、武汉体育学院相继开办了特殊体育教育本科专业。不仅如此，北京体育大学于2001年设置了适应体育研究方向，并继而开始招收硕博士研究生；福建师范大学于2008年开始有计划地培养特殊体育方面的研究生，并于2013年明

确设置了适应体育的研究方向，培养特殊体育方面的硕博士研究生。然而，我国残疾人体育人才培养的时间很短，与美国大约有40年的差距。培养历程短，也使得我国所培养的残疾人体育人才无论是在数量上还是在质量上都比较欠缺。为此，未来我国残疾人体育专业人才培养体系构建应包含以下几个方面。

1. 明晰学科定位

要对特殊体育教师进行专业化的培养，明确其学科地位或学科归属，是体现其"专业性"的前提。从国际角度来看，借鉴其学科发展经验，加强理论研究，把其发展成为体育学科领域下的、与体育教育训练学和运动人体科学等并列的一个独立的二级学科是最理想的。但从我国现实情况来看，特殊体育发展依旧存在时间较短、理论研究深度不够、成果少且质量偏低、课程建设不完善、师资不足等问题，特殊体育（或残疾人体育、适应体育）成为一个独立二级学科的条件还不成熟。因此，承认特殊体育的专业属性，把特殊体育专业统归到体育教育专业下是目前较为可行的办法，但从中长期的发展来看，设置独立的特殊体育学科或专业，对于培养专业化的特殊体育教师更为有利。

2. 制订专业标准

教师专业标准并不仅仅是教师专业发展的标准，还应包括对教师在教育教学中应当具备的知识、能力、伦理和关系等各方面的要求。就特殊体育教育来说，美国、欧洲都已制定了自己的特殊体育教师专业标准，但在我国，不仅特殊体育教育，甚至特殊教育、体育教育还没有建立起真正意义上的教师专业标准。为此，综合国外经验以及特殊体育专业特点，可以制订以"专业知识、专业能力、专业伦理"为一级指标维度，"通识性知识、教育科学知识、教学与指导能力、沟通与合作能力、职业理念与态度"等为二级指标的特殊体育专业教师标准（表5-2）。

表5-2 我国特殊体育教师专业标准

一级指标	二级指标
专业知识	1. 通识性知识 2. 教育科学知识 3. 体育学知识 4. 实践性知识

(续表)

一级指标	二级指标
专业能力	1. 鉴定与评量能力 2. 教学与指导能力 3. 倡导与咨询能力 4. 沟通与合作能力 5. 自我反思与发展能力
专业伦理	1. 职业理念与态度 2. 对待学生的态度与行为 3. 自我发展 4. 个人修养与专业心理素质

3. 设立资格认证制度

教师资格认证制度是世界各国为保证教师质量而实行的一种保障制度，也是当今世界上各国比较通行的一种做法。当前我国特殊体育教师资格认证制度建设的重点应是为特殊体育教师设立一种独立的认证制度，颁发特殊体育教师资格证书。在实施教师资格认证制度的各环节中，资格认定是核心环节，具体应做好以下几方面：首先，在认定机构方面，由省一级教育主管部门统一管理和认定，比较符合实际。其次，在申请者的能力要求方面，特殊体育教师资格证书的申请者必须为具有体育教育或特殊体育教育专业学习背景，并达到毕业条件予以毕业的职前教师或在职教师。最后，在认证的程序方面，可分为直接认定、免试和通过考试认定三种，如对职前教师，从特殊体育教育专业毕业的学士、硕士、博士可以直接取得特殊体育教师资格证书。

4. 继续教育模式

教师专业发展是教师个体专业不断发展的过程，是教师不断接受新知识、增长专业能力的过程。为了逐步提高我国特殊体育教师专业化的水平，对其获得的教师资格证书设定有效期限是必要的。考虑到我国特殊体育教师的培养、在职特殊体育教师的现状及我国的地区差异，应采取比较灵活的、差别化的实施策略，对新任教师、在职教师、超过一定年龄段的教师要区别对待，各地区根据本地区的情况，对证书的有效时间及证书首次发放的条件可以适度地加以调整。

第四节 无障碍环境——残疾人体育参与保障的基础

一、国外残疾人体育无障碍环境建设的经验

从国际经验来看，欧美国家体育无障碍环境建设方面经验丰富。表5-3是美国残疾人参与体育运动的环境障碍因素及解决措施。

表5-3 美国残疾人参与体育运动的环境障碍因素及解决措施

环境障碍因素	解决措施
1. 体育设施不足	1. 充分利用、改造现有体育设施
2. 缺乏残疾人适用的设备	2. 在偏远地区建设新的适应体育场地
3. 体育锻炼的地理位置不方便或太远	3. 为身体移动障碍的儿童建设可通过性、可塑性较强的体育场地
4. 缺乏与健全同伴共同参与的地点	4. 加强无障碍交通建设
5. 体育设备对身体有阻碍	5. 建设安全的体育锻炼区域
6. 体育场地设施太小、太复杂	
7. 缺乏适应性体育设备	
8. 缺少交通工具	
9. 天气	

当然，不仅欧美国家在体育无障碍环境建设方面经验丰富，我们的邻国——日本，其体育无障碍环境建设经验经常被认为是世界性的标杆。作为世界上人口老龄化最严重的国家，日本在满足老、弱、病、残等弱势群体出行的无障碍环境建设方面走在了世界前列。作为公共设施的一部分，日本体育场地设施的无障碍设计具有以下特点：首先，无障碍设施完备。体育场馆随处可见的盲道形成了完整的通路、低位服务柜台、卫生间设施完善，充分考虑到残疾人进入体育场馆、使用体育场地以及其他可能发生的行为活动。其次，无障碍环境系统化。将残疾人使用频率较高的体育场馆建设在市区，并与周边环境的其他无障碍设施和环境融合。最后，服务补足。许多体育场馆配备了一定的服务人员为有需要的客户提供服务，使整个无障碍环境更加完善。

当然，优秀的设计还需要高效的实施效率。日本无障碍设施的设计、建设完全依靠一套系统的机制才得以推动，该机制包括以下内容。

1. 完善、清晰的无障碍设计法规的颁布

日本无障碍建设的国家级法规是日本国土交通省2006年颁布的《交通与建筑无障碍法规》。该法规制定了建筑与交通领域的无障碍设施设计与建设的基本标准，并就建设过程中的责任分工、监督、审查流程等作出明确规定。在国家法规的基础上，日本47个都道府县依据自身情况又制定了更加详细的地方福祉设计规范条例。与国家标准相比，地方条例结合各地自身发展状况，制定了更有针对性的要求。

2. 优先发展区域无障碍建设机制的确立

日本在经过几十年的无障碍设施建设的探索和实践之后，逐渐意识到只有单体的无障碍设施或无障碍建筑，尚不能够形成真正的无障碍环境，只有形成连续的无障碍通路才能真正方便弱势群体，才能真正地构成无障碍环境。为此，日本在城市无障碍建设中采取了优先发展区域的推进方法，从公共交通和建筑领域着手，推进区域性的、系统性的无障碍环境建设。

3. 加强国民意识的培养

日本深知树立无障碍建设意识，要从娃娃抓起的道理。孩子们从小学阶段开始就会上各种形式的综合体验课，课上孩子们体验用轮椅行动、用拐杖走路、带眼罩走盲道等。通过这样的实际体验，让孩子们亲身体会到残障人的不便，体会到坡道、盲道等无障碍设施的重要性。

东京在2013年获得2020年夏季奥运会的主办权，随后发布的《东京未来发展规划》中，以备战奥运会为契机，同时立足城市长远发展，提出了将东京建设成为无障碍城市。

二、我国残疾人体育无障碍环境的建设

无障碍设计是残疾人参与体育运动的基本保障，同时也为全社会创造了一个方便、良好的通行环境，是城市建设文明进步的标签。近年来，我国各级政府越来越重视无障碍环境建设，《中华人民共和国无障碍环境建设条例》《北京市无障碍设施建设和管理条例》等一系列中央、地方性法律法规的出台，有

力地保障了无障碍环境的建设。与一般无障碍环境相比，残疾人体育的无障碍环境具有其本身的特点，在未来，残疾人体育无障碍环境建设应注意以下几点。

第一，加大宣传力度，提高公众对无障碍环境的认知。很多群众对残疾人无障碍设施的认识存在误区，会认为花费那么多时间、空间、金钱来建设无障碍设施只是为了让少数残疾人受惠。事实上，无障碍设施的建设不仅方便了残疾人，也会使老年人、体弱患病者、儿童等群体受益。在规划建设体育设施时把无障碍设施规划进去，它只占工程总数的很小一部分，但是能为更多的人提供非常大的便利。因此，各级政府及残联等服务部门要加强宣传无障碍环境建设的重要性，利用"助残日"等活动将集中宣传和日常宣传结合起来，发挥教育、大众媒体及社区宣传作用，提高公众对无障碍环境建设的认识，凝聚集体力量建设与维护无障碍环境。

第二，从教育入手，加强学校无障碍环境的建设和管理。在学校的网站、地图或网络平台和实际的环境上给予无障碍环境一定的指示性标志，让残疾学生自由地进入体育活动场所学习。适当增加残疾学生参加体育运动的设施，如增加适合残疾学生进行体适能练习的器械——健身杠铃、弹力绳等。对运动规则和设施进行调整，提高残疾学生的参与度，如降低球网的高度、购买盲人足球、降低球的重量或硬度等，设计可以让残疾学生自由进入泳池的通道，增加教室无障碍通道的入口，为残疾学生提供方便的宿舍楼等，提高学生课上和课外体育活动的参与率。在信息化的时代下，加强信息无障碍的设计和交流；在经济新常态下，优先改造残疾学生相对集中区域的无障碍环境，帮助残疾学生最大程度地享受无障碍环境。

第三，专业设计，提高无障碍环境的科学化水平。无障碍环境的建设与科技的发展是分不开的，对无障碍环境进行专业设计，可从以下方面来提高无障碍环境的科学化水平。首先，提高系统化水平。残疾人体育的无障碍环境建设应该是全方位的、系统的工程，无论是体育场馆还是基本的出行，无障碍建设的标准、规范都应该适用、实用且通用，相互之间形成一个密不可分的有机整体。其次，提高专业化水平。残疾人体育无障碍环境的建设需要人文科学、人体工程学和设备研发等多学科紧密协作，因此，残疾人体育无障碍设计应作为设计师、建筑师必须训练的一项基本功，要定期对所有参与规划、设计、施工、管理、使用和维护的人员进行无障碍技术规范业务培训。

第六章　残疾人体育参与保障体系的运行实证

第一节　特殊体育师资与专业服务人才培养

为了保障残疾人受教育的权利，我国颁布了一系列政策法规以提高特殊教育的质量。而作为特殊教育的组成部分，体育教育也因此被给予了重视。2016年，《国务院关于印发"十三五"加快残疾人小康进程规划纲要的通知》指出，要加强特教学校体育教学和课外体育锻炼，实施"残疾人体育健身计划"，推动残疾人康复体育和健身体育广泛开展。2017年，国务院第161次常务会议通过修订《残疾人教育条例》，提出要保障残疾人受教育的权利，发展残疾人教育事业。2017年，教育部等7个部门印发《第二期特殊教育提升计划（2017—2020年）》指出，要提高残疾儿童少年义务教育普及水平。这些政策法规的颁布，无不体现出国家对残疾人教育事业的高度重视。目前我国特殊教育有特殊教育学校和随班就读两种形式，无论是哪一种教育模式，都对特殊体育师资提出很高的要求，这是残疾学生获得高质量体育教育的保障，也是本研究中保障体系建设重要的一个部分。

特殊体育教师是教师的一种。在本研究中，对应我国特殊教育的两类主要安置方式，即特校教学和普校随班就读，特指在特殊教育体系或普通教育体系中任教的有相关专业资质的体育教师。对其制定专业标准是建立在对其"专业"的认可的基础上的，而制定特殊体育教师专业标准反过来也是为促进其"专业地位"的确立而服务的。就世界各国所制定的教师专业标准的内容来看，这里的"教师"一般指的是基础教育阶段和中学阶段的教师，并不包含大学阶段的教师。基于这一惯例，本课题也采用"特殊体育教师专业标准"这一名称，其中特殊体育教师也指中小学阶段的教师。"特殊体育教师专业标准"是指"合格特殊体育教师专业标准"，是对中小学阶段合格特殊体育教师专业素养的基本要求，是对特殊体育教师应该知道什么以及能做什么达成的共识，是特殊体育教师实施教学行为的基本规范和引领其专业发展的基本准则，是特殊体育教师培养、准入、培训、考核等工作的重要依据。

一、特殊体育教师培养

（一）特殊体育教师的角色及定位

特殊体育教师既是体育教师，也是一名特殊教育教师，从理论上推断，他同时扮演了这两类学科教师的角色，这种复合性特征也决定了特殊体育教师角色的复杂性。实践中，特殊体育教师是体育教育的实施者，其工作的性质和角色决定了他需要担负的职责。在本研究中，为了对应普校融合体育教师，此处特殊体育教师限定为特殊教育学校或机构任教的体育教师。虽然我们期望所有特殊体育老师都能教育全部的特殊学生，但这样的要求显然是很不合理的，不管他们对自己的体育教学工作付出多么多努力，经验多么丰富，他们也不能实现学校、学生、家庭及社会对他们的全部期望，但是所有特殊体育教师都应该做好面对所有类型特殊学生的准备，这一点却是不容置疑的。

（二）特殊体育教师专业标准构建原则

1.借鉴国际，扎根本土的原则

在特殊体育教师专业标准制定的过程中，我们需要关注它的国际性和本土性，并做到结合而行。其中"国际性"是指我国在制定我国特殊体育教师专业标准的时候，需要借鉴、比较不同国家、地区已经建立的特殊体育教师专业标准，或者对于这一专业标准的不同思考和理解，发现并找到这些专业标准中被各个国家或地区共同认可的，达成共识的部分。同时还要结合国家在政治、经济、文化、特殊教育方面的具体背景进行标准制定，找出虽不被其他国家或地区认可，但适合其本国或地区具体情况的部分，以引导我们建立高质量的特殊体育教师专业标准或标准框架。特殊体育教师专业标准的本土性，实际上也就是前述的适合我国具体国情的"独特性"。

2. 立足当下，兼顾发展的原则

从"教育部举行第3场教育规划纲要实施5周年系列发布会"获悉，我国的特殊教育学校有2000所，在校学生近40万人，这些学生还处在隔离式的教育安置状态下，专职体育教师无论是在质量上还是数量上，还远不能满足他们的需求，提高教师的专业素质和教学水平在今后很长一段时期内是一项非常艰巨的任务。另外我国特殊体育教育学校，特别是中西部地区在体育场地、设施设备、器材等方面还存在很大不足，需要体育教师根据教学的需要做出一些符合学校实际的、创新性的改变，如制作一些适合特殊学生的简易器材、调整运动场所、场地等。同时在教师数量不足的情况下，还必须与其他的教师沟通、合作等。所以制订特殊体育教师专业标准，必须考虑这些学校的现实情况和我国特殊体育教师的现实状况。目前，我国也正在广泛地开展特殊儿童随班就读，我国特殊体育教师专业标准的制订应考虑到这一发展趋势。因此，制订专业标准既不能超越当前这个时代，提出一些不切实际的要求，又要有发展的眼光，看到未来特殊体育教育变革的需要。

3. 引领性与基础性相结合的原则

在我国，对特殊体育教师进行专门教育的时间还很短，各项制度还不完善。在此情况下，特殊体育教师专业标准的制订应该发挥很好的引领作用，所以制订时应着重关注特殊体育教师专业标准的导向、目标及激励功能，引领特殊体育教师不断地朝着专业化的目标迈进。但与此同时，在制订专业标准时还必须考虑专业标准的基础性，也就是说，所设定的目标对大部分特殊体育教师应该是适切的，并非遥不可及，脱离了这一点，无论这个标准如何体现了国际发展的大趋势和时代特征，其引领性的作用都将是极为有限的。所谓基础性，是指标准要反映和涵盖特殊体育教师所必须具备的知识、技能，必须体现一位特殊体育教师所必备的对特殊体育教育事业的专业伦理和职业态度，这是标准制订时必须遵循的"基准"和"底线"，但专业标准如果仅限于这种"基准"或"底线"，那么它的引领作用也将是极为有限的，标准定的应该是让他们通过一定的努力是能够达到的。

4. 稳定性和动态性相结合原则

特殊体育教育培养的是教师，其培养有一定的时间跨度，通常要3~4年，甚至更长的时间，周期相对比较长。教师专业标准作为一种规范，在很大程度上影响着特殊体育教育专业的办学方向、课程的设置，所以不宜频繁地改变教育的内容，必须具有一定的稳定性。再者，专业标准自身的有效性验证也需要一个较长时期的应用实践过程。所以在制订专业标准时，一定要统筹考虑，既要借鉴国外的同类标准，还要借鉴其他相关标准，如体育教师专业标准、特殊教育教师专业标准等在制订过程中的经验。另外，还要考虑国内在制定教师专业标准的习惯表达、维度划分、指标表述等问题，尽量思虑的全面一些，因为它在相当长的时期内不会做出太大的改变。

另一方面，标准在实践的过程中，外在的社会环境、教育环境以及其他条件却是在不断变化的，特别是我国特殊教育事业的发展需求，所以标准也要适时地进行一定的修订和调整，从而保证专业标准始终具备较好的时效性。标准的这种动态性特征也要求我们在标准的应用检验过程中，不断地进行思考和总结，找出标准的不足之处，始终使标准处于"制定—调整—修订—再调整—再修订"这样一个动态性的发展状态。因此，制定标准时既要考虑标准的稳定性特性，保持标准的全面性，又要考虑到标准的动态性特征，标准制定完成之后并不是标准制定过程的终结。

5. 科学性与可行性原则

科学性是判断事物是否符合客观事实的标准。这里的科学性主要是指在标准制定的程序、方法选择方面要以科学性为总体指导原则，具有合理性。这要求我们在制定标准时，要充分了解和借鉴其他已经成熟的并已被验证的标准在程序的设定、具体方法的运用等方面的经验，并结合特殊体育教师教育的特点、教学实际来具体设计整个的标准制定过程。另一方面是指在各素质指标的设计、维度划分以及具体指标的描述等方面要全面把握已有研究信息，全面认识和了解标准的服务对象，把握所服务对象的身心成长特点，尊重被服务者的个体差异，并且要符合特殊体育教学的实际需求。这需要我们在各项指标设计时，用科学求实的态度准确理解相关概念，深入思考各指标的论据是否充分、信息的来源是否可靠、收集方法是否科学、数据是否准确、是否符合特殊体育教育的基础价值判断等，以此来考虑各项指标的确定，从而增强标准的针对性和实效性。

可行性原则是指所构建的专业标准要切实可行，具有较强的指导性，对特殊体育教育活动能产生积极的影响，能反映特殊体育教师所应具有的专业化水平。这就要求各维度之间、各具体指标之间具有一定的独立性，尽量做到不重叠，并能反映特殊体育教育活动的本质属性；语言运用要尽量精炼，易于理解，易于获取涉及的信息，并且尽量与我国已颁布的教师专业总标准、相类似标准保持协调一致，对于那些虽能反映目标，但属次要的一般因素，可以忽略或适当合并，减少标准维度；简化量化方法，便于操作，从而增强标准的可行性、操作性和导向功能。所以，标准制订时，其可行性要以科学性为前提，而科学性也要以可行性为重要的参考，只有二者有机的结合，才能最大限度地发挥标准的针对性和实效性。

（三）我国特殊体育教师专业标准的初步构想

我国特殊体育教师专业标准的框架包括3个一级指标（专业知识、专业能力和专业伦理），13个二级指标（通识性知识、教育科学知识、学科专业知识、实践性知识、对残疾学生的鉴定与评量、教学与指导、倡导与咨询、沟通与合作、自我反思与发展、职业理念与态度、对待学生的态度与行为、自我发展、个人修养与专业心理素质），92个三级指标。

就特殊体育教师而言，其最大的不同在于其教育对象的特殊性，是一些在肢体、心理、行为、感官、智力、精神等方面具有残疾的人。在国外对特殊教育教师和特殊体育教师的研究中，教师对其职业的认识与理解和态度方面占据了相当重要的地位，并认为这是从事特殊教育事业最根本的、最基础的素质。当然，心理素质也是他们必备的素质之一，这也是由特殊教育对象的复杂性、多样性而决定的。从另一方面讲，现在的教师教育早已冲破了学校的限制，更加重视教师的职后培训和教师的自我反思与自我发展，这也是一个教师从事教师这个职业所必备的素质之一。也正是因为特殊教育对象处于社会的边缘地位，对他们的教育目的之一是发挥他们的潜力，能走向社会，促使其"正常化"。所以，单靠学校的教育并不能完全实现这个目标，它需要政府、家庭、其他相关专业组织的通力协作，而教师在其中的中介作用也不可忽视，但上述这些素质我们可以说都应该成为教师应具备的素质之一。

根据我国已颁布试行的《幼儿园教师专业标准（试行）》《小学教师专业标准（试行）》《中学教师专业标准（试行）》和《特殊教育教师专业标准》征求意见稿中对其维度的划分，暂把特殊体育教师专业标准的一级指标维度定为专业知识、专业能力、专业伦理。教师的专业知识是指教师作为专业人员所具备的各类知识的总和，一般说来，它主要包括四大类，即科学文化基础知识（也称通识性知识）、学科专业知识、教育科学知识和实践性知识。本研究初步将特殊体育教师的专业能力的构成维度定为对残疾学生的鉴定与评量、教学设计能力、教学实施能力、教学及班级管理能力、教学评价能力、倡导与咨询、沟通与合作能力和自我反思与发展能力。结合我国已发布的相关教师专业标准中对教师专业伦理方面的维度划分，本研究把教师专业伦理分为职业态度与行为、职业认识与理解、对待学生的态度、自我发展以及个人修养与专业心理素质5个方面。至于三级指标，各高校可以根据自己的培养目标和专业定位灵活调整。

二、融合体育师资培养

近10年来，融合体育一直是残疾研究的热点话题。从学者关于"残健融合""社会融合"框架的讨论开始，关于融合体育的形式、内容以及融合的途径都受到较多关注，有学者提出选择性融合、部分融合和合理性融合等思路，也有学者探讨了社区、学校等场域的融合做法，尤其是在特奥融合学校计划这一品牌活动中，针对普特融合、特特融合、家校融合等方面做了许多有益的探讨。但关于融合体育却一直没有形成相对稳定的概念和边界，也说明学界关于融合体育在中国的本土化定位还未形成共识，在残疾人体育不同领域的融合还需要做深入的探究。但无论在融合体育发展的任何一个阶段，能够胜任融合体育教学和指导的专业师资都是不可或缺的，随着时代的进步，这种需求会越来越凸显。因此，融合体育师资的培养，是当下需要直面的重要议题。

（一）高校培养融合体育教师的课程设置分析

我国目前尚未有专门培养融合体育资源教师的渠道，最便捷高效的做法就是从高校体育教育专业入手，在体育教育专业开设系列平台课程，让他们具备一定的特殊教育专业知识，将来能够胜任普校随班就读体育教学。

从2001年开始，陆续共有5所专业体育高等院校和2所高等师范院校的体育院系开设了本科层次的特殊体育专业或培养方向。该类专业是在通识课程中添加一系列与特殊教育、体育教育有关的课程，如残奥、特奥、特殊儿童心理、残疾儿童的评估与诊断、康复、医学等，缺乏对特殊体育教育核心课程的一致理解和认识，缺乏特殊教育与体育教育结合紧密的课程设置。我国特殊体育教育专业人才在培养目标的设定上，是以社会需求、宽口径就业为基本导向，都把培养特殊体育教师作为其培养目标之一，但目标定位过于宽泛，缺乏针对性。相对巨大的需求缺口无异于杯水车薪，且由于专业面向过窄，使部分毕业生不安心从事特殊教育工作，造成人才浪费。目前体育教育、特殊体育教育和特殊教育3个专业过于泾渭分明，缺乏交叉与渗透。根据十三五规划的精神，必须扩大培养范围及调整培养模式，在体育专业院校和特殊教育专业开设选修课、第二学位等培养方式势在必行。

从表6-1可知3种专业的课程设置相近，但在培养目标上却有很大区别。有的甚至希望能在本科层次培养出一定水平的科研人员，这显然在培养目标上略显宽泛。

表6-1 体育教育、特殊体育教育、特殊教育专业的课程设置与培养目标

专业	课程设置	培养目标
体育教育专业	通识课程、专业课程、教师教育课程以及实践课程。通识课程主要包括政治、外语、计算机、大学语文、形势教育等这些较为传统的课程，且各个院校在通识课程的设置上极其相似	主要培养具备现代教育技术与体育教育学科基本理论、基本知识和基本技能，能胜任学校体育教学、课外运动训练和竞赛工作、体育科学研究、学校体育管理等方面工作的体育教育专业化高级师资人才，并为体育学研究生教育培养良好生源
特殊体育教育专业	通识课程、学科基础课程和学科专业课程以及实践课程。通识课程同体育教育专业	主要培养能掌握特殊教育及特殊人群心理机能康复的基本理论、基本知识和基本技能。能够在特殊教育机构、特殊人群康复机构和体育机构、福利院、中小学校等部门从事残疾人体育教学、运动训练与竞赛以及康复训练，组织并指导特殊人群进行体育锻炼和康复治疗的应用型人才
特殊教育专业	主要分为公共基础课、专业基础课和专业教育课程以及实践课程。通识课程同体育教育专业	主要培养具有广博的人文与社会科学修养，富有创新精神，并有现代的教育观念和教育思想，具有较强教育教学实践能力和扎实的理论知识，在各级各类特殊教育机构从事特殊儿童教育、训练、康复服务及相关研究工作的人才

笔者认为特殊体育教育专业学生虽主要就业方向为特殊学校等特殊教育机构，但更多的毕业生还是倾向于去普通学校任教。这不仅造成了资源的浪费，还很大程度上制约了融合体育资源教师数量的发展。而特殊教育专业的学生缺少体育专业学生特有的运动能力，很难达到给特殊学生进行体育教学的水平。在高校体育教育专业开设特殊体育系列选修课程，既缓解人才紧缺的燃眉之急，也开阔了体育教育专业课程的新视野，同时，也为学生将来就业拓展渠道。

（二）高校融合体育师资培养的目标定位和理论设计——以福建师范大学为例

1. 课程设计的理论依据

早在3000多年前，孔子就倡导有教无类，同样是为了让有差异的学生能够享有平等的教育环境。随着《残疾人教育条例》的修订颁布，残疾人就学难的问题得到破解。普通学校必须配备可以胜任残疾学生随班就读融合教育资源的教师。融合教育是指将对残疾学生的教育最大程度地融入普通教育，而融合体育教育则是专门针对体育课程，将对残疾学生的教育最大程度地融入普通体育教育。这需要具备更丰富深厚的体育学知识，以及对一般轻中度残疾人生理和心理的认识。适应体育中"零拒绝"和"零失败"的理念应作为课程设计的重要支持，即每个人不论其障碍程度都有权利接受高品质的体育教学与休闲计划，并且都能充分发展运动技能的潜能。该课程组强调关注人的平等权利，满足身心障碍的学生需求，改善心理动作问题的服务，适应所有人的运动需求，促进残健融合的发展。

福建师范大学体育科学学院在本科体育教育专业中开设特殊体育系列选修课程，适逢《第二期特殊教育提升计划（2017—2020年）》颁布，学院综合考虑学生的就业和社会需求，以及融合教育的必然趋势，对特殊体育课程进行提炼和设计，形成《残疾人体育概论》《特殊人群体育服务与管理》和《体育志愿服务》三门课程，本研究重点跟踪《特殊人群体育服务与管理》课程的设计与实施，进行了3轮教学实践，在此基础上分析课程的可行性与合理性。

2. 课程设计的目标定位和内容选择

《特殊人群体育服务与管理》是针对包括残疾人、老年人、妇女儿童等在内的特殊需要人群体育需求的一门入门课程，本课程不仅为将来打算在体育教学、休闲、运动、体适能或复健机构服务的专业学生提供有关个别差异方面的基础知识，同时也涵盖适用于在其他机构为各年龄层的对象的服务原则。《特殊人群体育服务与管理》课程开设宗旨是为体育专业学生拓展知识面，拓宽就业渠道，了解特殊人群的体育需求和掌握基本的管理与服务能力。

《特殊需要人群体育服务与管理》课程教学大纲（节选）

一、课程基本信息

课程编号		课程名称	特殊需要人群体育服务与管理
课程基本情况	学分/学时	2学分/32学时	
	开课时间	第5学期	
	课程性质	选修课	
	先修课程		
	考核方式	考试（平时成绩40%、期末考试60%）	
	课程负责人	×××	
	任课教师	×××	
	教材及参考书	教材：克罗蒂·雪瑞儿.适应体育[M].陈素勤，等，译.新北:艺轩图书文具有限公司，2001. 参考书目：①卢雁.特殊奥林匹克运动概述.沈阳：辽宁教育出版社，2008. ②Lauran J.Lieberman，Cathy Houston-Wilson.融合式体育教学策略.陈金盈，等，译，台湾艺轩出版社，2003. ③上海质量管理科学研究院.特殊奥运会的规范管理.北京：中国标准出版社，2008.	
课程简介	《特殊需要人群体育服务与管理》是福建师范大学体育学类本科专业学生的平台选修课。本课程是针对包括残疾人、老年人、妇女儿童等在内的特殊需要人群体育需求的一门入门课程，本课程不仅为将来打算在体育教学、休闲、运动、体适能或复健机构服务的专业学生提供有关个别差异方面的基础知识，同时也涵盖适用于在其他机构为各年龄层的对象的服务原则		

（续表）

课程学习目标		对应毕业要求
课程学习目标与对应毕业要求	学习目标1：培养学生平等、共享、友爱的残疾人观，从观念、态度和行为上接纳不同类型特殊需要人群	2.4 认知育人规律具有正确价值观和体育观，尊重学生人格 2.6 综合育人2.6-3能够结合专业知识和课堂教学传播正能量，对学生的情感、态度和价值观进行教育和引导 2.13 具有良好的体育育人能力，开展健康教育、体育精神等主题教育活动，促进健康生活方式养成
	学习目标2：系统学习各类特殊需要人群身心特点和运动指导的基本方法，并能运用所学的理论和方法为各类特殊需要人群设计运动处方	2.3 学科素养2.3-1具有扎实的教育学（含教育目的、教育制度、教育功能、教学、课程等）基础知识、基本理论和分析问题、解决问题的能力 2.5 全面扎实的专业知识和技能。系统掌握体育学科知识、基本技术和基本技能 2.6 综合育人2.6-3能够结合专业知识和课堂教学传播正能量，对学生的情感、态度和价值观进行教育和引导
	学习目标3：指导学校及社区包含残疾人在内的特殊需要人群体育赛事活动及社区活动组织管理；参与并实践助残体育志愿服务团队建设	2.8 擅长课余训练与竞赛，具有开展学校或社区群众体育工作的组织、训练与竞赛指导能力，能够运用体育教育的理论分析和解决本专业的实际问题 2.14 具有反思意识和能力，能够在体育教学实践中进行反思，发现问题，能运用批判性思维分析和解决体育教学、训练、管理与育人问题 2.16 具有团队协作精神，具有良好的团结协作和社会交往能力，具有良好的团队合作精神、公共服务意识和公益精神，掌握沟通合作技能
	学习目标4：了解残疾类型及服务残疾人的基本技巧和礼仪	2.2 具有良好的师德规范，具备教书育人使命感，认同师德规范 2.4 认知育人规律，具有正确价值观和体育观，尊重学生人格 2.17 具备沟通合作技能，掌握人际沟通的基本方法，具备与校领导、同事、学生、家长及社区沟通交流的知识和技巧，有良好的语言表达能力

（续表）

	课程学习目标	对应毕业要求
课程学习目标与对应毕业要求	学习目标5：能够处理特殊需要人群常见运动损伤和了解应急处置流程	2.5 全面扎实的专业知识和技能，掌握体育学相关学科基本知识，并有较强的动手能力 2.6 较强的跨学科学习能力，能够充分整合生理学、心理学、运动医学的相关知识，理解并运用于教学实践 2.14 具有反思意识和能力。在体育教学活动中发现问题，进行反思，用批判性思维解决体育教学、活动中的问题

二、课程教学内容纲要

第一讲 适应体育理论基础

通过本章学习，学生将了解适应体育的发展以及该领域的重要理念和概念，对接收适应体育的人群有清楚的认识，了解本门课程的学习方法，不局限于课堂教学，还将实地与某一类适应体育对象进行面对面实际教学实践。

（1）关于适应体育相关理念、概念和基本术语：接纳个别差异、PAP-TE-CA模式、个别化教育计划、支持性服务、零拒绝、适应。

（2）适应体育学习方法和基本要求：实践比课堂传授更重要。适应学生需求是最好的服务，适应学生是最好的教学方式。本门课程会有几次实践机会，将前往省残疾人体育运动管理中心、省启能指导研究中心进行实地教学。要求学生脑到、心到、手到，勤于思考，认真做课外作业。

（3）适应体育的目的、目标、范围及益处，判断适应体育的适用对象及理由：通过适应体育运动使特殊人群达到自我实现，使所有年龄层的每一个人都能获得高品质的体育学习，都能参与他们能胜任的休闲性或竞争性体育活动。

第二讲 适应体育之学校体育

通过本章学习，了解适应体育教育的概念、相关法规政策，针对不同安置方式的学生适应体育教育策略，以及作为一名适应体育教师应具备的基本素质与能力。

（1）了解有关教学计划及课程设计的理念和框架：培养拟订个人、班级、学校或学区计划的能力。

（2）比较最少限制环境、普通班及融合班等安置理念：了解各学科都应提供一系列安置选择机会，并明确影响安置的变项。

（3）了解拟订学年或学期适应体育教学计划的步骤：熟悉几种常见的个别化教育计划选择的课程模式，并掌握设计教学计划的程序。

实践：观摩启能中心教学，并为中度智障学生设计教学单元。

第三讲 听觉障碍者适应体育

听觉障碍群体数量仅次于肢体障碍人数，是残障人比例第二高的残障群体。了解听觉障碍的起因和特点等相关内容后，将有助于我们认识听障人士的特殊需求。因此，听力障碍人士同样需要通过适应体育活动促进身体健康，以早日融入社会。本章将从听力障碍人士的概述和听力障碍人士的适应体育活动指导教案等方面，介绍有关听力障碍适应体育的基本知识。

（1）了解听障分类、成因以及生理、心理特点。

（2）了解听障适应体育的特殊需求，掌握听障适应学校体育的基本教学策略。

（3）培养采用以下模式进行教学的能力：想象、身体专注、静态伸展、瑜伽与太极。

实践：团队游戏、破冰游戏如何让所有障碍人群都加入。

第四讲 自闭症者适应体育

自闭症是近年逐渐增多的一类障碍人群。本章将为学生简单概述自闭症的概念、康复等，并通过案例来深入探讨自闭症者的适应体育。

（1）了解自闭症的概念、成因、患者身心特点以及康复治疗。

（2）了解自闭症适应体育的特殊需求，掌握基本的自闭症学校适应体育教学策略和个别化教育计划拟定的原则方案，能够提出最小限制环境下的相关支持和建议。

（3）使自闭症者参与体育活动，是适应体育教师应具备的能力。

3. 课程实施效果与反馈

体育课程对于实践指导能力要求较高，融合体育教师培养不仅要注重课程理论学习，课程实践学习也是必不可少的一部分。在课程学习前期，以理论课程形式进行两个月的学习，在后半学期则以理论与实践相结合的方式，进行为期两个月的实践指导。每周对不同特点的特殊儿童进行针对性课程设计，课程实践结束后进行课程反馈与思考,继而根据特殊儿童特点、课程与能力继续对课程设计进行调整,形成循环式设计模式。力求对每个学生做到因材施教,根据学生不同特点进行授课。

通过质性研究的方法,采用NVivo11探析福建师范大学《特殊需要人群体育服务与管理》课程对师范类体育生的作用效果。研究采用自由节点和树状节点实现编码。对31位选修《特殊需要人群体育服务与管理》课程学生的汇报资料进行编码。资料编码过程如下:第1步,收集资料;第2步,导入NVivo11软件;第3步,为减少有效信息遗漏,通过多名研究生细读,将有关课程效果的有效信息置入节点容器中;第4步,建立二级节点。将意思相近的自由节点归并,建立17个二级节点;第5步,建立一级节点。将二级节点进行整合,依照逻辑性与关联性,最终形成3个一级节点;第6步,结果分析。最终形成3个一级节点,分别为"课程实施效果""对特殊群体认知""融合课程",涵盖17个二级节点与404个编码参考点数。

由表6-2参考点编码可以看出,第一次上课感受"第一次交流感觉很尴尬""感到很紧张""有些不知所措",由于是第一次接触,不知道如何沟通与教学成了他们最大的问题。经过每次的课程总结与教师课程指导,最后一次课程他们认为"上课变得得心应手""这是我最成功的一节课",作为指导教师在面对特殊儿童时已然没有了紧张与不知所措,面对特殊学生时更多感到的是游刃有余、得心应手,并且认为自己的能力有了非常大的进步。在"对特殊群体认知""融合课程"参考点内容中,大多数选修课程的学生都认为通过《特殊需要人群体育服务与管理》课程,不仅对残障群体有了一定的认识,自己的能力也得到了锻炼,面对特殊群体孩子,还能给出一定的锻炼建议。

表6-2 融合体育课程实施树状节点表

一级编码	二级编码	编码参考点数	参考点内容举例
课程实施效果 (92)	第一次上课感受	40	第一次交流感觉很尴尬;紧张;有些不知所措
	最后一次上课感受	7	上课变得得心应手;这是我最成功的一节课
	课程进步效果	24	学生专注力一次比一次提高;有时对布置内容学生甚至超量完成
	效果与收获	21	让我受益匪浅;为未来教书积攒了宝贵经验

（续表）

一级编码	二级编码	编码参考点数	参考点内容举例
对特殊群体认知（133）	对残障群体认知与感受	29	看到了小朋友的改变，也看到了我们的成长；我收获良多，一是对自我的提升，二是对特殊人群的了解
	对残疾人责任意识	4	关心残障人士帮助他们解决困难，是我们每一个人义不容辞的责任义务
	服务对象特点	79	身体不协调还有较轻的智力与语言障碍；唐氏综合症；力量不足；腿部核心无力
	融合活动认识	13	融合活动让我从理论派变成一个理论与实践相结合的学习者
	增强责任意识	8	希望我的教学有帮助到他，能让他现在的情况有所改善，让他更快地融入这个社会
融合课程（179）	家校配合	23	妈妈和孩子在教学过程中配合老师将动作展示给孩子，帮助孩子完成教学内容
	课程反思	24	过多地想让小朋友参与体能方面的运动，忽略了精细运动方面的训练，对于柔韧训练没有降级处理
	课程方式	11	线上融合活动；线下融合活动
	课程互动	18	学生会主动和我们分享自己的画，有时候还可以为我们带来舞蹈
	课程建议	55	不太适合进行大强度的力量训练，但是可以做一些增强心肺能力的训练
	课程内容	27	深蹲、开合跳动作训练，以及通过旱地冰壶的游戏训练学生的手指抓合和松放动作
	课程设计交流	13	每一次活动前我和我的伙伴们都会进行讨论
	课程目的	8	能让学生现在的情况有所改善，让学生更快地融入这个社会

课程对学生的作用主要体现在以下几个方面。

（1）对特殊人群认同感的培养

部分学生初选这门课时对特殊人群不甚了解甚至排斥，经过课程学习，所有学生都能主动积极参与教学实践，并对该专业的发展前景给予很高的期望。福建师范大学开设特殊人群体育服务与管理课程，在教授融合教学的同时，学生可通过课堂的介绍以及调适体育课的实践切身地了解特殊人群，更有一部分学生参与一系列融合活动，不断地从生理和心理上了解特殊人群。学生的课程体会说出了"漠视也是一种歧视"的感言，体现出学生对特殊人群的认同感正在养成。

（2）启发学生的创造力和团队合作精神

特殊人群体育服务与管理课程总课时为32学时，周课时为2学时。课程主要对各类有特殊需要的人群进行精简的介绍，对随班就读体育课程中的健全学生及特殊学生进行融合体育教学，设计满足不同需求的融合体育课堂。全班分成6个教学小组，每个教学小组都必须集体创作，根据教师给出的限定条件设计场景和体育活动内容，如在健全学生的要求上降低对特殊学生的标准和使用不同的器材。从刚开始的不知所措，到渐入佳境，每个小组都发挥了团结协作的精神，最后设计的课堂教学都非常精彩，还分享了很多好的创意和教学手段。

（3）以多种教学手段提高学生动手能力和表达能力

在教学实践的过程中，学生除了《适应体育概论》等教科书，教学辅助教具也准备得比较齐全，诸如视障眼罩、盲人足球、轮椅、拐杖、弹力绳、绷带等，为学生丰富多彩的教学课堂提供了良好的辅助。而学生也不局限于书面教材，互联网教材、参考书推送等都是学生丰富该类知识的途径。

课程学习中需要了解各类残疾人的基本身心特点和运动禁忌等运动康复知识，如果仅由教师常规教学，学生印象可能不会特别深刻。为了让学生更好地了解残障特点并能与大家分享，要求各教学小组自主查阅资料，让每组分别上台介绍一种特殊人群的特征、适合的体育运动及注意事项。这样的教学方式不仅使学生掌握了查阅资料的方法，更提高了语言表达能力，对特殊人群的身心特点也能有更深刻的了解。在每一节课上学习几句简单的手语，提高学习的趣味性。最后，课程结束前各组自选手语歌作为考核的一个环节，每一组都以流畅准确的手语表演得到了较高的成绩。这种弹性活泼的教学方式可提升学生对特殊体育课程的学习热情，所有同学都对课程给予了很高的评价。

（4）教学设计和实践能力得到提升

在开设该课程的同时，重视实践与思考。课程中让每一组设计不同特殊人群的融合游戏环节，或是融合体育课堂以及模拟情景。课后每组必须参与福建师范大学调适体育课程（特殊需要学生体育课）的教学实践，以组为单位提交游戏设计、不同项目的体育课程设计。在设计教学及实施中需要考虑很多问题，包括游戏的适用性、安全性和教学内容的可替代性等，各组学生必须在观摩课堂教学后独立思考、自主设计，再与老师沟通协商最佳方案。在课程结束前参与福建师范大学与福州开智学校的正反向融合活动。该班学生代表参与东亚区特殊奥林匹克领袖力培训，充当融合伙伴和志愿者，获得国际特奥东亚区和各特殊教育学校负责人的好评。在2017年国际特奥东亚融合篮球联赛系列活动中，该班多位学生入选东亚区特殊奥林匹克篮球赛融合伙伴和志愿者。平时的教学与实践最直观地反映出学生在融合体育活动方面的能力，而参与更多融合活动和赛事也能不断地提高学生应对特殊人群的服务技巧。

从人才培养的角度出发，借助高校的资源优势，推进融合体育教师的专业人才培养建设。纵观学生的改变，研究认为在非师范体育教育专业中开设"特殊需要人群体育服务与管理"课程，是解决当下普校资源教室建设与资源教师存在不足的必要手段。在融合教育大势所趋下，培养融合型体育教师有利于课堂残健融合发展，可避免随班就读儿童再一次成为边缘化学生，而普通学生对特殊儿童的认识也更加透彻。因此，融合型体育教师培养是未来社会倡导融合与包容发展下驱动的培养方式。

三、适应体育高端人才培养

国内目前有几所高校在硕士招生目录中直接设有适应体育方向，如上海体育学院、北京体育大学、福建师范大学等。开设该方向的初衷是目前各地市均有数量不等的特殊教育学校，但本科阶段培养特殊体育师资的高校只有7所，且招生人数非常有限。而且目前国内各类特校、康复机构及残联等部门都缺乏特殊体育方面的专业人才，随着各类普通学校残疾学生生源的增多，对能够指导特教学校残疾学生和随班就读残疾学生体育教学的专业师资的呼声很高。适应体育方向培养的硕、博士生可以成为用人单位的科研和教学骨干，能作为特殊体育教师和融合体育教师的双重角色，承担培养基层专业服务人才的任务。以福建师范大学适应体育硕、博士方向培养为例，方向设立以来，逐渐成为学院的特色品牌，并得到用人单位的高度评价。

适应体育专业依托福建师范大学体育科学学院体育学一级学科博士点进行建设，学院的学科建设在2017年教育部第4轮学科评估中进入A档，位列全国第四，并进入福建省高峰学科建设行列。服务残疾人特殊体育需求的适应体育学科是体育科学学院的特色品牌专业，研究基础比较扎实，社会影响力较大。2014年，福建师范大学硕士招生目录在体育教育训练学二级学科下正式设立"适应体育理论与实践"专业方向，已培养了一批优秀的硕、博士生。2014年，福建师范大学承办亚洲适应体育大会，开创了这一领域的国际学术会议先河。2016年开始，在体育教育专业本科设置"特殊人群体育服务与管理"平台课程，培养本、硕、博不同梯次的人才。近年来，获得了省政府授予的"扶弱助残先进集体"、中残联授予的"全国残疾人体育先进集体"等荣誉称号。

适应体育学科着力于打造"科研—实践—服务"三位一体的高校专业化体育助残服务队伍，为地方残疾人体育服务。近年来，广泛开展国内、国际学术交流与合作，开辟实践课程，拓宽人才培养途径，搭建社会服务平台，指导建立Bridge大学生助残志愿服务团队，形成独特的志愿服务品牌。

该专业方向坚持以社会服务为基点，作为福建省残联、福州市残联"十二五""十三五"体育规划的智囊团，帮助建设100家福建省残疾人群众体育健身服务品牌"福乐健身站"，并制定服务标准、规范；负责福建省残疾人社会体育指导员培训工作，从2012年以来连续为福建省培养近千名残疾人社会体育指导员；开发了"盲人太极拳""轮椅八段锦""经络养生操"等8套残疾人体育康复项目，并已开始设计重度残疾人康复体育进家庭服务的健身项目；全面服务大中型残疾人体育赛事，如国际特殊奥林匹克融合杯足球赛、国际东亚区特奥大学计划融合活动、国际东亚区特殊奥林匹克施莱佛夏令营、全国残疾人田径锦标赛、全国盲人足球、盲人柔道锦标赛、福建省残疾人运动会、福建省特殊奥林匹克运动会等近百场比赛，累计提供1万多人次、3万多小时的志愿服务，约1.5万人次从中受益。中心还与福建省残疾人联合会、福建省启能研究指导中心、福州市第二福利院、福州市仓山区培智学校、福州市聋哑学校、福州市盲校、福州市开智学校、福州市盲人协会、厦门市心欣幼儿园等特殊学校和助残机构协作，定期带领大学生、研究生为各类残疾人进行健身指导。与国际特奥会东亚区签署首批特奥融合学校计划，定点帮扶福州市开智学校的特奥融合体育活动。

第二节　残疾人基本体育服务购买的运行保障

一、中国残联购买残疾人康复体育项目运行实例

中国残疾人联合会在2017年4月组织了全国首届残疾人康复、健身体育服务项目大赛（图6-1、图6-2），意在通过竞赛的方式选取最佳的康复服务项目，也就是政府通过立项的形式来征求项目。本研究以荣获一类优秀创编项目的福建师范大学、福建省残疾人体育研究指导中心师生团队创编的《轮椅健身徒手组合操》为案例，跟踪该项目以政府购买服务形式落地后的运行情况，以及后续发展（表6-3）。

图6-1　全国首届残疾人康复、健身体育服务项目大赛，梅雪雄教授台上演讲

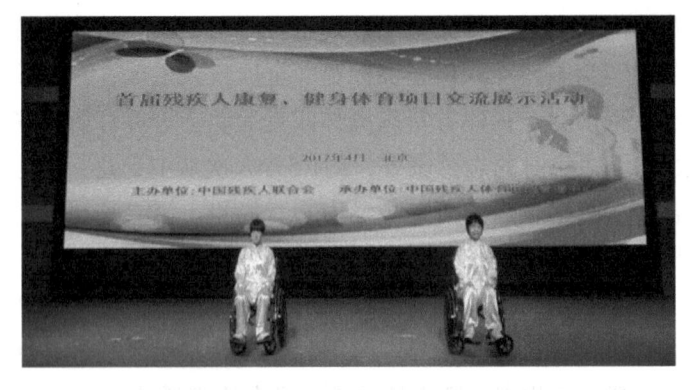

图6-2　全国首届残疾人康复、健身体育服务项目大赛，
《轮椅健身徒手组合操》部分内容展示

表6-3 残疾人康复体育、健身体育项目征集活动评审结果

申报项目	申报单位	评定等级
1. 轮椅健身徒手组合操	福建师范大学体育科学学院	一类优秀创编项目
2. "三色球"智力残疾人家庭健身项目	中国残疾人体育运动管理中心	二类优秀创编项目
3. 轮椅柔力球	北京市残疾人体育运动协会	
4. 盲人板铃球	大连市残疾人联合会	三类优秀创编项目
5. 健康舞动	浙江省残疾人体育协会	
6. 竹板舞	宝鸡市渭滨区残疾人联合会	
7. 柔力球	沈阳市残疾人联合会	四类优秀创编项目
8. 花球啦啦操	重庆市残疾人联合会	
9. 残疾人（幼儿）轮椅健身操	天水师范学院	
10. 健身球操	河北省残疾人体育运动管理中心	
11. 轮椅太极系列	山西省残疾人体育协会	

中国残联采取行动来干预、改善体育运动参与率不足7%的残障人士康复体育发展滞后的局面，尝试从政府购买残疾人康复体育项目入手，通过项目申报的方式在上百家承接主体中，组织相关领域的专家审核具有可行性的36个项目；在此基础上，第二轮通知入围的项目选取一个具有代表性的简短视频并配上相关说明，择优录用22项；召集通过初步审核的项目进京以赛竞标，以展演和陈述答辩的形式对项目进行全方位介绍，由专家组会评是否具有可行性；通过层层角逐确定最后入围的11个康复服务项目，其中包括1个一类优秀创编项目，2个二类优秀创编项目，3个三类优秀创编项目以及5个四类优秀创编项目。在此基础上重点购买6个项目，通过购买协议的签订，要求以视频光盘、图文解析等形式提交项目。前期预付70%的资金，在项目通过审核后，补齐尾款。从项目申报到最后确定购买的项目，中国残联始终明确切合残疾人的实际需求，提供给残疾人最为合适的康复项目，并在后期各承接主体提供的项目上再一次跟踪审核。经各方论证合格后，在全国范围内铺开推广。购买主体的顶层设计是至关重要的，在政府购买残疾人康复体育服务项目上，运用新公共管理的办法，在该领域引入竞争机制，以赛竞标。

（一）承接主体的效率提高

在中国残联设置的严格规则下，承接主体明确自身项目的最终目的，并根据要求及时调整完善项目内容，设计最符合残疾人需求的康复项目。这些项目并非一日之功，而是在申报之前便有了两三年甚至更多年的沉淀，福建师范大学的《轮椅健身徒手组合操》从创编到投入使用历时8年，现已在相应的省市地区进行推广（图6-3～图6-5），并在得到残障人士使用后的反馈的基础上进行调整与修改，项目已经历千锤百炼，而参与中国残联的大赛更是大浪淘沙。

图6-3 《轮椅健身徒手组合操》创编人员

图6-4 《轮椅健身徒手组合操》图文集　　图6-5 《轮椅健身徒手组合操》系列光盘

据悉，诸多承接方在最短的时间内提交最佳方案、参赛，并在最优时间内生成视频光盘、图文解析等可便于残障人士练习的工具。从获悉中国残联的发文到最后的项目落地，大约历时7个半月。整体上，6个承接主体的效率均得到了有效的提高。

（二）福建师范大学推进策略

福建师范大学体育科学学院、福建省残疾人体育研究指导中心的师生团队于2015年创编了轮椅健身徒手组合操。荣获全国首届残疾人康复、健身体育服务项目大赛一类优秀创编项目之后，积极投身于视频光盘、图文解析等制作中，并基于使用主体残障人士的反馈积极调整、修改，以期创编出最适合残障人士使用的轮椅健身徒手组合操。

应福建省残联的邀请，作为最近6年的福建省残疾人社会体育指导员的培训内容，每期人数为60~80人，再由参加培训的指导员带回到各市区普及推广。以市区指导员培训的方式，抑或通过指导员进社区、入户指导的形式，最大限度地进行推广，参与培训的人数呈几何级数增长；同时该轮椅操作为2018年全国残疾人社会体育指导员的培训教材（图6-6），教授给来自全国各地的健身指导员，并在全国范围铺开推广。以湖南省推荐参与学习的指导员为例，在学习之后，将组合操带回推广，并作为"残疾人健身周"的活动内容进行撒网式传播。

图6-6　2018年全国残疾人社会体育指导员培训班

同时，在福建省残联举办的第8届残疾人运动会上，将其中的"轮椅八段锦"定为规定套路，其他的4套操定为自选套路。希望通过比赛的方式，提高残疾人参与锻炼的积极性，使该组合操得以深入推广。以上杭县残联为例，从2018年7月开始就积极组织残疾人参与轮椅徒手组合操的锻炼，并邀请创编人员实地指导，最后在福建省残疾人运动会轮椅操比赛中获得冠军，极大激发了残疾人的锻炼热情。在带动更多的残疾人参与锻炼的同时，提高了自身的体育参与率，使其更加自信地融入社会。

该组合操作为残疾人社区日常健身指导的志愿服务内容，福建师范大学体育科学学院的心桥志愿者负责教学。8年间，每个周末风雨无阻，准时出现在社区，暑假就以暑期社会实践的形式进行康复体育锻炼指导。服务队专业尽责的作风得到了该群体的一致好评。让足不出户的残疾人也能参与体育锻炼，帮助他们提高体育参与的质和量，实现康复的目标，使其能够乐观积极地生活。

"以培训来推广，以赛事促深入，以服务得长久"，这是福建师范大学主要的推进策略，虽看似简单，却长路艰辛，但效果甚佳。在笔者看来，这是残疾人康复体育服务项目得以推广的良策，用最初的心，做永远的事（相关实践现场见图6-7～图6-13）。

图6-7 2018年福建省残疾人社会体育指导员培训班

图6-8 湖北省黄冈市"残疾人活动日"暨"残疾人健康周"活动启动仪式

图6-9 残疾人社区日常健身的志愿服务

图6-10 吉林省延吉市开展全国残疾人健身指导员培训班

图6-11 2018年福建省第8届残疾人运动会

图6-12 上杭县残疾人轮椅健身操第一期培训班

图6-13 使用主体在慈善晚会上表演

（三）承接主体相关负责人的重视

福建师范大学的获奖项目在申报之前就经过多年反复打磨，每个套路都在残疾人群体中实践并反复修正。获批立项后，时任院长、研究中心主任梅雪雄教授亲力亲为，对每一个套路严格把关，从音乐选择、服装设计、动作编排、图文呈现都再三推敲，几易其稿；拍摄阶段更是对字幕、配音等细节精益求精，才有了质量较为精良的制作和科学合理的编排。该组合操在2020年由中国残联向全国推广，作为残疾人居家康复健身的推荐练习内容，也从侧面证明政府购买服务项目的可操作性。

负责人做不做、花费多大心力来做、怎么做，都在无形中决定了项目能走多远。相关负责人重视，用实际行动去推广，解决严峻的经费问题，都有效地促进了项目的推广。只有专业的团队、睿智的"领头羊"，才能在这个大系统中对承接项目落地有推波助澜的功效。

中国残联首次残疾人康复体育服务项目购买，由适应体育领域的专家、中国残联的相关负责人构成的第三方评估着实承担着该群体应有的责任。在承接主体项目的申报书中，第三方评估积极地评估项目的可行性，并在比赛现场针对项目存在的问题逐一点评，堪称尖锐。在承接主体提交项目相关材料之后，严谨地提出改进意见，再一次审核项目的实操性，确保万无一失，使优秀的项目得以在残障人士中推广。

在大赛中，中国残联明确要求每个项目必须提供"实施效果证明"，而能够证明实施效果的，唯有作为使用主体的残障人士，只有在他们亲身体验之后，才最具话语权。作为使用主体的残障人士必须成为第三方评估群体中不可或缺的一员。除了专家的意见，使用主体的"最佳用户体验"才是最好的评分点。

（四）购买服务项目的升级迭代

在首轮残疾人康复体育健身服务项目购买顺利完成之后，中国残联征求各方意见，重点征集了各地残疾人群体的反馈，再次委托福建师范大学体育科学学院和福建省残疾人体育研究指导中心团队，创编系列残疾人康复健身宣教片，其目的是在疫情防控常态化形势下，为各类残疾人群体创编适合居家锻炼的内容，提升他们的健康水平。本轮购买服务与第一轮相比，在购买方、承接方、使用方和评价方上，都有更明确的要求和更具体的指标，整个购买流程更简洁也更有效率。承接方福建师范大学在得到委托任务后，迅速启动，组织专家和教师团队共同设计讨论，针对本次购买方的要求，从不同类型残疾人居家健身的角度出发，最后设计定稿4套残疾人康复健身宣教片，向2021年的"十四五"启动献礼。分别是针对盲人和肢体残疾的椅子操、针对中重度居家康复残疾人的弹力带操、针对聋人和智力障碍人士的十二生肖养生功以及针对其他类型残疾人的小球操。与上一个购买服务项目比较，本次委托购买的残疾人康复宣教片在以下方面体现了服务升级。第一，适用人群扩大，关注到每一种类型的残疾人的需求，对于重度残疾人也有适用的锻炼方案；第二，考虑到场地器材的灵活性，居家和社区康复体育都可执行；第三，在不同等级残疾人社会体育指导员培训班中推广教学，使项目能真正落地。

二、四川省委托社会组织购买残疾人康复体育服务的运行案例

2015年3月，四川省作为中国残联第一批试点单位开展康复体育进家庭项目，任务为3000户，下发专项资金147万元。2015年5月，中国残联办公厅印发《残疾人康复体育关爱家庭计划（试行）》，四川省在"量服"平台上设立项目，引导基层和残疾人了解并申报需求，同时匹配资金324万元，选择全省具有一定代表性的8个市（州）的8个县（区、市）作为试点，通过政府采购购买器材和第三方服务，为15000多户重度残疾人家庭实施"三进服务"。落实完成后，结合信息反馈和四川省实际情况，将三、四级轻度残疾人纳入服务范围，将项目名称更改为康复（健身）体育进家庭、进社区，将"三进服务"更改为"三送服务"，并将项目定为残联重点实施项目。四川

省残联的几个做法值得借鉴。

将康复（健身）体育进家庭、进社区项目明确纳入四川省人民政府印发的《四川省残疾人事业"十三五"发展规划》，明确推进残疾人体育工作。实施"残疾人体育健身计划"，开展残疾人康复（健身）体育进家庭、进社区项目，惠及20万户残疾人家庭。加快残疾人群众性体育场所建设，依托残疾人综合服务中心，实现残疾人康复（健身）体育活动室县（市、区）全覆盖。将其作为四川省"十三五"时期项目实施的总依据。

确保资金投入。首先，省委、省政府在残疾人体育资金方面给予了大力支持，确定了每年省级体彩公益金收入的8%固定划拨至省残联作为残疾人体育工作专项资金，该项资金数额逐年上升。2016—2019年，从2300多万元逐年增长至2020年的4100多万元。其次，省残联党组确立了群众体育的重要地位，在"十三五"开端，党组就明确要求每年体彩公益金投入群众体育工作的比例不得少于50%。两个项目开展的经费占据群众体育经费的绝大比例。2016—2020年，两个项目省级投入共计约6000万元，其中康复（健身）体育进家庭项目投入1300多万元、康复（健身）体育进社区项目投入4700万元。最后，鼓励各地自主投入资金，引导市（州）积极争取本级资金用于残疾人体育尤其是群众体育工作，其中成都市本级及所属各区县2016—2020年投入两个项目超过3800万元。

康复（健身）体育进家庭项目实施总体情况。在2015年试点后，从2016年起，根据该项目平台数据及资金总体预算情况制定下一年实施计划，并采用多种实施方式进行落实，包括省级购买器材及入户服务直接落实到户、下拨专项资金明确任务数由相应各地自行实施、下达任务数由相应各地自行配套资金自行实施、省级采购器材发放至相应各地并由各地因地制宜自行组织实施"三送服务"，2016—2020年，省级下达任务并实施的数量超过13.4万户，除此之外各地自行制定计划并实施的数量超过2.7万户，"十三五"时期已落实超过16万户。

康复（健身）体育进社区项目实施总体情况。四川省康复（健身）体育进社区以建设基层残疾人康复（健身）体育活动室为主要内容。在2016—2017年，成都市根据自身实际，投入1200万元建设了200个社区残疾人健身示范点。2018年，省残联下拨近900万元至全省63个深度贫困县和2018年脱贫摘帽县，专项用于（社区）残疾人康复（健身）体育活动室的配套器材采购。2019年，省本级使用资金1602万元，购买不少于276个村（社区）残疾人康复（健身）体育活动室的配套器材。另外，2016年中国残联下拨80万元资金、四川省配套80万元资金，在八一康复中心建成了省级残疾人健身示范园，使用效果比较理想。

两个项目实施过程中社会力量参与情况。近年来，在两个项目实施过程中，四川省积极调动社会力量参与，并倡导各级政府部门积极发掘和培育相关社会组织。目前采取的主要形式有购买社会服务实施"三送服务"、购买社会力量帮助运行残疾人康复（健身）体育活动室、动员社会助残组织或专业人员志愿指导残疾人康复健身、购买社会服务定期组织实施残疾人文体活动等。从调研情况来看，通过购买服务实施的项目，总体效果比较好，是非常值得推广的一种方式。四川奥利威体育发展有限公司作为购买服务的承接方，介绍他们对康复体育进家庭的定位是"普及知识、提升素养、健康生活"，已完成第一批1300户重度残疾人康复（健身）体育进家庭，建设10个社区示范点，第二批1100户残疾人康复体育进家庭。该公司是纯粹提供服务，器材由残联提供。一个家庭，一年4次入户，每户每年215元。每个社区配备1名管理员，2名指导员，可以多点位共用。采取12人入户队伍，每2人一组分别到12个镇。为所有入户人员进行专业培训，发放工作证、工作服、入户记录表，给残疾人准备小礼品等。从残联座谈和残疾人反馈意见来看，购买服务的承接方工作比较扎实，制订出的方案和服务流程比较贴近需求，工作推进和制度管理比较细致和专业，残疾人满意度较高。

第三节　基层残疾人社会组织和高校志愿服务组织培育的运行实例

一、连江县谷雨公益服务中心的运行实践

连江县谷雨公益服务中心是一个由肢体残疾人自发组织成立的公益组织，服务当地各类残疾人，有一定的影响力。但成立多年来没有形成自己的品牌，且定位不清晰，人员素质参差不齐。多年来与福建省残疾人体育研究指导中心有较密切联系，负责人参加过省级残疾人社会体育指导员培

训。2018年，以残疾人社区康复为主题参加福建省志愿服务项目大赛获得银奖后，定位逐渐清晰，与福建省残疾人体育研究指导中心达成合作意向。从2019年开始，福建师范大学专家团指导连江谷雨公益先后获得福州市社会公益基金项目、福彩项目等多个肢体残疾人社区康复服务项目，并派出专业师资，多次为连江谷雨公益助残志愿者授课，编排适合肢体残疾人的康复体操，现场指导肢体残疾人康复健身，并带动了连江中医院服务团队、周边社区的志愿者协会共同参与，培养了数十名有一定指导能力的业余残疾人社会体育指导员。连江县谷雨公益服务中心的"残疾人社会康复项目"的项目目标是，2019年9—12月，在城乡社区开展轮椅健身操培训指导，培养50位"健康指导师"，为220位残疾人、老年人等进行专业性日常健身指导。并调动社会资源，搭建社区康复健身服务平台，探索残疾人社区康复健身新模式。项目实施6个月，参与的残疾人普遍反馈身体状况改善，活动范围增加，肢体灵活度提高，接受连江电视台采访时，都对这个项目的实施和效果给予高度评价。参加服务的志愿者们也认为收获良多，不仅学到康复健身知识，可以帮助别人，同时自己也得到很好的锻炼。尤其是中医院医生团队的加入，打开了社区残疾人体育康复的新视野，体医融合的设计与指导，将发挥更大的作用。

连江县谷雨公益服务中心内部健康指导师为"三社联动"模式下的社会工作专业人士，根据科学管理理论，需要选择具备专业素质和热爱该行业的人作为志愿者，而这些志愿者在经过福建师范大学适应体育团队的培训下，可被认定为基层残疾人社会体育指导员，因其接受了系统的残疾人相关理论知识，并且初步具备了指导残疾人参与体育锻炼的能力。在开展"残疾人社区康复"项目的时候，基层残疾人体育指导员可以将培训所学内容教给残疾人群体，也符合残疾人体育指导员自身使命，在传授过程中通过指导获得自身成就感。

连江县东北街社区等4个社区和郊区1个镇4个村落的居委会作为"三社联动"模式下的社区，在号召残疾人群体、提供锻炼场地及宣传该项目等方面具有优势。社区为项目的开展提供了便利条件，使难以聚集的残疾人集中在社区所提供的健身锻炼场地，减少了残疾人体育指导员在指导中的内在损耗，并且也解决了残疾人在锻炼过程中缺乏场地的困境，使指导活动得以顺利开展。

项目在运行过程中得到了残疾人群体和志愿者（残疾人体育指导员）的良好反馈，在活动结束时，当地电视也进行了相关报道（图6-14~图6-21）。部分报道内容如下。

图6-14　新闻媒体对项目进行报道1

图6-15　新闻媒体对项目进行报道2

图6-16　社区康复项目启动

图6-17　社区康复项目业余指导员培训

图6-18　社区康复项目总结

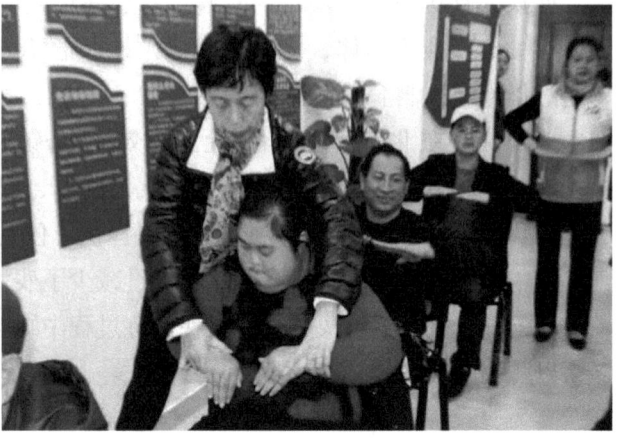

图6-19　现场指导残疾人健身

第六章 残疾人体育参与保障体系的运行实证

图6-20 项目滚动获得新资助　　　　图6-21 结项仪式

残疾人反馈：平时我们残疾人体育锻炼活动较少，很少有适合我们的锻炼项目，通过这次连江谷雨公益志愿者和这些高校老师们来为我们指导，教我们这个轮椅健身操，我感到对我很有帮助，也改善了我平时睡觉不踏实的问题。上次我把这个操的视频录制下来，在家每天都跟着做两遍，感到很舒服。

志愿者反馈：我们平时组织残疾人、老年人来锻炼，就是教这套轮椅健身操，在教的过程中，看到残疾朋友们学的很开心，我们也感到很满足。最重要的是有些残疾朋友在家里也开始锻炼了，这也是我们想看到的，是我们这次社区康健活动所带来的影响。

二、福建师范大学"Bridge"助残志愿服务队运行实例

福建师范大学体育科学学院"Bridge"体育助残志愿服务队成立于2011年3月15日，是福建省首家高校专业体育助残志愿服务队。队伍成立以来，秉承着"有爱无碍，共享生命阳光"的宗旨，通过开展各类残疾人体育赛事、日常健身指导、残健融合等活动持续为残疾人服务，打造高校志愿助残特色品牌。2013年荣获福建省扶残助残先进集体，2015年服务队受聘国际特奥东亚区技术团队，为全国8个省指导特奥融合学校计划。2014年、2018年两次获得全国志愿服务项目大赛银奖，2020年代表福建师范大学首次获得全国志愿服务项目大赛金奖。2020年疫情期间，受福建省残疾人联合会邀请编制残疾人居家健身指导手册，推广至福建省9地市，受到福建省残联的高度赞扬与群众的一致好评。2020年国际残疾人日和国际志愿者日之际，受共青团福建省委员会委托，与全省7所高校签约助残志愿服务培训基地，承担全省高校的助残志愿服务指导工作。部分活动情况见图6-22～图6-25。

图6-22　服务队校园宣讲

图6-23　与全省高校签约助残技术指导

图6-24　东湖大院残疾人健身指导

图6-25　联合在榕部分高校残健融合活动

（一）专家指导，强化志愿服务顶层设计

精准品牌定位，制定品牌发展战略。残疾人体育运动既是残疾人平等参与社会生活的桥梁，也是新时期推进社会文明发展的动力。中国迈进新时代，政府、社会对于残疾人全面小康的重视程度不断提升。课题负责人在充分分析当前社会残疾人体育发展需求的基础上，将"Bridge"服务队精准定位于通过开展残障人士大型赛事、日常健身指导、助残宣传等志愿服务，改善和提高残疾人群体身心健康，帮助残疾人实现社会融合和体育运动共享。同时结合体育科学学院体育教学研究、运动心理分析的优势和残疾人的特定需要，找准切入点，细化品牌定位，制定"研究—服务—实践"三位一体的品牌发展战略，形成富有个性和特色的高校专业志愿助残服务品牌。

健全机构制度，夯实志愿服务基础。健全的机构和完善的工作制度是推动志愿服务活动可持续发展的有力保障。服务队拥有较为完善的机构设置，下设办公室（文秘、财务、档案）、策划组织部、宣传部（新闻摄影、礼仪、网络设计）、注册认证部、外联部5个部门。服务队的日常监督与协调各部门的工作由课题组成员专门负责指导。服务队先后制定了《服务工作守则与行为准则》《服务队成员注册办法》《服务队成员管理制度》《例会制度》等工作制度，有力促进了助残志愿服务的科学化、规范化、常态化发展。

建立形象识别系统，设计统一口号、标识。服务队创立初期就以鲜明的形象与其他志愿服务品牌区分开，品牌标识涵盖了图标、徽章、旗帜、服装、配饰等方面，较好地起到了提升品牌影响力的效果。服务队品牌标识"Bridge"包含了3层涵义：一层是取英文"Bridge"的意译"桥"，故又名"心桥"服务队，意为与残障人士心连心、手牵手，共筑心桥；二层是"Bridge"5个英文字母分别代表：B-Brightness（光明）、R-Reliance（信任）、I-Impassion（激情）、D-Devotion（奉献）、G-Grant（慷慨）、E-Esteem（尊重），表明了志愿者服务残疾人的基本要求；三层是以心形为素材，与服务队的名称"心桥"相呼应，引用奥运五环的颜色，从心里伸展出来的手代表志愿者的形象，强调志愿服务的主体意识。

（二）专业引领，推动志愿服务质效提升

学院在国内高校首设服务残疾人特殊体育需求的适应体育硕士研究方向和"特殊人群体育服务与管理"的体育教育本科平台课程，建立服务残疾人特殊体育需要的教学科研实践平台。"Bridge"服务队的成员大部分来自此平台，具有适应体育方向学科背景，在全国残疾人服务工作中起到专业引领作用，推动志愿服务质效提升。

注重"服务规范"、建立培训长效机制。志愿者的综合素质是确保志愿服务质量的关键所在，助残服务尤其需要志愿者具备专业的服务能力。服务队以志愿服务培训为契机，建立助残志愿服务培育机制，发展壮大志愿者队伍。第一，抓专业培训。服务队因地制宜制订志愿者培训计划，对志愿者开展培训。针对助残服务特点，根据志愿者的服务意愿与能力特长，结合残疾人的特定需求，举办各类志愿助残培训班，对志愿者进行助残服务技巧、礼仪及相关专业知识与技能的培训，切实把助残志愿者的岗前培训抓实、抓好，提高志愿助残的服务质量与专业水平。第二，抓骨干力量。学院残疾人体育研究中心受福建省残疾人联合会委托，常年为全省培养残疾人健身指导员。服务队依托中心资源，加强对助残志愿者骨干的培训，通过选派志愿者骨干参加残疾人健身指导员资质认证，发展助残健身指导员队伍，使他们成为志愿服务的中坚力量。服

务队核心成员通过多年的实践积累，取得了十分显著的成效，受共青团福州市委员会委托承担首届全国青运会赛会志愿者和金砖三合一会议志愿者培训管理研究，为福州市大型活动志愿服务管理提供可操作的运行模式和管理经验，先后参与《志愿福建》、福建省志愿服务培训教材和《多彩青春，志愿福建》、中华人民共和国第一届青年运动会志愿者通用知识培训教材的编写工作。第三，抓平台建设。学院在全国首创"特殊人群体育服务与管理"的体育教育本科平台课程。课题负责人长期担任志愿助残服务队指导老师。结合学生专业学习、设计志愿服务项目，把课程与助残服务结合在一起，在教学中渗透志愿服务培训内容。2018年5月，福建师范大学承办的全国特奥足球比赛上，作为课程教学实践，所有平台课学生参与赛事服务，实践运用能力极大提升，获得主办方和参赛队的高度评价。

（三）"量身定制"内容，培育助残实效项目

服务队师生从自身专业出发，针对残疾人群体量身定制了"残疾人健身操""轮椅八段锦"等助残、助障服务项目。7年来，坚持每周六下午到东湖大院为残疾成年女性教授健身操。2013年5月6日，《福建日报》第6版政文版《中国梦我的梦》专栏以《我们用青春的梦想装点校园》为题，报道了福建师范大学学生为实现梦想而执着奋斗的逐梦故事，其中一个亮点就是"Bridge"助残服务队与东湖大院残疾成年女性之间的故事。另外，服务队师生在长期助残服务实践的基础上，根据残障人士的生理特点，不断调整、反复打磨，创编了5套轮椅健身徒手组合操，该项成果已被中国残疾人联合会购买。2018年6月，受中国残疾人联合会和福建省残联委托，在福建师范大学举办轮椅健身操培训班，向全国推广。

专注"特奥融合"，打造助残服务示范性。特殊奥林匹克运动自问世以来，一直致力于智障人群健康促进和社会融合。特奥融合活动作为特奥运动的分支，其目的在于促进智障人与非智障人之间的彼此认同，消除隔离、增进友谊，提高运动技能并促进其能力的发展，为智障人创设在学校、社区，以及国内、国际运动竞赛中融入社会的机会，提高智障人的生活质量。目前全国近百所学校加入特奥融合计划，福建师范大学是第一批入选的学校。福建师范大学体育科学学院被授予"中国特奥运动研究基地"，每年都承接国际特奥东亚区的大型赛事或融合活动。"Bridge"助残服务队核心骨干专注研究"特奥融合"计划，连续7年参与该计划大型赛事或融合活动的策划组织等相关工作。

同时，服务队招募的志愿者通过培训为活动提供专业的志愿服务。鉴于核心骨干团队常年致力于特殊奥林匹克融合学校计划等活动的实施，效果甚佳，经验丰富，体育科学学院"Bridge"助残服务队于2018年受聘为东亚区特奥融合学校计划技术指导团队，赴全国8个省市的特教学校进行技术指导，开展东亚区特奥融合学校活动。在2018年圆满完成全部指导任务，并签订长期合作协议，打造了助残服务的示范性。

（四）专心服务，提升志愿服务育人成效

"Bridge"助残服务队成立10年来，在专家指导和专业引领建设的基础上，用心为残疾人服务，形成助残志愿服务常态化，成效显著。

1. 参与人数多

服务队成立至今，招募志愿者超过6000人次，策划组织各类大型赛会及日常社区服务，锻炼了一大批优秀志愿服务骨干。服务队与福建省残疾人联合会、福州市第二福利院、福建省残疾人福利基金会等6家助残单位签订了长期合作协议，建立了5个固定助残服务点，开辟了福州市杨桥路河南社区、东湖大院等2个体育助残试点社区，参与大型残障人士体育赛事服务31场，如全国聋人运动会、东亚区特奥大学计划融合活动、全国残疾人田径锦标赛、2018年全国特奥足球比赛暨全国第10届残运会等赛事，提供志愿者5873人次、总时长约28000小时的志愿服务，帮扶残障人士约11000人次。

2. 社会反响好

项目实施至今受到社会各界的关注与肯定。2014年12月，"Bridge"爱心助残志愿服务项目作为福建省14个参赛项目之一，参加了由共青团中央、民政部、中国志愿服务联合会共同举办的首届中国青年志愿服务项目大赛，并荣获全国银奖，该项赛事为国内最高级别的志愿服务评比。荣获"福州市先进助盲志愿者团队"荣誉称号、2014年荣获"中国青年志愿者助残'阳光行动'首批示范项目"、2016年荣获由省委文明办、团省委、省民政厅、省残联联合主办的"福建省首届品牌志愿服务项目"金奖。服务队的助残事迹也得到了《福建日报》、福建公共频道、福建综合频道等新闻媒体的报道。2018年，服务队再次获得福建省志愿服务金奖，并荣获第4届中国志愿服务大赛银奖。2020年，服务队代表福建省参加第5届全国青年志愿服务项目大赛，获得福建师范大学

首个全国金奖。

3. 育人效果佳

通过长期、多样的志愿服务锻炼，志愿者们学以致用、用以促学，增长了才干，提高了能力，在各方面都取得了喜人的成绩。一是志愿氛围更加浓厚。在"Bridge"服务队品牌效应的影响下，学院全体本科生均注册青年志愿者，志愿服务蔚然成风。除了助残服务外，学院平均每年有1000人次参与各类志愿活动。先后有6名同学入选我校"研究生西部支教团"，到祖国和人民最需要的地方奉献青春，成为体育学院学生追求的梦想。2018年，学院2016级本科学生开展"青春篮球梦·公益我先行"主题团日活动，为甘肃省武威市古浪县5所贫困中小学捐赠价值35000元的体育器材与用品。二是榜样人物不断涌现。在助残服务的砥砺下，服务队涌现出全国大学生社会实践先进个人、福建省大学生暑期"三下乡"社会实践先进个人、"福建师范大学首届道德模范"、福建师范大学"十佳年度研究生"等一大批典型优秀学生。截至2020年，服务队7任本科生队长，除现在在校的2人外，其余均考上研究生。

第七章 赋权增能框架下残疾人体育参与的发展路径

第一节 建立包容性社会支持体系

一、完善残疾人体育法律体系

基本依据和核心精神是构建残疾人体育法律体系的前提，针对我国残疾人事业发展的基本特点，我国残疾人体育法律体系应遵循以下原则：第一，公平正义原则。残疾人体育的公平正义就是在充分认识到体育之于残疾人重要意义的基础上，通过颁布相应法律、法规来帮助残疾人享受同健全人一样的体育参与权利；第二，政府兜底原则。就现阶段我国残疾人体育发展状况来看，需要政府在体育参与权、体育教育权、运动康复权、自由活动权等方面进行兜底；第三，共同责任原则。所构建的残疾人体育法律体系，不仅要展现政府支持的力度，更需要要求和鼓励社会成员、企业积极参与到残疾人体育发展的整个过程之中；第四，刚柔结合原则。在构建残疾人体育硬法的同时，应建立与硬法相配套的软法，使两类法制有机地结合起来，"软硬兼施、刚柔并济"，达到法律功能上的优势互补。

在完善残疾人体育法律体系的过程中，不仅要从宏观方面对残疾人体育予以法律保障，还要根据不同领域、不同地域的特点来建立行政法规和地方性法规，最后更需要建立实施标准以规范法制，让法制落到实处。从残疾人体育法律体系结构图（图7-1）可以看出：第一是法律层面，体育权利必须首先在国家的根本大法——《中华人民共和国宪法》中得到规定和反映，当然，从残疾人体育的角度出发，我们非常期盼诸如《中华人民共和国残疾人保障法》这样的专门性法律能尽早出台；第二是法规层面，法规的法律效力较低，但许多法规面向社会生活的某一具体方面或某一具体内容，在法律难以触及的情况下，法规的效力就凸现出来了；第三是地方性法规层面，地方性法规更多是以条例、意见的形式出现，其法律效力相对较低，但具有地方特色，能对微观操作层面进行较为详细的界定；第四是标准层面，标准化的推行，为残疾人体育参与的科学管理奠定了基础，为残疾人体育参与的实施、评价、科研搭建了一座桥梁。

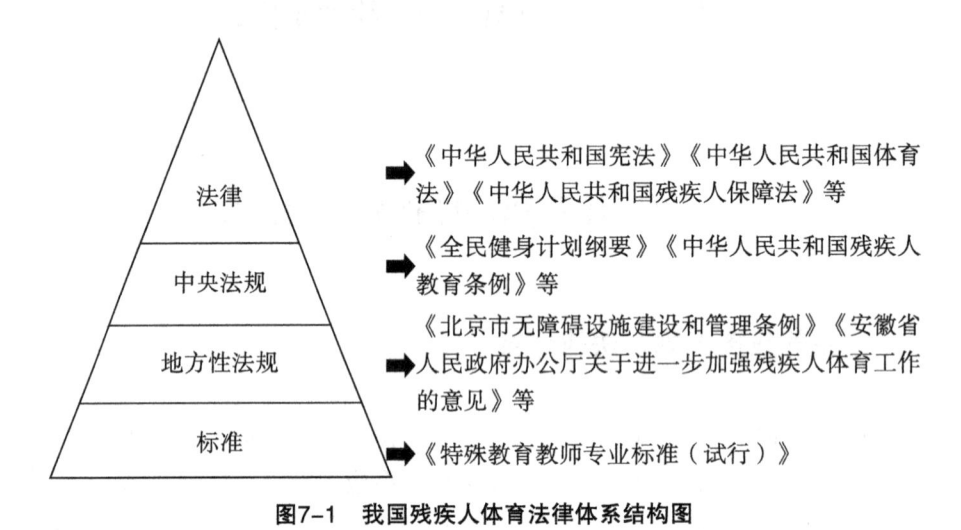

金字塔结构（从上到下）：
- 法律 → 《中华人民共和国宪法》《中华人民共和国体育法》《中华人民共和国残疾人保障法》等
- 中央法规 → 《全民健身计划纲要》《中华人民共和国残疾人教育条例》等
- 地方性法规 → 《北京市无障碍设施建设和管理条例》《安徽省人民政府办公厅关于进一步加强残疾人体育工作的意见》等
- 标准 → 《特殊教育教师专业标准（试行）》

图7-1 我国残疾人体育法律体系结构图

二、共建残疾人体育支持网络

在我国残疾人体育管理模式偏位、治理体系滞后的背景下，不断优化现有的管理模式已是当务之急。优化残疾人体育管理是一个全面、系统的工程，既涉及内容结构的优化，也涉及体育供给主体间的均衡，还需要供给机制的协同配合。

首先，优化残疾人体育内容结构。基于小康社会的美好愿景，新时代残疾人体育必须着眼于公平正义、为民利民等价值诉求，追求内容更加全面、对象更为广泛、手段更为丰富的结构优化。为此，相关部门应弱化残疾人体育"唯金牌论"的理念，将更多目光和资源投入残疾人群众体育、学校体育之中，打造"竞技体育—群众体育—学校体育"三位一体的残疾人体育内容结构，力求形成竞技体育引领群众、学校体育，群众、学校体育夯实竞技体育的新局面。其次，优化残疾人体育供给方式。为解决传统残疾人体育管理方式封闭、手法单一的问题，政府部门应积极联系一切资源，实现政府、企业、社区、机构与家庭体育服务供给的整合。最终形成政府基于公共职能的公共体育服务供给、企业基于社会责任的特殊体育服务供给、社区基于地缘优势的日常健身服务供给、机构基于专业化的个性体育服务供给、家庭基于血缘关系的运动康复服务供给，以社会支持网络来满足残疾人的多种体育需求。当然，如此网络化的供给方式有赖于政府转变职能，破除传统规制下政府独立的支持局面，唯有与社会团体协同互助，立足残疾人潜力的发掘，着眼残疾人身心的发展，才能为残疾人体育参与带来动力。最后，优化残疾人体育供给侧机制。内容结构与供给方式的优化必须依靠科学的供给机制。从供给主体来看，应注重对政府部门的多维监督，提高政府的管理效能，通过政府购买等方式激励企业、机构、家庭的积极参与。从供给客体来看，在兜底残疾人体育基本服务的基础上，更应该强调其潜能的发挥，通过宣传教育、家庭参与等形式帮助残疾人体育参与变被动为主动。

三、构建残疾人体育无障碍环境

为了改善人们对于残疾人体育的错误认知，政府部门应加大宣传力度，引导人们对残疾人、残疾人体育有更为全面的认知。首先，加强公民教育，提高融合意识。在各级教育系统中引入公民教育，不仅有利于宣扬公平正义的观念，肯定残疾人的能力和贡献，提高社会对残疾人的认知，更有助于培养融合意识，让社会更愿意接纳、帮助残疾人。其次，加强宣传指导，提升残疾人体育参与意识。通过社区、大众媒体、网络等途径，加大残疾人体育内涵的宣传。一方面，提升残疾人自身对体育的认知，提高残疾人体育参与的积极性和主观能动性；另一方面，扶正健全人对残疾人体育的认知，一改以往单向给予、消极排斥的态度，塑造互动交流、调适参与的帮扶理念。

如此宣传引导的最终目的是构建残疾人体育无障碍环境（图7-2），在此环境中，政府部门通过制定法律法规为残疾人创设政策支持环境；通过媒体宣传，增强人们对残疾人及残疾人体育的认识，营造积极的社会舆论环境；通过专业设计的交通、场馆、器材等无障碍环境，帮助残疾人进入运动场域，打造体育健身环境；通过专业人才服务，为青少年残疾人创造体育教育环境，实现残健融合、调适发展；通过现代化信息技术手段，为重度残疾人、学龄前残疾儿童提供家庭健身及康复的环境。在政府的主导，社会、学校、家庭及个人的积极参与下，多重刺激、多管齐下，形成契合残疾人体育参与的无障碍环境。

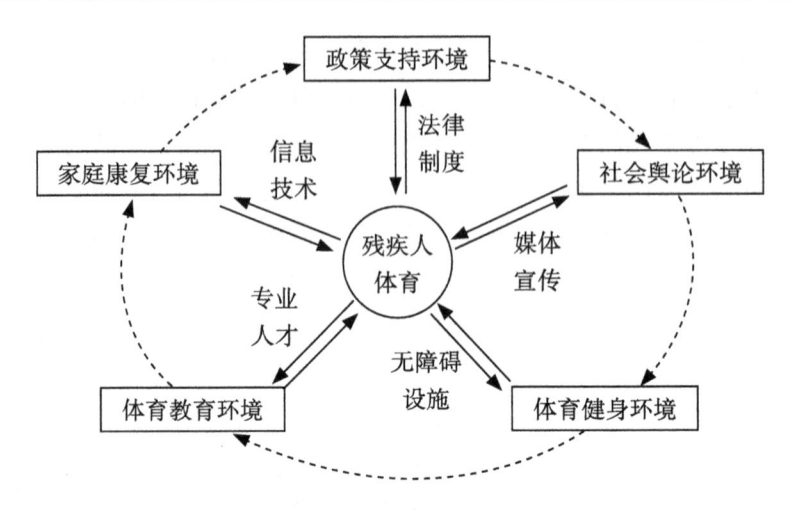

图7-2 我国残疾人体育无障碍环境结构图

四、驱动适应体育专业发展

从学科建设逻辑来看，我国适应体育学科应从学科理论、学科制度及学科文化三方面加强建设。第一，学科理论方面。学科理论是学科发展的逻辑起点，适应体育学科理论建设的实质是构建适应体育独特的概念体系和知识体系，具体明晰学科的内涵边界、研究对象、学科性质等基本理论问题；第二，学科制度方面。学科制度是学科发展的逻辑基础，适应体育学科制度建设就是要不断争取和完善学科席位、学科专业、学科协会、研究机构、研究团队、学术期刊等学科实体组织结构；第三，学科文化方面。学科文化是学科发展的逻辑归属。适应体育学科建设的最终目标是形成既包含约定俗成的制度规范，又包含特色鲜明的研究范式，还有长期稳定的发展信念及成熟的学科文化。

当然，学科与专业的发展相辅相成、紧密联系。适应体育学科健康发展、地位夯实，能够有力地推动适应体育专业在以下方面取得成果：第一，明晰专业定位。深化适应体育学科理论，有助于明晰其相应专业的名称定位，用"适应体育"专业代替"残疾人体育"或"特殊体育"专业，不仅可以更全面地展现专业内涵，还能扩展专业服务对象，更有利于学科与国际紧密接轨。第二，确立专业席位。完善的学科制度能有效提高适应体育在体育学科中的地位和影响力，能推动各高校积极申报适应体育专业，帮助适应体育在《普通高等学校本科专业目录》中赢得一席之地。第三，制订专业标准。当适应体育学科理论完善、制度完整并形成独特的学科文化后，学科的执行力增强，能够综合国外经验和国内特色，制定我国适应体育专业标准，为社会培养大量知识丰富、能力专业、理论合格的适应体育专业人才，为残疾人体育事业的发展注入强心剂。

五、打造残疾人体育信息网络系统

信息化是推进残疾人事业高质量发展的必经之路。近年来，我国残疾人信息化工作取得了一定成果，残疾人就业、职业培训及康复服务的信息化程度有所提升。因此，面对我国残疾人体育信息手段缺位、体育参与通道狭窄的窘境，政府部门有必要加强建设残疾人体育信息平台，打造残疾人体育信息网络系统，提高残疾人体育信息化水平。残疾人体育信息网络是由残疾人体育信息资讯平台、服务平台、管理平台组成的相互联系、相互支持的网络化系统（图7-3）。在该系统中，体育服务平台是核心，为残疾人提供高水平竞技训练、大众化体育健身、个性化运动康复、调适性体育教育、标准化体质健康检测，以及定制化运动辅助器材等服务；体育资讯平台是补充，为残疾人更加详细了解体育运动提供相关的政策法规、赛事信息、健康指南以及便捷的场地查询；管理平台是保障，主要负责系统成员、业务申请、信息档案、系统数据等事项的管理和分析工作，保障信息网络系统的通畅性。

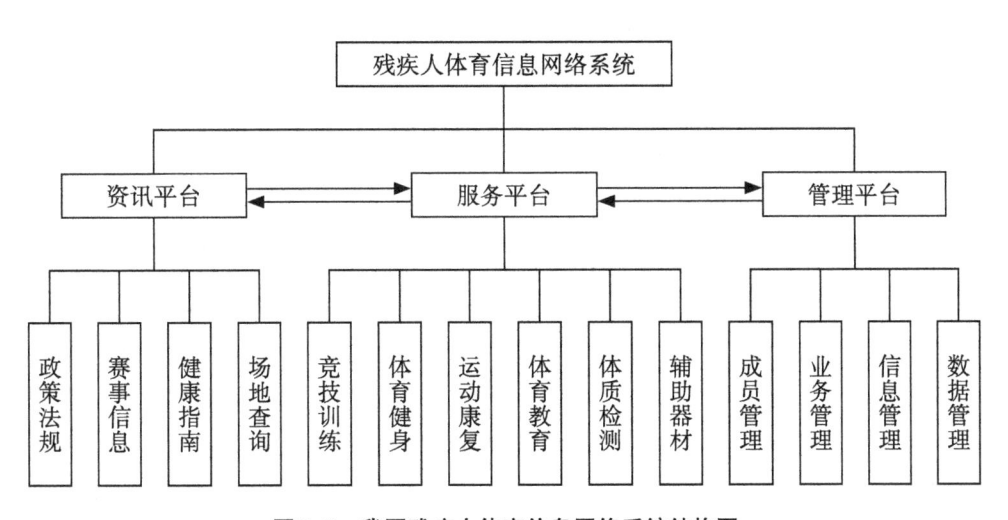

图7-3 我国残疾人体育信息网络系统结构图

残疾人体育网络系统是一个复杂的综合工程，需要多层面协同发力。首先，破除观念壁垒，丰富"身份标签"。作为主管部门的各级残联应打破传统"管办合一，以管为主"的观念，在以往单一"管理者"的身份标签上再贴上"合作者""建设者""服务者"等角色，主动参与和协调系统建设。其次，加强跨界合作，打通"信息孤岛"。残联需加强与企业、高校、医院等行业的跨界合作，采用"政府购买服务""线上+线下"等合作模式，充分串联各行业的专业优势，打造残疾人体育信息链条。同时，明确各平台数据交换的流程和标准，实现数据有效共享。最后，完善信息保护，构建"信用环境"。在强调个人信息权的基础上，建立残疾人个人信息保护制度，明确个人信息采集、使用、管理等环节的具体措施和原则，保障残疾人在一个守信、共享的环境中参与体育运动。

第二节　残疾人体育服务人才培养与保障

一、高校应成为残疾人社会体育指导员培养的重要阵地

高校的人才资源和智力资源应该充分发挥和利用，尤其是体育院校的专业学生，发挥他们的专业优势，服务残疾人体育，是补充残疾人社会体育指导员人才缺口的一个重要路径。对于残联系统来说，可以提升残疾人体育服务的质量，缓解地方压力；对于高校来说，既提升了高校服务社会的美誉度，又拓宽了学生的知识面，提升专业能力，是双赢的项目。从上海体育学院"一米阳光"特奥团、福建师范大学"Bridge"助残服务队及广州体育学院特奥志愿服务队的运行经验可以看出，高校的专业化培养是成功的，并且是可复制推广的。具体思路可以从以下几个方面考虑。第一，中残联可评估一批有体育专业院系的高校进行试点，在课程中加入一门《大学生体育助残志愿服务》，可作为平台课或选修课，计入学分，一学期32学时，较为全面系统地了解残疾人体育服务的理论并进行实际操作，期末考核应以理论和服务实践两个模块进行，考试合格者可以获得由中国残联和国家体育总局联合颁发的初级残疾人社会体育指导员证书。第二，对应不同能力水平和服务韧性，有不同的等级标准。在获得初级证书之后的一年内，能够参加省级残疾人专项业务培训（含单项教练员培训或指导员培训），并提供服务时长不少于60小时的证明，可晋升中级残

疾人社会体育指导员。在获得中级证书之后的两年内,能参与中国残联或国家体育总局举办的残疾人专项业务培训或竞赛服务,并提供不少于120小时的服务证明,可晋升高级残疾人社会体育指导员;第三,获得相应等级证书,可与学生的评优、评先进直接挂钩,相同条件优先获得各种奖励,优先推荐参加各类培训。

二、残疾人社会体育指导员培训内容与方式应多元化

不同层级残疾人社会体育指导员的培训内容与方式应有所区别,才能最大限度地发挥其作用。由于指导员针对的残疾人需求不同,因此,需要对他们进行一些特殊课程的培训,培训内容除了统一的培训教材外,还应该根据他们所指导的残疾类型,有的放矢地加强针对性培训(表7-1)。

表7-1 基层社会体育指导员专门性培训内容

类型	培训内容
肢残类指导员	基本运动解剖知识、健身小工具的使用、坐式健身方法
听障和言语残疾指导员	基本手语、平衡训练
视障指导员	定向行走、基本导盲知识、平衡训练
特奥指导员	机能活动训练计划(Motor Activity Training Program,MATP)训练方法、平衡训练、融合运动相关知识、注意力训练
精神障碍指导员	自闭症谱系的相关训练、注意力训练
多重残疾指导员	以上全部训练内容

培训方式除了常规的集中培训,应充分考虑基层残疾人工作者的工作特点,如人手紧、时间碎片化、工作内容相对琐碎、较难抽出相对完整的时间进行业务培训。可以考虑以下几个方式进行培训。第一,培训讲师进基层。可以根据当地的需求和指导员分布情况,组织有资质的培训师进基层巡回授课,合理安排时间和课程内容,可在市级做各乡镇的巡回指导,也可在省级做各地市的巡回指导,这种拉网式培训,能让更多基层残疾人工作者获得培训机会。第二,常规培训分段完成。目前国培和省市级培训采取的都是集中培训,在短短四五天时间需要消化掌握过多理论知识和实践内容,效果差强人意。可采取理

论培训集中进行，实践考核在年末提交自己组织的残疾人活动视频和方案，可以是入户的个别化指导，也可以是健身示范点的集体指导，还可以是社区残健融合活动组织与实施。提前给学员几个选择方案，年末提交实践考核内容，评价合格后发放相应等级的指导员证书。第三，网络培训。从这次新型冠状病毒疫情得出的启示，其实有很多培训是可以线上完成的。可以邀请不同专业领域的讲师根据不同层级指导员的能力要求录制网课，由地方组织指导员学习，通过课程打卡、完成作业和设计方案获得相应课程成绩。网课可以提前录制，采取视频回看的方式，也可以直接线上直播。这种方式对于残疾人亲属的服务培训是非常理想的方式，可以足不出户进行学习，还可以通过线上互动的方式向讲师、指导员咨询问题，更贴近需求。

立足中国现阶段社会现实，残疾人社会体育指导员的培养途径和培养方式需要实现从理念到实践的变革，以适应基层不同层次、不同类型的指导需求。本研究提出政府、高校、社区三位一体的培训体系，符合残疾人体育与全民健身融合发展的大群体观，也能最大限度发挥部门协同，调动可利用资源，做到精准定位，分层次、分阶段培养。

在培养体系中（图7-4），政府的角色更多是在倾听中求得决策。残联是代表广大残疾人利益的群众性团体组织，它的作用更多在于征集残疾人需求，提出相应的解决方案，协调资源，会同相关部门共同制定政策工具。残疾人群众体育与财政部门、体育部门、医疗部门、民政部门、教育部门甚至住建部门都有直接或间接的关系。本研究中，为了使部门间协同更充分和高效，故将残联纳入政府的角色定位进行考量。中残联需要评估基层残联的需求和搜集专家意见，出台相应的文件和培养计划，对残疾人社会体育指导员培养进行宏观调控，积极调动系统内及跨部门的资源，将残疾人社会体育指导员培养并轨纳入全民健身体系的社会体育指导员培养及卫生部门社区医生、家庭医生培训体系中，不造成人、财、物多重浪费。国家体育总局应在社会体育指导员培养体系中纳入残疾人社会体育指导员的课程内容和考核指标，纳入社会体育指导员大类统筹。中华人民共和国国家卫生健康委员会推进的社区家庭医生系列品牌，应在此基础上设计康复体育指导的相关内容，达到基本能力指标的授予残疾人社会体育指导员相应等级。人社部应打通与上述几个部门全民健身协同治理的"最后一公里"，尽快落实残疾人社会体育指导员认证。基层政府在政策执行过程中应有更多的弹性和解释力，对于各层级残疾人社会体育指导员培养方式和培训内容，应根据地域特点、财力、物力灵活掌握，打造有地方特色的残疾人社会体育指导员培训体系。

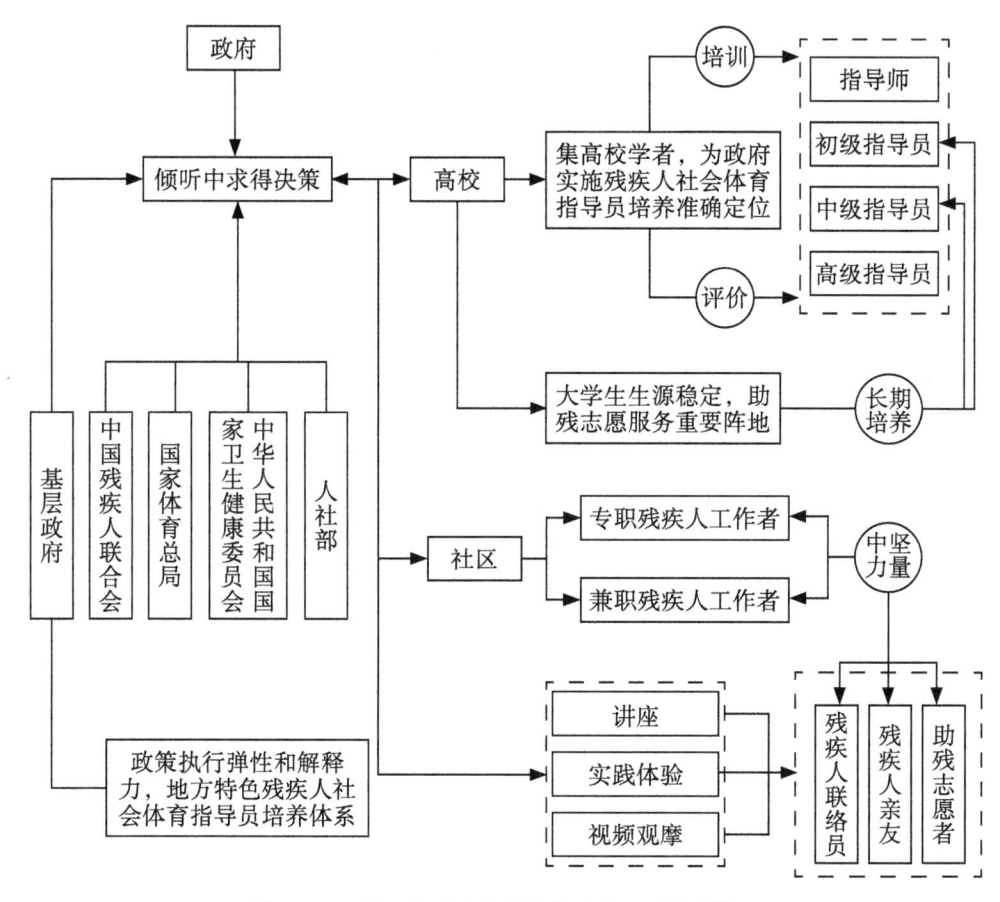

图7-4 三位一体残疾人社会体育指导员培训体系

    高校在培训体系中承担双重角色。第一要务是集高校残疾人体育科研专家，为政府实施残疾人社会体育指导员培养准确定位，对指导师、高级、中级、初级等不同等级残疾人社会体育指导员合理设计不同的培训内容和评价指标。残疾人社会体育指导员、指导师应具备全面扎实的残疾人体育与康复的理论知识和较丰富的实践经验，能够作为培训导师，独立承担各级残疾人社会体育指导员的培训工作，各高校培养的适应体育专业方向博、硕士生及长期从事残疾人体育教学、训练工作的高校教师、科研机构人员以及残疾人运动队教练可以通过系统理论学习和实践经历胜任这个角色。高级残疾人社会体育指导员应具备较为扎实的体育理论与运动康复基本知识，同时还应对残疾人运动项目有比较深入的了解和掌握，能够独立承担各层级残疾人体育活动组织开展、运动处方制定、运动方案实施等工作。各高校体育专业、特殊教育专业本科生以及高水平残疾人运动员经过系统学习培训后，可以胜任这一角色。中级残疾人社会体育指导员必须了解残疾人体育和运动康复的基本知识和方法，同时要有一定的实际操作能力，能够承担残疾人日常康复健身指导和社区残健融合体育活动开展。高校助残志愿服务社团、社会工作等相关专业本科生、特殊教育学校教师及康养机构工作人员经过系统地学习培训之后可以胜任这个岗位。初级残疾人社会体育指导员范围最宽泛，所有愿意为残疾人康复健身贡献自己专业和时间的人员都可以申请，此类社会体育指导员的主要职责是协助、监督、指导残疾人日常健身，需要根据所处区域的实际情况进行基本培训，残疾人亲友、社区残疾人联络员及社区志愿者等，都是非常重要的后备力量。高校还需承担的另一个重要使命，是培养较高专业素质和能力的高级、中级残疾人社会体育指导员。高校有稳定的生源，大学生群体是青年志愿服务的先锋力量，助残志愿服务是高校志愿服务的一个重要阵地。在有条件的高校率先试点开设残疾人社会体育指导员培训的选修课程，体育院系专业学生可望培养成高级残疾人社会体育指导员，其他院系学生经过课程学习，培养成中级残疾人社会体育指导员。

社区是最小的治理单位，也是残疾人社会体育指导员培训体系中最关键的一环。无论康复体育进家庭，还是健身示范点，都需要依托社区运行。因此，在这个环节需要有最实用、最灵活有效的培养方式和培训内容。从人员资质上，专职或兼职的残疾人工作者、残疾人联络员、残疾人亲友、助残志愿者都可以是社区培训体系的中坚力量，主要定位就是培训出一大批初级残疾人社会体育指导员。这部分人群基数最大，与残疾人的接触机会最多，也最了解残疾人的需求。可以不强制要求有非常专业、系统的知识体系，宜采取弹性的培养方式，如讲座、实践体验、视频观摩等方式，根据所在地残疾人的基本情况、设施条件以及培养对象的基本能力水平，依托高校和所属残联培养的高级和中级残疾人社会体育指导员，合理设计具有针对性、适用性、安全性及趣味性的培训内容，让他们可以快速掌握基本指导内容和方法，承担起残疾人日常健身活动的指导职责。

三、基层残疾人社会体育指导员的网格化治理

网格化治理原意是将基层自治组织的治理界域进一步细化为便于复制和考核的网格模式，通过信息化平台实现基层治理的精准化。基层残疾人社会体育指导员的特殊工作性质和工作环境，使网格化治理的适宜性与便捷性凸

显无疑。网格化管理的主体应为主管部门，各级残联和社区应承担残疾人社会体育指导员网格化管理的主责部门。残疾人体育指导依托统一的网格化治理及数字化的平台，将残疾人健身服务按照一定的标准划分成单元网格。其优势是：首先，宏观层面主动发现。残疾人体育网格化治理将过去被动应对的治理模式转变为主动发现问题和解决问题；其次，微观层面及时处理。实现治理手段数字化主要体现在治理对象、过程和评价的数字化上，保证治理的敏捷、精确和高效；再者，科学封闭的残疾人体育治理机制。加强对网格的组建与治理，从而提升残疾人体育治理的能力和水平。具体设计：第一，结构。可采用单元网格治理法，依据网络地图技术，将各区域划为不同的治理单位，对应的数据、信息、服务资源实现整合与协调。还可以运用城市部件治理法，将其物化，使之当作部件，使用相关编码技术将其定位，实现以信息平台为基础的管理。第二，组织体系。网格化治理模式的组织体系实际上是通过两条中心轴线：第一条是操作轴，明确需求、资源整合、传递信息等。第二条是监督轴，发现问题与解决问题等，实现精准化的治理目标。第三，运行机制与操作系统。网格化治理的运行机制涵盖多元因素，诸如诱发、执行、协调、资源共享、监督、反馈评价等机制。基于此，衍生出符合时代特征的操作系统。

四、针对不同层级的残疾人社会体育指导员的激励措施

恰当和适时的激励对于残疾人社会体育指导员提升自我认同和社会认同是非常有效的方式。相比于服务健全人的指导员，残疾人体育指导员可能需要在专业知识方面有更加扎实的基础和更多的专门性知识，而在实践过程中所获得的经济方面的报酬又相对较低。因此，我们在经济支持暂时没法改观的基础上，应该加强不同类型层面的激励。第一，建立评先、评优体系，中国残联及各省市残联每年或每两年应表彰一批优秀残疾人社会体育指导员，获得国家级或省市级优秀残疾人社会体育指导员称号的，可根据各省实际情况给予一定的政策倾斜或物质鼓励，还可参照志愿者管理的激励措施，获得对应积分、换购商品、公园免门票、免费体检等。第二，根据服务时长，可由管理部门对应奖励"能力提升计划"，获得学习、培训机会，在康复技能、健康管理、服务礼仪等方面获得全面提升。在获得相应能力证书后，又能晋升高一级社会体育指导员或成为培训师，更好地提升指导员的服务水平

和工作成就感。第三，根据残疾人群众的推荐评选，对于开展残疾人健身活动比较活跃、所指导的项目获得当地残疾人广泛喜爱的指导员，可根据当地情况，由相关部门评选"年度最佳项目""最受欢迎指导员"等称号，并在当地媒体广泛宣传，适当给予物质和精神奖励。第四，建立指导员与残疾人朋友之间的反馈机制和互动机制，让指导员能切实感受到残疾人朋友在经过指导之后，生活状态或身体状态有明显的提升和改变，提升指导员的自我效能感，从而更加积极主动地参与其中。第五，对于高校培养的在校残疾人社会体育指导员，应由高校制定较完善的激励措施，在评选各类先进、申请入党、研究生推荐、就业推荐等环节，作为一个重要指标给予明确的激励。目前有的高校推出的"志愿服务十佳志愿者""校园志愿服务之星"等激励措施是值得提倡和推广的。

五、建立健全残疾人社会体育指导员保障体系

完善的残疾人社会体育指导员保障体系应包含法律制度体系、社会融合支持体系、服务人才培养体系、无障碍环境支持体系和多元信息服务体系。残疾人社会体育指导员的保障当务之急应在以下几个方面加强建设。第一，应建立残疾人社会体育指导员资格认证制度，尽快与体育部门合作，与体育总局的社会体育指导员互通互认，纳入人社部职业认证体系，只有这样，残疾人社会体育指导员才能被服务单位认可并获得相应工作待遇。第二，应建立不同等级残疾人社会体育指导员服务标准和服务规范，作为一种需要较强的专业服务能力，且工作性质属于本质工作延展的特殊岗位，更需要有区别于《社会体育指导员国家职业标准》的一套行业标准和制度来保障队伍的稳定性和专业化。依此标准评价工作业绩，同时作为晋升的考核指标。第三，健全残疾人社会体育指导员管理体系。基层应通过创新管理参与方式，建立相应的团队决策机制、咨询机制、建议机制，为残疾人社会体育指导员赋权，积极参与当地残疾人事务管理。第四，完善残疾人社会体育指导员继续教育培训机制。树立现代残疾人观，优化培训方案，合理设计培训环节，提升专业能力，多途径、多元化为残疾人社会体育指导员增能。第五，应尽快建立残疾人社会体育指导员服务云平台。云计算技术的介入，既能实现信息流畅度的增长，又使信息透明、行政过程透明，从而体现社会主义民主，还能体现残疾人社会体育指导员在体育公共服务中的地位，精准满足残疾人的

需求。另外，中国处于经济高速发展、实现民族伟大复兴的进程中，行政过程更要符合市场规律和经济效益。在云计算技术的帮助下，由于其按需分配的理念和方式，有限的资源可以得到相对充分的利用。而在资源充足的情况下，云计算更可以帮助政府购买，扩大平台和受益面，充分体现行政的价值和全社会的参与。

第三节 政府购买残疾人体育服务运行模式改革

一、政府购买残疾人体育公共服务的实现路径

（一）以完善制度顶层设计为目标加强法规建设

对于残疾人这样一个人口规模庞大、特性突出、特别需要帮助的人群来说，建立健全基本保障制度，从根本上保证他们的基本生存和发展需要以及经济上的安全，是一项既顾眼前又惠长远的基础工作，事关民生福祉和公平正义。残疾人体育公共服务购买属于增加社会净福利的公益性质服务，更有赖于政府出台完善的制度保驾护航。《国务院关于印发"十三五"加快残疾人小康进程规划纲要的通知》对于扩大助残服务购买虽有明确的指示，但指导性的意见具体到体育公共服务领域，还需要细化的政策法规提高购买效率。在制度设计和法规建设层面，应重点考虑几个方面。第一，在法律层面，应设定政府购买残疾人体育公共服务权的边界，以《中华人民共和国政府采购法》和《中华人民共和国招标投标法》为依据，明确规定残疾人体育公共服务购买的责任、资产管理、资金使用、购买流程、购买标准、评估标准和监督管理，防止政府在购买过程中"缺位"或"越位"。第二，加快配套制度的完善。从购买服务之前的制定购买目录、招标投标制度，到实施服务过程中的专项财政支付制度、监管与质量评价制度，再到服务结束后的满意度评估制度、审计制度等，都应该有据可依。尤其应重视"后端"管理，形成和出台一系列以结果为导向的新型预算资金分配制度、绩效评估制度、审计制度、财务报告制度和财政问责制度等，构建完整的财政支出管理链条，包括从提出资金需求开始，到预算审查、资金获得、预算支出、财务报

告、绩效评估、审计、问责等每一个环节。第三，政府购买残疾人体育公共服务项目应多部门协同配合，根据资源配置情况动态调整。尤其在目前没有明确目录指南的情况下，更需要建立残联牵头，多部门密切配合的跨部门协同机制，充分发挥市场原则，让相关部门自发地参与到残疾人体育服务的事业中来。避免一些列出的项目由于各种原因可能难以落地，在实际工作层面不具可操作性。第四，应规范购买流程。无论采取哪种模式购买残疾人体育公共服务，都必须有严格的预算和招标、投标、委托等活动，保证购买的公开、公正、透明。

（二）以资源合理配置为导向优化购买服务模式

从目前现状看，政府购买残疾人体育公共服务尚未有可推广的经验和可借鉴的模式，这种局面将不利于残疾人全面小康进程的推进。根据已有的基础，以新公共管理理论、资源配置理论及风险管理理论为核心，从残疾人体育公共服务的组织建设、运行模式、人才培养与管理、服务项目的开发与运作、绩效评估等方面进行理论框架的设计，提出整体外包、部分资助、定向招标、项目申请等不同类型的政府购买残疾人体育公共服务的运行模式。政府应充分发挥调控作用，各级部门应加强顶层设计，按照不同地区、不同类型的服务需求推行不同的购买体育公共服务运行模式，增强可操作性。

研究认为，以政府主导、部门协同和全社会参与作为核心三要素的"大群体观"格局下的残疾人体育公共服务购买，应该将资源的合理配置与共享作为发展的先决条件。作为购买主体的政府，应该在技术层面对残疾人体育公共服务进一步分类，这样才能在制定政策时更精细化，杜绝购买不足和过度购买的现象发生。"示范点"的服务购买由托养机构、社区或福利企业与残联展开整体外包或部分资助，不失为现阶段的首选模式，既能保证资源的有效利用，又能节约政府运行成本。而定向招标和项目申请应是今后残疾人体育公共服务重点培育的模式，在充分考虑使用主体需求的前提下，由评审主体、购买主体共同针对急需解决的问题制定购买目录，向社会上有资质的组织和机构公开招标或委托研究，能够极大地激发社会组织参与残疾人体育公共服务的积极性，同时，也为残疾人在更广范围、更高水平上参与和融入社会生活提供必要的支持条件（图7-5）。

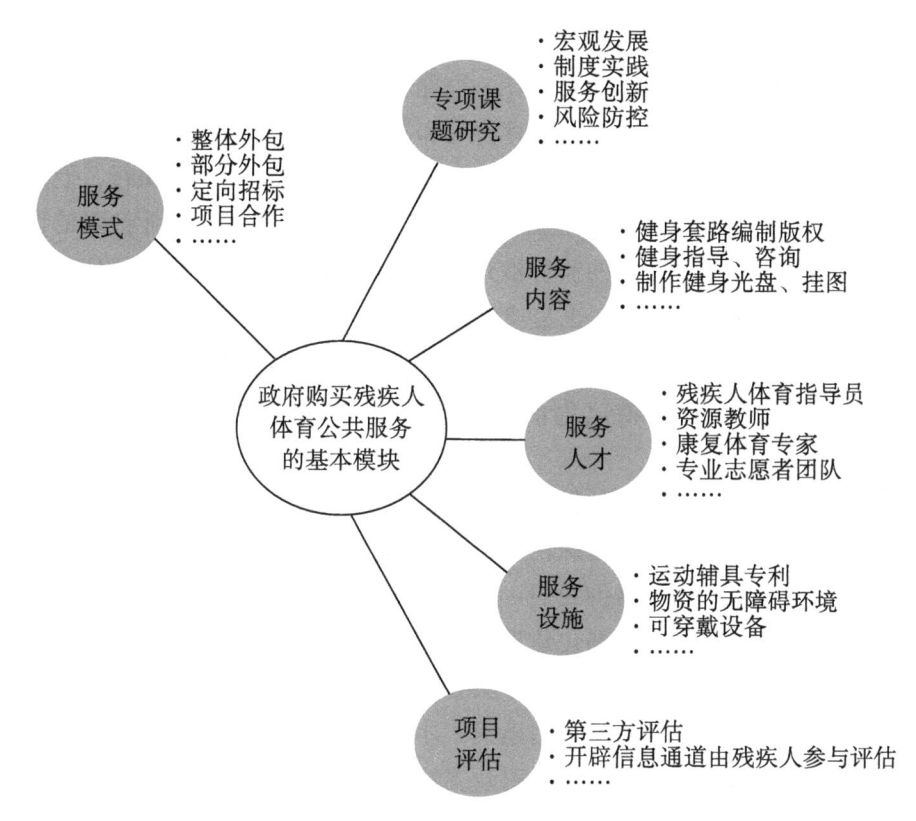

图7-5 政府购买残疾人体育公共服务实现途径

（三）以残疾人合理便利参与体育为原则弹性设定购买服务项目

在购买残疾人体育公共服务项目上，应充分考虑残疾人体育公共服务的多样性、低适应性和低容错性，现阶段可购买的有以下几类。第一类是针对宏观发展、制度实践，服务创新、风险防控等政府亟待解决的问题或运行过程中遇到的障碍，以课题专项研究的形式委托或公开招标，由相关领域智囊团为政府出谋划策。第二类购买项目涉及面最广，与残疾人切身需要最密切，购买不同残疾类型、不同程度的残疾人能够参与的体育活动内容，例如，编排轮椅健身操、制作健身光盘、挂图等。第三类购买项目也是不可或缺的，服务人才是残疾人参与体育活动的基本保障，对于服务人才的购买，目前理论研究和实践经验都很不足，而这个购买内容，是残疾人竞技体育、群众体育和学校体育都必须面对的现实问题，没有专业服务人才，残疾人体育参与无疑是一纸空谈。第四类购买项目是残疾人参与体育活动的辅助设施，有较高的科技含量，这一类项目购买目前比较匮乏，需要倡导一种理念，在保证残疾人合理便利参与活动的基础上，开发或利用现有体育设施和器具，节省资源，同时促进残健融合。第五类购买项目是第三方评估。目前的评估基本上由残联执行，但残疾人体育公共服务本身的专业性又使残联缺乏评估能力。购买专业性强的评审机构，作为政府购买服务的监督检查和绩效评价，避免政府职权缺位或越位，是非常关键的一项内容，也是规范市场、完善制度的重要保障。

（四）以供给的市场化为前提培育扶持助残体育社会组织

对于残疾人体育服务这种特定人群供给，其属性决定了它与一般产品相比具有显著的特殊性，这种特殊性决定了客观上难以实现服务供给的全面市场化。然而经济学的理论告诉我们，市场是资源分配最高效的工具，因此，完善残疾人体育公共服务市场化建设是提高残疾人体育公共服务供给效率的捷径之一。面对残疾人多样化的体育服务需求和社会赋予的责任，助残体育社会组织只有不断加强自身的能力建设，才能赢得市场，争取资源。第一，政府应该从法律法规、管理制度、财政支持、教育培训等方面入手，为助残体育社会组织的发展营造良好的市场政策环境，使之具备承接残疾人体育公共服务的生产能力。第二，应该加大对民间助残体育社会组织的培育和扶持力度，改变目前准入门槛过高的困境，从制度上解决助残体育社会组织的生存和发展难题。第三，要建立积极的扶持和培育机制，与体育、医疗、康复等多部门联手，为助残体育社会组织提供能力建设、战略规划、资质认定等服务，加强助残体育社会组织的服务能力。第四，应该优化资源配置，鼓励现有的体育专业院校和科研机构参与提供助残公共服务，一方面可以积极发挥自身服务优势，提升发展空间，另一方面可提升供给方市场的专业化水平。第五，要培育和激发助残体育社会组织的权利意识和参与能力。权利意识主要包括参与意识、监督意识、责任意识，参与能力指助残体育社会组织能够平等地与其他部门共同参与组织和管理项目和解决共同问题的能力，以及获取政府资源和社会资源的能力。

（五）以公平公正为核心完善监督管理与评价机制

公平公正这个核心关键词贯穿在政府购买残疾人体育公共服务的每一

个环节。第一,在政府确定残疾人体育公共服务购买项目的环节,就需要非常公开、透明地听取意见,选择购买项目。第二,发布购买信息同样需要公开,同时应配套阳光操作的市场竞争程序,不可在无竞争的局势下随意性委托。第三,应建立畅通的信息公开渠道,将招投标资质、管理办法、反馈意见以及问责机制等模块公之于众,加强社会监督。第四,要建立公平公正的第三方管理监督机制。对于项目选择和审核、服务过程监督、资金使用情况、项目效果评估等方面进行管理,通过信息公开和账目透明,实现对政府部门和社会组织的双重监督。第五,要充分保障残疾人群众对体育公共服务的知情权、选择权、监督权和评价权,以残疾人自身的参与和发展需求为优先考量,确保他们获得高品质的体育服务。要做到以上的几点,建设一个多维立体的残疾人体育公共服务信息平台是当务之急。应充分发挥互联网优势,以多种形式披露关于服务购买的各种信息,为购买主体、承接主体、使用主体和评审主体搭起一座无障碍的沟通桥梁,提高管理效率。

二、政府购买残疾人体育公共服务的信息化模式架构

根据前文对政府购买残疾人体育公共服务实现路径的分析,使用计算机软件设计,拟通过信息化模式的构架在操作层面实现政府购买残疾人体育公共服务更加规范的流程、更加健全的市场、更多的残疾人参与决策,以及更加全面透明的评价。

硬件方面,根据当前商业云计算的市场行情,租用大型网络计算机公司的服务器是比较高效的方式。因为传统的搭建机房的前期购买成本和后期使用维护成本过高。服务器挂靠各地方残联,与残联数据库共享一部分数据,权限由残联划定。与此同时,通过人工录入或大数据计算等手段帮助残联完善残疾人信息资料数据库,实现双赢。

软件方面,根据实际条件,拟使用多次迭代的方式进行设计,这也是当前商业软件设计最多采用的方式。软件设计之初,根据实地调研、访谈、问卷等实证研究结果,将参与政府购买的四主体的功能需求按照优先级划分,优先开发最需要的功能并先投入使用。经过实证研究和逻辑分析,得出软件第一阶段需求如下。

购买主体(政府)客户端功能需求(第一阶段):①构建、审核残疾人用户数据库,设立准入门槛和沟通渠道。②构建、审核企事业单位用户数据库,设立准入门槛和沟通渠道。③向使用主体发布需求意向清单,供残疾人

在合理范围内选择。④向企事业单位发布投标信息，包括购买目录、购买指南、购买标准等项目相关的指标。⑤接收、审核承接主体的标书和资料。⑥发布中标信息及相关细则。⑦审核已经存在并适用的体育公共服务具体信息，以便残疾人使用（地图、营业时间、设施、价格等信息，参考大众点评）。

承接主体客户端功能需求（第一阶段）：①申请账户，注册，通过审核。②查阅政府购买目录、内容和条件。③进行标书和相关资料电子档的投送。④查阅和复议中标结果，中标者向购买主体和使用主体发布项目具体实施方案、计划、时间等相关信息。⑤发布己方已经提供的体育公共服务信息（地图、营业时间、设施、价格等信息，参考大众点评）。⑥通过合理的途径发布广告等信息。

使用主体（残疾人）客户端功能需求（第一阶段）：①申请账户，注册，通过审核。②根据需求意向清单，向购买主体提出需求（封闭式选项）。③查阅政府招投标相关信息。④对承接主体具有一定的选择权（通过网络投票）。⑤查阅现有的体育公共服务内容（地图、营业时间、设施、价格等信息，参考大众点评），并根据发布的体育公共服务信息选择服务（免费或付费），并评价（提出反馈）。

评价主体客户端功能需求（第一阶段）：①拥有数据库最大权限，可以查阅所有数据及计量统计。②向购买主体和使用主体发布对公共服务质量的评价报告。③向使用主体发布购买主体和承接主体的绩效评价报告。

后台功能需求（第一阶段）：①自动筛选使用主体和承接主体的注册资质（联合政府的网站）。②根据承接主体相关资质，主动推送招标信息。③记录使用主体的需求选择，进行需求分析。④记录使用主体对公共服务的使用喜好，生成Cookie，针对性推送公共服务内容。

四主体主要工作流程如图7-6所示，软件第一阶段投放使用后，根据四方主体的使用反馈，将对软件进行多次迭代，以完善其功能，最终建立一个政府购买残疾人体育公共服务云计算平台。当云计算平台搭建完成，其发挥的意义和价值就更加凸显：有了残疾人的数据平台，不仅仅是体育公共服务，其他服务也可以通过平台快速高效地介入其中。云计算平台搭建的信息通路能够充分吸引政策、市场、社会的力量来通过平台发挥其最大的效用，最终为残疾人以及这个社会谋取更大的福祉。

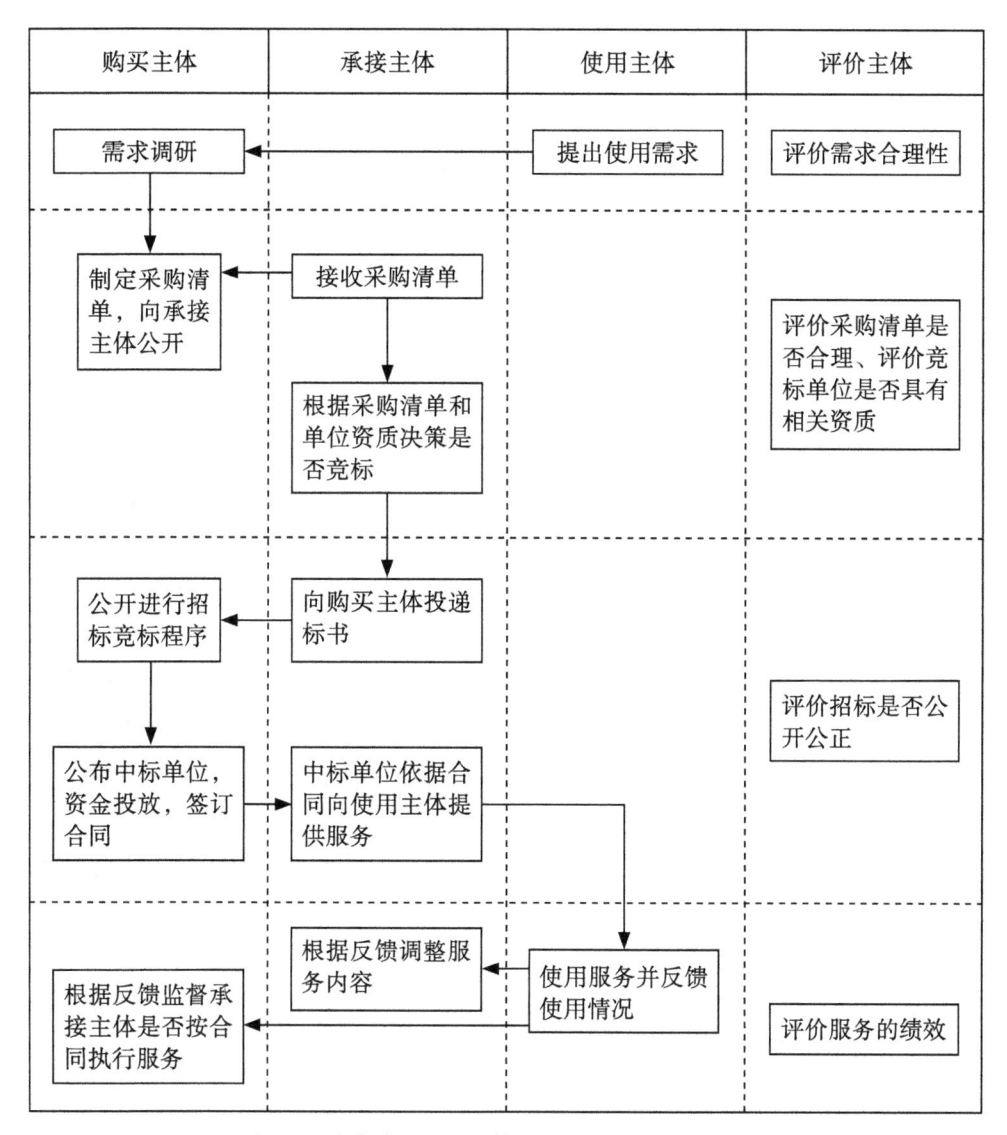

购买主体	承接主体	使用主体	评价主体
需求调研 ←		提出使用需求	评价需求合理性
↓			
制定采购清单，向承接主体公开	→ 接收采购清单 ↓ 根据采购清单和单位资质决策是否竞标		评价采购清单是否合理、评价竞标单位是否具有相关资质
公开进行招标竞标程序 ←	向购买主体投递标书		
↓			评价招标是否公开公正
公布中标单位，资金投放，签订合同	→ 中标单位依据合同向使用主体提供服务		
根据反馈监督承接主体是否按合同执行服务 ←	根据反馈调整服务内容 ←	使用服务并反馈使用情况	评价服务的绩效

图7-6 政府购买残疾人体育公共服务的信息化模式

第八章 研究结论与展望

第一节 研究结论

我国残疾人体育参与所表现的矛盾与残疾人事业发展中存在的问题和挑战基本是一致的，残疾人体育公共服务在社会保障体系中发展的不平衡、不充分的问题更加突出、更难解决。现阶段残疾人体育参与状况仍受经济发展水平、政策保障程度、资源配置能力以及社会支持力度等方面影响。

"十三五"期间残疾人体育参与存在的主要问题集中在：制度顶层设计相对粗放，纵向和横向合作机制不健全；残疾人体育公共服务体系建设总体滞后，服务效率和质量难以保障；作为主体的残疾人对于体育参与的积极性与主动性不足，缺乏整个社会无障碍环境的综合支持。

分析现阶段残疾人体育参与保障体系在赋权增能方面的缺失，主要原因可归结为：制度赋权刚性不足且执行不力，问责与监督制度缺失；管理赋权错位、缺位以及单向供给模式导致残疾人体育参与进一步失权；环境赋权在人文和物质两方面都需要转变观念，"合理便利"尚未落到实处；心理赋权途径受限使得残疾人个体主动增能不足；专业支持严重不足，导致外在增能受限。

立足我国现有国情，审视残疾人体育参与，"赋权增能"应是现阶段促进残疾人体育参与的重要策略。以宏观层面的制度赋权为前提、中观层面的管理赋权和环境赋权为保障，微观层面的心理赋权为基础，由外及内，主动赋权。提升残疾人参与体育的能力，须着力于外力推动增能（亦称外在增能）和个体主动增能（亦称内在增能）两个层面。

赋权增能视角下的残疾人体育参与保障体系建设，应包含法律制度体系、社会融合支持体系、专业人才培养体系、无障碍环境支持体系和多元信息服务体系。政府购买残疾人体育公共服务的顶层设计和运行能力是现阶段残疾人体育参与保障的决定性因素。

以代表残疾人自强健身工程运行保障的福建省残疾人福乐健身站服务标准

建设为个案，筛选出场地、器材、人员、内容、安全应急、服务台账等6项指标作为审批、监督、评价福乐健身站运行效果的重要依据，并提出支持联动网络、人员层级制度以及残疾人需求导向等建设措施。从其他个案分析也可以看出，现阶段政府购买残疾人体育公共服务，还存在较多不足，建立政府为购买主体、提供服务方为承接主体、残疾人为使用主体、有资质的第三方为评价主体的四元主体购买服务是残疾人体育参与保障的有力保证。

从专业人才培养层面对我国特殊体育师资建设进行理论设计，提出中小学特殊体育师资专业标准的初步方案，并就特殊体育师资职前培养途径提出可操作性的建议，以福建师范大学适应体育本科和研究生人才培养为例，结合专业助残服务品牌培育的路径，为今后专业人才建设提供有益的发展思路。

跟踪中残联购买残疾人康复体育项目、福建省残联购买重度残疾人康复体育进家庭服务以及四川省重度残疾人康复体育服务进家庭项目3个运行案例可以看出，政府购买残疾人体育公共服务在各个环节上的完善是现阶段残疾人体育参与保障体系的核心问题。购买主体制定供给政策的精准化、承接主体服务创新的专业化、使用主体表达反馈的透明化和评价主体监督管理的信息化，这几个方面的合力是保障残疾人体育参与的重要支持。

第二节 研究展望

残疾人体育参与的保障体系是一个很宏观的架构，涉及的内容和调研的部门很多。虽然课题组在3年多的时间里，走访过很多城市和乡镇，跟踪服务了高水平国家残疾人体育代表队，进入特教学校和普校进行融合体育普及推广，应该说，触摸到残疾人体育参与的几个大领域，也发现了比较深层的问题。但是，仅凭借一个课题组的力量，要回答并解决残疾人体育参与保障中凸显的问题，显然是无法实现的。所有课题组成员都有很深的紧迫感和焦虑感，因为对这个问题了解越深入，就会发现需要解决或回答的问题太多，需要更多的时间和人力、物力的投入。由于时间和精力的关系，同时考虑到人口基数，在残疾人体育参与现状调研中，重心较多地落在残疾人群众体育领域，关注了资源配置、服务人才培养和政府购买服务几个重要的话题，而对于残疾人竞技体育保障和学校体育保障，解释力度相对不足。对于残疾人竞技体育，仅仅讨论了残疾人竞技体育的资源配置问题、运动员的就业保障和科技服务保障存在的问题和推进的策略，尚无法给出更有说服力、更具操作性的保障指标体系；对于残疾人学校体育，虽已关注到学龄段的残疾学生体育参与保障向两端延伸，但仍不系统，与普校的融合体育、与社区及家庭的融合是体育参与的保障，虽已有一些初步尝试，但尚未有理想的突破。虽然完成了特殊体育师资标准建设，也在福建师范大学体育专业人才培养中进行实践检验，但还没有经过完整的一个周期，尚未跟踪到本科生就业后的实践反馈，还需要较长时间在人才培养过程中逐步完善。另外，限于本人的跨学科理论功底不够扎实，在对赋权增能的理论审视和文字驾驭上，没有达到融会贯通、游刃有余的程度，对于问题的剖析可能还不够全面深入。

今后将继续关注残疾人体育参与的政策保障、无障碍环境、体育活动内容设计、融合体育教育、幼儿及老年残疾人体育康复等还需完善提升的领域，将尝试学科交叉、跨界融合，与残联、共青团、医疗系统、公益组织、教育部门等开展合作，力求在多部门的协同下更充分地保障残疾人的体育参与，为他们共享小康社会成果提供支持，为政府部门制定残疾人体育政策提供有价值的参考和依据。

主要参考文献

[1] Shields N, Synnot A J, Barr M. Perceived barriers and facilitators to physical activity for children with disability: a systematic review [J]. British Journal of Sports Medicine, 2012, 46 (14): 989-997.

[2] Altaye, Kefelegn Zenebe, et al. Effects of aerobic exercise on thyroid hormonal change responses among adolescents with intellectual disabilities [J]. BMJ Open Sport Exerc Med, 2019, 5 (1): 1-4.

[3] Block, Martin.E. Development and validation of the children's attitudes toward integrated physical education-revised (CAIPE-R) inventory [J]. Adapted Physical Activity Quarterly, 1995, 12: 60-77.

[4] Block, M.E., Conatser, P., Montgomery, R., et al. Effects of Middle School-Aged Partners on the Motor and Affective Behaviors of Students with Severe Disabilities [J]. Palaestra, 2001, 17 (4): 34-39.

[5] Chabot J M, Holben D H. Integrating service-learning into dietetics and nutrition education [J]. Topics Clin Nutr, 2003, 18: 177-184.

[6] Di Palma D, Raiola G, Tafuri D. Disability and Sport Management: A systematic review of the literature [J]. Journal of Physical Education and Sport, 2016, 16 (3): 785-793.

[7] Giorgio AD. The roles of motor activity and environmental enrichment in intellectual disability [J]. Somatosens Mot Res, 2017, 34 (1): 34-43.

[8] Highly Qualified Adapted Physical Education Teacher, American Association for Physical Activity and Recreation&National Consortium for Physical Educaion and Recreaion for Individual with Disabilities [Z]. 2007.

[9] Hodge S R, Akuffo P B. Adapted physical education teachers' concerns in teaching students with disabilities in an urban public school District [J]. Int J Disability, Develop Edu, 2007, 54 (4): 399-41.

[10] Jaarsma E A, Smith B. Promoting physical activity for disabled people who are ready to become physically active: A systematic review [J]. Psychology of Sport and Exercise, 2018, 37: 205-223.

[11] Jaarsma EA, Geertzen JH, DE Jong R, et al. Barriers and facilitators of sports in Dutch Paralympic athletes: an exploitative study [J]. Scand J Med Sci Sports, 2013, 24（5）: 830-836.

[12] Jeoung B. Motor profificiency differences among students with intellectual disabilities, autism, and developmental disability [J]. J Exerc Rehabil, 2018, 14（2）: 275-281.

[13] Jung J, Leung W, Schram BM, et al. Meta-analysis of physical activity levels in youth with and without disabilities [J]. Adapt Phys Activ Q, 2018, 35（4）: 381-402.

[14] Kilsung O H, Kim J H, Rosenthal D A, et al. Vocational rehabilitation in South Korea: Historical development, present status, and future direction [J]. Journal of Rehabilitation, 2005, 71（1）: 49-55.

[15] Kung S P, Taylor P. The use of public sports facilities by the disabled in England [J]. Sport Management Review, 2014, 17（1）: 8-22.

[16] Ling T. Delivering joined-up government in the UK: dimensions, issues and problems [J]. Public Administration, 2010, 80（4）: 615-642.

[17] MANGER D K. An aging faculty poses a challenge for challenges [J]. Chroneicle Higher Edu, 1997, 48: 10.

[18] Mascarinas A, Blauwet C. Policy and advocacy initiatives to promote the benefits of sports participation for individuals with disability [J]. Adaptive Sports Medicine, 2018, 30: 371-383.

[19] Messiah SE, Agostino EM, Patel HH, et al. Changes in cardiovascular health and physical fitness in ethnic youth with intellectual disabilities participating in a park-based afterschool programme for two years [J]. J Appl Res Intellect Disabil, 2019, 32（6）: 1478-1489.

[20] Nathanial JK, Theresa D, Alexandre JS, et al. Effects of Physical Activity on the Physical and Psychosocial Health of Youth With Intellectual Disabilities: A Systematic Review and Meta-Analysis [J]. J Phys Act Health: 2019, 1: 1-9.

[21] Porter J, Georgeson J, Daniels H, et al. Reasonable adjustments for disabled pupils: what support do parents want for their child? [J]. European Journal of Special Needs Education, 2013, 28（1）: 1-18.

[22] Ptomey LT, Washburn RA, Lee J, et al. Individual and family-based approaches to increase physical activity in adolescents with intellectual and developmental disabilities: Rationale and design for an 18 month randomized trial [J]. Contemp Clin Trials, 2019, 84: 1-9.

[23] Rimmer JH, Wang E, Smith D. Barriers associated with exercise and community access for individuals with stroke [J]. Rehabil Res Dev, 2008, 45 (2): 315-322.

[24] Scheerder J, Willem A, Claes E. Sport Policy Systems and Sport Federations [J]. UK: Palagrave Macmilan, 2017.

[25] Schnackers M, Beckers L, Janssen-Potten Y, et al. Home-based bimanual training based on motor learning principles in children with unilateral cerebral palsy and their parents (the COAD-study): rationale and protocols [J]. BMC Pediatr, 2018, 18 (1): 1-9.

[26] Sherrill C. Adapted Physical Activity, Recreation and Sport: Crossdisciplinary and Lifespan [M]. 6th Dubuque, IA: Brown & Benchman, 2004: 512-514.

[27] Shields N, Synnot A J, Barr M. Perceived barriers and facilitators to physical activity for children with disability: a systematic review [J]. Br J Sports Med. 2012, 46 (14): 989-997.

[28] Stanish HI, Curtin C, Must A, et al. Does physical activity differ between youth with and without intellectual disabilities? [J]. Disabil Health J, 2019, 12 (3): 503-508.

[29] 常海林. 北京市温馨家园残疾人体育活动现状的研究 [D]. 北京: 北京体育大学, 2016.

[30] 曹晶. 英国公共体育服务体系的运行机制研究 [D]. 成都: 成都体育学院, 2015.

[31] 陈华伟. 社区体育资源配置理论与实证研究 [D]. 福州: 福建师范大学, 2014.

[32] 崔峰. 山西省残疾人体育健身状况研究——以长子县为例 [D]. 青海: 青海师范大学, 2013.

[33] 葛忠明. 残疾人自组织规范化发展的路径探索 [J]. 山东社会科学, 2016 (7): 60-66.

[34] 郭静，黄亚玲，张昀. 新时期体育社团参与体育治理：困境与实现路径[J]. 北京体育大学学报，2018，41（12）：36-42.

[35] 国际残奥委员会. 无障碍指南[M]. 北京：华夏出版社，2015.

[36] 韩兆柱，杨洋. 整体性治理理论研究及应用[J]. 教学与研究，2013（6）：80-86.

[37] 胡摇华，蔡犁. 上海市残疾人公共体育服务体系构建[J]. 体育科研，2015（4）：42-47.

[38] 裴前虎. 人文关怀理念下的现代残疾人体育文化建设探析[J]. 甘肃教育，2017（21）：29-29.

[39] 黄灵芝，董晓虹. 浙江省残疾人群众体育开展的现状调查与分析[J]. 浙江体育科学，2012，34（3）：45-48.

[40] 黄晓星. 社区过程与治理困境：南苑的草根自治与转变[M]. 北京：社会科学出版社，2016.

[41] 黄远翔，周鹏飞. 我国竞技体育人才交流的现状及对策[J]. 上海体育学院学报，2006（1）：64-66.

[42] 姜从玉. 美国康复医疗制度的演进对我国的启示[J]. 中国康复医学杂志，2010，25（12）：1188-1190.

[43] 蒋惠玲. 美国大学伦理审查委员会的运作及其制度基础[J]. 比较教育研究，2011（3）：17-21.

[44] 金梅，王家宏，胡滨. 全民健身国家战略中我国残疾人康复体育发展思路与路径选择[J]. 武汉体育学院学报，2017，51（12）：5-10.

[45] 鞠文灿. 中小学公民意识教育的现状、问题与对策[J]. 教育理论与实践，2010（21）：33-35.

[46] 李冬庭. 英国发展残奥体育的实践及其启示[J]. 残疾人研究，2014（4）：73-77.

[47] 李沛立. 美国适应体育教师认证标准及教育标准研究[J]. 南京体育学院学报：社会科学版，2011，25（3）：55-57.

[48] 李晓艳. 建构当代中国社会发展新秩序——一种哲学研究[D]. 中共中央党校，2016.

[49] 梁君林. 基于社会支持理论的社会保障再认识[J]. 苏州大学学报：哲学社会科学版，2013，34（1）：42-48.

[50] 刘宝林. 相互作用也是根据——对"内因""外因"概念的再认识[J]. 武汉体育学院学报，1988（1）：77-80.

［51］刘红建，张航，沈晓莲.全民健身与全民健康深度融合的政策体系价值、理念与框架［J］.武汉体育学院学报，2019，53（3）：25-33.

［52］刘洋，陶玉流，徐建华.融合体育教育"残健融合"的当代残疾人体育教育发展理念［J］.山东体育学院学报，2012，28（4）：96-102.

［53］刘洋，王家宏，陶玉流，等.融合与策略：未来体育教师对"融合体育教育"意愿态度的研究［J］.北京体育大学学报，2012，35（8）：88-94.

［54］刘振华.山东省特教学校残疾学生体育参与现状与对策研究［D］.济南：山东师范大学，2015.

［55］曹若愚.论残疾人权利的法律保护——以美国法为参考［D］.济南：山东大学，2009.

［56］吕学静，赵萌萌.我国残疾人就业保障的核心问题及国际经验借鉴［J］.经济论坛，2012（10）：127-130.

［57］庞立国.高等院校应加强残疾学生特殊体育教育［J］.社会福利，2006（6）：50-51.

［58］裴前虎.人文关怀理念下的现代残疾人体育文化建设探析［J］.甘肃教育，2017（21）：29-29.

［59］桑国强.专业化视域下我国特殊体育教育教师研究［D］.福州：福建师范大学，2016：170-175.

［60］舒川.学龄前残疾儿童运动康复的研究现状与展望［J］.体育科学，2015（12）：58-65.

［61］苏立宁，郝丽娜，张雅飞，等.残疾人公共体育服务供需矛盾分析与社会支持研究［J］.现代职业教育，2015.

［62］孙明泽.中美体育教育专业实践课程的对比研究［D］.郑州：河南大学，2017.

［63］孙文婧.公民法制教育内容的文本分析［D］.郑州：河南师范大学，2014.

［64］谭祖雪，张江龙.赋权与增能：推进城市社区参与的重要路径——以成都市社区建设为例［J］.西南民族大学学报：人文社科版，2014（6）：57-61.

［65］王卉.特殊教育（体育）专业课程设置的比较研究［D］.南京：江苏师范大学，2013.

[66] 王健, 曹烃. 融合共享: 运动弱势学生体育教育改革的时代诉求 [J]. 体育科学, 2014, 34 (3): 39-46.

[67] 王磊, 周沛. 泰国残疾人赋权模式及启示——兼论我国现代残疾人社会福利模式构建 [J]. 甘肃社会科学, 2015 (1): 20-24.

[68] 王鹏. 赋权增能: 社区教育工作者专业发展的路径探析 [J]. 继续教育研究, 2017 (6): 70-72.

[69] 王孝刚, 温晋锋. 论我国残疾人社区康复社会化发展的路径与策略 [J]. 学海, 2016 (6): 28-32.

[70] 吴燕丹, 李春晓, 林立. 民生视域下残疾人体育服务人才培养的现实困境与路径选择 [J]. 体育科学, 2014, 34 (3): 47-53.

[71] 吴燕丹, 王聪颖, 张韬磊. 赋权增能: 残疾人体育健身指导员培养管理的优化路径 [J]. 体育科学, 2016, 36 (5): 91-97.

[72] 吴燕丹, 王秀丽. 融合视野下残疾人体育公共服务体系的构建与完善 [J]. 首都体育学院学报, 2013, 25 (3): 219-222, 227.

[73] 吴燕丹. 福建省残疾人体育研究中心注重理论与实践结合推进残疾人体育研究 [J]. 残疾人研究, 2015 (1): 73-73.

[74] 肖丽琴. 公共供求理论视域下残疾人体育公共服务体系研究——以浙江省为例 [J]. 体育科学, 2012, 32 (3): 17-27.

[75] 杨俊, 庄为岛. 社区和康复机构对残疾人事业影响的分析——基于残疾人"二抽"的数据 [J]. 湖南师范大学社会科学学报, 2009, 38 (1): 19-22.

[76] 于永惠. "全民健身"与"健康中国"的理论阐释与政策思考 [J]. 北京体育大学学报, 2019, 42 (2): 25-35.

[77] 张军献, 虞重干. 融合——残疾人体育发展的趋势 [J]. 中国残疾人, 2007 (8): 59.

[78] 张清, 武艳. 包容性法治框架下的社会组织治理 [J]. 中国社会科学, 2018 (6): 91-109.

[79] 张韬磊, 吴燕丹. 我国女性体育参与的文化解读与时代特征 [J]. 武汉体育学院学报, 2017, 51 (4): 21-25.

[80] 张韬磊, 吴燕丹. 政府购买残疾人公共体育服务的实现路径研究 [J]. 西安体育学院学报, 2018 (1): 48-55.

[81] 张文悦. 我国软法困境问题探究 [D]. 上海: 上海师范大学, 2013.

［82］张晓筱，柯卉兵.社会政策视角下的我国残疾人就业问题分析［J］.桂海论丛，2014（2）：101-104.

［83］张晓莹.环境规制对中国国际竞争力的影响效应［D］.济南：山东大学，2014.

［84］张秀玲.中原城市群特殊教育学校学生课外体育锻炼现状调查与分析［D］.郑州：河南大学，2008.

［85］张正一.浅谈残疾人参加体育运动的意义和应遵循的原则［J］.哈尔滨体育学院学报，2001.

［86］章程，董才生.论残疾人社会支持网络之构建［J］.学术交流，2015（4）：160-164.

［87］郑功成.中国社会保障"十二五"回顾与"十三五"展望［J］.社会政策研究，2016（1）：77-97.